Regula Venske

Ju*i*st married

oder: Wohin mit der Schwiegermutter?

LEDA

Regula Venske
Ju*i*st married
oder: Wohin mit der Schwiegermutter?
Inselkrimi

1. Auflage 2007
2. Auflage 2008
ISBN 10: 3-934927-85-8
ISBN 13: 978-3-934927-85-8

Leda-Verlag, Kolonistenweg 24, D-26789 Leer
info@leda-verlag.de
www.leda-verlag.de

Lektorat: Maeve Carels
Titelgestaltung: Andreas Herrmann
Druck und Gesamtherstellung: Aalexx Druck GmbH, Großburgwedel

Regula Venske

Juist married

Oder: Wohin mit der Schwiegermutter?

INSELKRIMI

LEDA

„There simply must be a corpse in a detective novel, and the deader the corpse the better.”

(S.S. van Dine)

„Und kann man von einer Schwiegermutter Schöneres sagen, als dass sie nicht mehr in Erscheinung tritt?“ (Sibylle Knauss)

„Death. It doesn´t have to be boring.“

(Mary Roach)*

Um mich herum nichts als Nacht und Nebel. Die endlose Weite. Ein schwarzes Gebrodel, ewiges Rauschen, ein Tosen, bedrohlich und wild. Und tröstlich zugleich. Ich bin frei. Endlich frei, um mich ganz hinzugeben. Um nichts mehr als herrliches, reines Begehren zu sein. Muss nach niemandem fragen, auf niemanden Rücksicht mehr nehmen. Seht nur, ich verströme mich an die Nacht. Bin gebettet auf Samt und Seide, geborgen im Sternenschein. Gewogen und richtig befunden. Sieh da, mein Zeuge, der fahle Mond, ein Kamerad, der nicht aufgibt. Ganz egal, was er sieht. Begleitet mich nun schon seit drei Tagen und Nächten, treu, zuverlässig. Berechenbar. Der alles duldende Alte. Ist allenfalls etwas rundlich geworden. Gedrungener, dick, nennen wir's ruhig beim Namen. Wie ich indes offenbar auch. Interessant, ich hätte gedacht, dass man dünner würde. Schlanker, ja, ausgezehrt. Aber egal, spielt keine Rolle mehr, bin eben nicht mehr die Schönste. Und bin es vielleicht nie gewesen. Seltsam, macht mir nichts mehr aus. Wer mich kennt, würde hingegen denken –

Nein, so geht es nicht mehr. Wer mich gekannt hat, muss es heißen, denn ich bin ja kaum mehr. Wer mich kannte, sollte glauben, ich würde immer noch die Schönste sein wollen und selbst noch im Himmel flirten. Den ollen Petrus verführen, gleich an der Himmelstür. Lass mich ein, Süßer, ich zeig dir ein paar Tricks, wetten, die kennst du noch gar nicht? Nicht wahr, so stellt ihr es euch vor, so habt ihr's mir zugetraut? Besser wär's allerdings, ich flirte mit Gottvater höchstpersönlich. Ist schließlich auch nur ein Mann. Vater unser, der du bist. So heißt es doch jeden Sonntag. Und was so ein richtiger Kerl ist, ein waschechter Gott, der freut sich an seinen Geschöpfen. Warum hätt' er mich so erschaffen, wenn er selbst keine Freude dran hätt'? Ist er es mir nicht eigentlich sogar schuldig, dass ich mich in seinem Glanz einmal spiegeln kann? –

„Lieber Gott, du bist der Schönste hier, aber die Mary hinter dem Mond – beziehungsweise da unten – auf deiner schönen Erde – nein, im Wasser – im Seegatt – im Strudel der Osterems – die ist tausendmal – na ja, vielleicht nicht tausendmal – sagen wir, die ist auch nicht so ohne, die Frau …“ –

Ach, hat sich was mit Spieglein, Spieglein! Hat sich ausgespiegelt, der Spiegel ist blind geworden, hört ihr, ich selbst werde blind. Muscheln auf den Augen, eine Wellhornschnecke im Ohr, Seetang in meinen Haaren.

Aber da merkt man's mal wieder, wie man sich täuschen kann. Denn mir ist nicht mehr nach Flirten zumute. Wie falsch ihr mich eingeschätzt habt! Und besonders du, du – giftige Feuerqualle. Nein, dein Name kommt mir nicht mehr über die Lippen, soll nicht das Letzte sein, was ich denk. Dein Wesen ist Missgunst, deine Seele eine Brutstätte von Hass und Zwietracht gewesen. Mehr und mehr hab ich mich ferngehalten von dir. Um nicht verloren zu gehen, um mich nicht zu verbrennen. Um mich nicht anzustecken an dir. Hab mich unantastbar gemacht, bin unerreichbar geworden. Weißt du, du rührst mich nicht mehr. Deine Ablehnung ist dein Problem und nicht meines gewesen. Du bist die Verbitterung. Du bist – ach, völlig egal. Ich darf mich jetzt mit mir selber befassen, muss es sogar, alles andere interessiert mich nicht mehr. Hab mich sowieso nicht nach dir gerichtet, hab nach dir nicht gefragt, hab mich kaum je um dich gekümmert.

Gottvater, ein Mann, dem ich mich hingeben kann. Was für ein schöner Gedanke. Und ist nicht der Mond auch ein Mann? So tapfer und unverdrossen. Keine launische Luna, keine störrische Mondjungfrau, wie die Leute so sagen. Ein braver, treuer Kumpan. Drehte er nicht immer seine Kreise um mich, ließ sich freundlich von mir bescheinen? Und wurde von meinem Licht mit erwärmt? So hatten wir doch beide davon einen Nutzen. Auch er hat seinen Vorteil gehabt. Stimmt nicht, dass ich ihn einseitig ausgenutzt hätte. Im Grunde hab ich ihn nicht einmal betrogen, was er wollte, was ihm zustand, hat er immer gekriegt. Ist doch kein Vergehen, dass ich mehr zu verschenken hatte. Haha, Meer zu verschenken, ein Kichern steigt in mir auf. Steigt aus meinen tiefsten, unergründlichsten Tiefen, unglaublich, dass ich immer noch lachen kann. Lachen muss. Das Lachen stirbt wohl als Letztes. Wer hätte das je gedacht? Ich jedenfalls hätte es nicht für möglich gehalten. Wer mich kannte, hätte gedacht, dass als Letztes die Eitelkeit stürbe.

Dass man sie mir unter Androhung härterer Strafen – oder erst bei deren Vollzug – mühsam würde austreiben müssen, im Fegefeuer, oder wo sonst.

Doch vielleicht besteht die Hölle für mich ja aus nichts als Wasser? Wäscht mich rein, kühlt mich ab, treibt mir das Hitzige aus. Wer mich ins Feuer steckte, trüge hingegen noch Schuld, wenn ich den Teufel verführte. Verstärkte ja nur die Glut. Das wäre wohl kaum im Sinne unseres Erfinders gewesen. Ist Gott ein Mann, so meint er's mit mir aber gut. Ich hatte was an mir, dass sie mir nicht lange böse sein konnten. Hab alle rumgekriegt, nicht nur die, die ich haben wollte, nein, auch die anderen dazu. Ich war so der Typ, hab's ihnen zeigen müssen. Sie taten mir irgendwie leid. Nur das Leid hab ich ihnen getan, auch wenn ich es gar nicht wollte. Herrgott, vergebt mir die Schuld.

Es ist dunkel, ich kann nichts mehr sehen. In meinen Ohren nur noch Donnern und Brausen, das Aufbegehren des Windes. Ein lockender Trommelschlag. Er ruft mich, und ich komme, ich komme. Ich habe ihm immer gehört. Bin ihm hörig, bis zum letzten Rest meiner Tage, bis zur Neige seiner Geduld. Ist nicht seine Schuld, dass ich hier hilflos treibe. Ach, warum bist du nicht hier, Liebster, bei mir, und reißt mir die Finsternis von der Brust. Klaubst die Muschelsplitter aus meinen Augen. Ein Schwall Salzwasser verstopft mir den Mund, eine Jahresration Sand, ich muss spucken und würgen. Auf meiner Zunge der Geschmack von Algen und bitteren Ängsten. Keine Bange, Mädchen, wird gleich vorbei sein. Siehst du das Meeresleuchten um dich? Das streichelt dich und birgt dich in seinem Glitzern. Das hüllt dich bald ein. Ach, mein Leben, nur bisschen Sternengefunkel gewesen. Bald verloschen, der Rede nicht wert. Wie konnte ich denken, dass es loderndes Feuer wäre. So schnell niedergebrannt. Flammte nur einmal kurz auf wie ein Blitz. Grelles Licht. Zischen. Der Rest – Asche auf meiner Zunge. Großzügig, trügerisch. Und im Herzen ein bisschen Reue. Und er? Eine kleine Sternschnuppe nur. Ein sanftes, verborgenes Glimmen. Hörst du, vergiss mich nicht. Denk an mich. Sei bei mir, wenigstens diesen Moment noch, in dem ich die nackte

Angst bin. Um mich herum nichts als Nacht. Und Nebel. Meine Erinnerungen. Um mich herum nichts als Nichts.

Meine Lieben, ein paar Nebelschwaden, sind unaufhaltsam an mir vorübergezogen.

Ich war die Nacht, bin die Nacht, werde nichts als die Nacht sein. Nichts werde ich sein.

Nichts.

Nichts.

Denn jetzt ist es geschafft. Ich bin jetzt die Freiheit, die ich mir immer ersehnt hab.

Und vielleicht tröstet euch das, ich bin das Nichts, das euch mitunter streichelt. Euch anrührt, euch grüßt. Mitunter, meine Lieben, treib ich euch wohl ein paar Tränen ins Auge, dann schämt euch, bitte schön, nicht. Redet euch raus, sagt, ihr weintet vor Lachen. Sagt, dass es Lachtränen sind.

Wenn du nur wüsstest, dass ich zuletzt an dich denken musste. Dann und wann, schließ die Augen, mein Liebling. Wenn du ganz still bist, dich nicht mehr wehrst, wirst du mich lachen hören. Und dann folgst du mir bald.

Donnerstag, 12. Juni, Fronleichnam

1.

Hätte jemand dem Geschehen Einhalt geboten und ihn gefragt, wie es so weit hatte kommen können, Corbet Stewart hätte nicht zu antworten vermocht. Aber es war niemand da, um einzugreifen und das Unheil zu verhindern. Um ihn zu stoppen. Oder zu fragen, wie um alles in der Welt er in diese Situation hatte geraten können. Sie waren allein. Er war ihr bedingungslos ausgeliefert, auf Gedeih oder Verderb. Und er ahnte, dass es auf Verderben hinauslaufen würde.

Aber desgleichen sie ihm. Jede noch so kleinste Erinnerung an das, was diesem Schlamassel vorausgegangen war, war ihm abhanden gekommen, alle Vernunft hatte ihn verlassen. Alles, was er wusste, war, dass dies ein Ende haben musste – und ein Ende bald haben würde. Alles, was er spürte, war ein dumpfes Hier und Jetzt, alles, was er fühlte, war das Kribbeln in seinen Fingern. Und diesen unbändigen Hass. Oh, wie er sie hasste. Wie er sie hasste! Ihren weit aufgerissenen, prallen Mund mit den rosa geschminkten Lippen. Die Farbe passt nicht zu ihr, dachte er. Genauso wenig wie ihr falsches Lachen. Das große, blendend weiße Gebiss. Sein Blick glitt tiefer, auf ihren dicken, trotz der Sonnenbräune leicht geröteten Hals, der dem jungen Arzt die übliche Geschichte von Schilddrüsenüberfunktion erzählte. Er drückte stärker zu, aber sie war zäher, als er gedacht hatte. Widerspenstig. Verdammt vital. Leistete immer noch Widerstand. Mit ihrem unverschämten Murren und Gurren verspottete sie ihn – und lockte ihn trotzdem noch immer.

„Ah, komm, komm, gib es mir, nein, nicht hier, du Dummkopf, da, ah ja, da musst du drücken, jaaaa, so ist es gut …“

Sie rang nach Luft, japste und jauchzte, als sollte sie gleich den Punkt höchster Erfüllung erreichen, und während sie ihn dermaßen anfeuerte, blickte sie ihm die ganze Zeit über mit ihren großen, dunklen Augen direkt ins Gesicht. Zu ihm auf schaute sie. Corbet spürte, wie sein Schwanz vor Erregung steif wurde, er schmerzte, so hart wurde er. Und seine Hände schmerzten auch, während er noch fester zudrückte und die Fingernägel hineinbohrte in dieses köstliche, gerötete Fleisch, das vor seinen Augen allerdings zusehends weißer wurde.

„Ich komme gleich“, stöhnte er.

„Typisch, immer zu früh“, höhnte sie.

Ihre Worte wurden unverständlich. Ein kleines, hässliches Zischen, ein ungeformtes Rinnsal, das ihren rosaroten Lippen entwich und etwas wie „Warte, du dummer Wichser“ bedeuten mochte. Dann hatte sie ihre Seele, wie der Lateiner sagt, ausgehaucht. Voller Panik spürte Corbet Stewart, wie die Frau unter ihm schlaff wurde, sich ihm völlig ergab. Er hielt nur mehr die Hülle ihres Halses zwischen seinen Händen. Was sollte er tun, wie konnte er das Geschehene rückgängig machen? Während er fieberhaft darüber nachdachte, sackte er gleichzeitig mit seiner Schwiegermutter zu Boden. Obwohl er nicht religiös erzogen worden war, ertappte er sich bei einem Gebet. Denn was anderes war dieser inständige Wunsch, dass es, bitte schön, lieber Gott, endlich dunkel um ihn herum werden möge? Und zwar schnell, auf der Stelle? Aber natürlich wurde so ein armseliges Gebet nicht beim erstbesten Mal gleich erhört; nichts dergleichen geschah. Im Gegenteil, der junge Mann fand sich auf Augenhöhe mit dem braungebrannten – oder doch nur stark geschminkten – Gesicht seiner Schwiegermutter wieder und schaute direkt auf ihren jetzt blutrot verschmierten Mund. Hatte sie sich in ihrem Todeskampf die Zunge blutig gebissen? Unverschämt, wie erwartungsvoll sie ihre Lippen immer noch zum Kuss gespitzt hatte. Selbst im Tod hat sie ihre Ähnlichkeit mit der jungen Liz Taylor behalten, dachte Corbet erstaunt und zugleich mit einem Gefühl ehrlicher Bewunderung.

Dann wachte er endlich auf.

Er war schweißgebadet. Wo war er? Und wer? Eben war alles so sonnenklar gewesen. Ganz deutlich hatte er sein Begehren gespürt. Und seinen Hass, gegen den das Begehren kämpfte. Und beinahe die Oberhand gewann. Aber der Hass war stärker gewesen, der Morgenständer in sich zusammengefallen, nur das Herzklopfen hielt noch an. Er war Corbet Stewart, so viel konnte er immerhin guten Gewissens behaupten. Vierunddreißig Jahre alt, angehender Facharzt für Fertilitätsmedizin. Was war ihm da eben im Traum widerfahren? Corbet konnte sich nicht daran erinnern, wann er zuletzt so lange gebraucht hatte – mehrere Minuten mochten es wohl schon sein – um wieder zu sich zu kommen. Seine wilde Zeit in Cambridge war lange vorbei. Und so viel hatte er doch auch nicht getrunken, gestern Nacht, bei einem der unzähligen Polterabende, die er zur Zeit über sich ergehen lassen musste. Wie viele mochten es inzwischen schon sein? Falls er je einen Zweifel daran gehegt hatte, so wusste er es jetzt: Es war gar nicht so einfach, der Mann einer Millionenerbin zu werden. Im Gegenteil, schwere Arbeit war es, eine stramme Leistung, all die damit verbundenen Feiern zu absolvieren, von denen die meisten seiner Meinung nach völlig überflüssig waren. Er hatte es nur seiner guten Kondition und seiner im allgemeinen recht gesunden Lebensweise zu verdanken, dass er die letzten Wochen bislang einigermaßen unbeschadet überstanden hatte.

Sein Blick fiel auf das Bett neben ihm. Noch war es leer. Wie albern, dass sie immer noch getrennt schliefen, obwohl sie bereits seit zwei Wochen standesamtlich verheiratet waren. Aber Claire hatte auf Einzelzimmern bestanden. Absurd, dachte Corbet. Selbst Claire, so fromm sie auch tat – insgeheim hegte Corbet den Verdacht, dass sie in Wahrheit gar nicht so gläubig war, wie sie sich gab – war nicht als Jungfrau in die Ehe gegangen. Und sie befanden sich schließlich nicht in einem altmodischen Hollywoodfilm mit schwarzweißen Moralvorstellungen. Sondern in Deutschland, einem modernen, aufgeklärten, weitgehend morallosen Land. Lediglich in der Reproduktionsmedizin, seinem Spezialgebiet, vertrat man hier noch heillos idealistische Vorstellungen aus dem vorigen Jahrhundert; aber das störte ihn nicht, da sich für ihn als Engländer dadurch besonders lukrative Möglichkeiten auftaten. Er konnte das eine System gegen das andere ausspielen und hatte

Zugang zu Dingen, von denen seine in Deutschland ausgebildeten Kollegen bislang kaum zu träumen wagten.

Nur an seine eigene Ehefrau kam er zur Zeit nicht heran.

Wenn das kein Grund war zu lachen.

Aber egal, am Sonnabend, nach der kirchlichen Trauung in der kleinen Inselkirche, würden Claire und er endlich in das romantische Hochzeitszimmer umziehen, von dem Corbet bislang nur ein Foto aus dem Hotelprospekt kannte; auch ein gemeinsames Champagnerbad war gebucht, bei dem man den Champagner zum Glück trinken durfte, während man in Ziegenmilch und Rosenblüten badete. Ohne fachkundige Seidenhandschuhmassage auf der Wellness-Insel des Hotels würde Claire nicht in ihre Hochzeitsnacht starten; sie war der Typ, der schon jetzt solche Extras brauchte, damit sie in Stimmung kam.

Merkwürdig, dieser Traum. Wie kam er nur auf die Idee, seine Schwiegermutter wollte ihm an die Wäsche? Hätte er dasselbe von Ivonne geträumt, seiner zukünftigen Schwägerin, so hätte es ihn nicht weiter verwundert. Seit Claire und er sich verlobt hatten, stieg ihre jüngere Schwester ihm nach. Die hatte es faustdick hinter den Ohren. Und attraktiv war sie auch, das blieb keinem verborgen, der Augen im Kopf hatte, mit ihrem von der Mutter geerbten wallenden, schwarzen Haar und ihrer an den richtigen Stellen durchaus üppig zu nennenden Figur. Soweit er wusste, trug sie eine deutliche Mitschuld daran, dass mehrere Beziehungen ihrer Schwester unter Tränen in die Brüche gegangen waren. Offenbar hatte sie sich seit ihrer frühen Kindheit einen Spaß daraus gemacht, die Verehrer ihrer großen Schwester zu testen. Sie auf Teufel komm raus zu verführen. Oder, so stellte sie es gern dar, sie auf die Probe zu stellen und ihnen Gelegenheit zu geben, die eigene Standhaftigkeit zu beweisen. Leider war es mit der Widerstandskraft von Claires Verflossenen nicht allzu weit her gewesen. Ein Glück, natürlich, für ihn.

Aber es war kein Wunder, dass Claire eine geradezu krankhafte Eifersucht im Hinblick auf ihre Schwester verspürte. Für ihn war das höchst unbequem, und er würde sich etwas einfallen lassen müssen, wie er sie beruhigen konnte. Schließlich wollte er nicht ewig ihre kleinlichen Fragen beantworten und bei jedem noch so harmlosen Anlass ihren argwöhnischen Blicken begegnen. Wo warst du gerade? Was hattet ihr da zu suchen? Wieso war Ivonne mit von der Partie? Und warum ruft mich denn keiner? Inzwischen hatte sie es dahin gebracht, dass sich Corbet schon schuldig fühlte, sobald er länger als eine Minute allein mit Ivonne in einem Zimmer war. Aber sie hatte auch erreicht, dass ihn das Verbotene verstärkt reizte. Ach, einmal mit den Fingern durch Ivonnes Mitternachtshaare gleiten …

Erstaunlich, wie unterschiedlich die beiden Schwestern waren. Claire, die zarte, ruhige, ernstere der beiden, in ihrer unaufdringlichen, etwas schwindsüchtigen Schönheit: ganz der empfindsame blonde Typ. Eine Romantikerin. Mit allen Vorteilen ausgestattet, die das mit sich brachte, und mit allen Nachteilen auch. Und auf der anderen Seite die dunkle Ivonne. Nur zwei Jahre jünger als ihre Schwester. Aber sah sie nicht bereits zehn Jahre älter aus? Dieser feurige, leicht entflammbare Typus, der das Leben höchst pragmatisch genoss, ohne Skrupel, ohne Gewissensbisse, wurde deutlich früher geschlechtsreif. Und alterte entsprechend schneller. Na ja, bei einer kleinen Affäre störte das nicht, im Gegenteil, dieses Verlebte, leicht Verruchte vermehrte nur ihren Reiz. Wüsste man nicht, dass Ivonne als Kind zweier mehr oder weniger braver Ostwestfalen in Porta Westfalica das Licht der Welt erblickt hatte, man hätte sie für eine stolze Spanierin halten können. Oder für eine Zigeunerin aus dem Bilderbuch, dachte Corbet. Einem antiquarisch erworbenen, politisch nicht mehr korrekten Bilderbuch, versteht sich; er wusste ja, dass die Bezeichnung Zigeunerin heutzutage nicht mehr benutzt werden durfte. In Deutschland nahm man all diese Dinge seiner Meinung nach übertrieben genau. Amüsiert bemerkte er, wie sich sein Geschlecht wieder regte. Ah, Ivonne. Es war schon bedauerlich, dass Claire so gar nichts vom Temperament ihrer Mutter hatte. Ein paar Spritzer südländische Lebenslust hätten ihr nicht geschadet. Auch Marion war ja dieser draufgängerische, lebenslustige Typus. Nun ja, zu lebenslustig vielleicht, wenn man die Dinge aus der Perspektive eines Ehemannes betrachtete.

Immerhin konnte Claire wohl getrost davon ausgehen, wirklich die Tochter ihres Vaters zu sein. Sie sah ihm verblüffend ähnlich. Und Armin war genauso ruhig, genauso ernsthaft, genauso idealistisch wie sie. Genauso blass, dachte Corbet. Den Fotos auf Claires Kaminsims nach zu urteilen waren beide, Vater und Tochter, dem Großvater Gebhard, Armins altem Herrn, wie aus dem Gesicht geschnitten. Wer wusste hingegen, wessen Blut durch Ivonnes Adern floss, wessen Lebensgeister in ihrer Seele herumspukten? Natürlich hatte Marion sich immer damit herausreden können, dass Ivonne, wenn schon nicht nach dem Vater, so doch nach ihr selber kam. Aber war die Tochter nicht eine ganze Spur dunkler als ihre Mutter? Wer weiß, welchem Urlaubsflirt sie ihre Entstehung verdankte. Vielleicht war die jüngere Tochter mit ein Grund, warum sein Schwiegervater seit Jahren nur noch auf dieser Insel Urlaub machte; vielleicht hoffte er darauf, dass sich im kühlen Norden für seine stürmische Frau weniger Versuchungen ergaben als an anderen Orten.

Was ihn selber betraf, so wollte Corbet seinen Nachwuchs eigenhändig im Reagenzglas ansetzen. Nur so konnte man beruhigt sein, nur so konnte man sicher wissen, wessen Gene zum Zuge kamen.

Aber noch war es ja nicht so weit. Corbet seufzte. Was sollte er tun? Hier liegen bleiben und im Gedanken an Ivonne – oder etwa an Marion? – sich selbst einen runterholen? Oder sollte er sich wie der adrette junge Bräutigam benehmen, den Claire bereits in ihm sah, und das heiße Blut bei einem morgendlichen Strandlauf abkühlen? Machte die Nordsee etwa nicht seinetwegen schon die ganze Zeit über diesen Lärm? Um ihn an sein besseres Selbst zu erinnern, ihn zu locken und ihn zu rufen? Ihn darauf hinzuweisen, dass es Zeit für den Frühsport war? Einen Vorteil hatte das Getrenntschlafen immerhin. Man konnte jederzeit aufstehen, ohne befürchten zu müssen, den anderen aufzuwecken. War niemandem Rechenschaft schuldig. Konnte seine Alpträume mit sich selber abmachen. Wie spät war es denn eigentlich? Zwanzig vor sechs. Zu spät, um jetzt noch einmal einzuschlafen.

Leise vor sich hin pfeifend glitt Corbet aus dem Bett und schlüpfte in die Boxershorts, die er vor dem Schlafengehen auf den Teppich neben seinem Bett hatte fallen lassen – was ein weiterer Vorteil getrennter Schlafzimmer war. Die zu teutonischer Ordnungsliebe neigende Claire würde gewiss bald versuchen, ihm diese Liederlichkeit abzugewöhnen, daran hegte er keinen Zweifel. Etwas trieb ihn, laut aufzulachen, während er in seinem Koffer herumwühlte, den auszupacken er sich noch nicht die Mühe gemacht hatte. Als er eine alte, verbeulte Trainingshose und ein verwaschenes, hellblaues Sweatshirt daraus hervorzog, stieß er ein exaltiertes Triumphgeheul aus. Sein Lieblings-Sweatshirt. Corbet wusste, dass man ihm nachsagte, er sähe Hugh Grant ähnlich. Normalerweise machte er sich nichts aus diesem Vergleich. Die einzige Koketterie, die er sich leistete, war seine Treue zu diesen beiden abgetragenen Kleidungsstücken. Man musste schon verdammt gut aussehen, um in ihnen noch besser zur Geltung zu kommen. Zwar hätte er es nie zugegeben, aber Corbet Stewart war natürlich nicht dumm: Er wusste ganz genau, dass er dem prominenten Frauenschwarm in diesen verbeulten Teilen noch eine Spur ähnlicher wurde. Man musste schon in Cambridge zur Schule gegangen sein, so sagte sein Vater immer, um ein solches Selbstbewusstsein und einen derart nachlässigen Charme zu entwickeln.

Etwas widerwillig zwängte er sich in die hypermoderne Windjacke, die Claire ihm vorgestern, nach ihrer Ankunft auf der Insel, gekauft hatte. Er wäre lieber nur in seinen ollen Klamotten gejoggt, aber es war für die Jahreszeit zu kühl, er würde die Jacke brauchen.

Fünf Minuten später schlich Corbet über den Flur des Hotels und die Treppe hinab, vorbei an der Tür, hinter der Claire vermutlich noch in ihrem Schönheitsschlaf schlummerte. Als er die Suite seiner Schwiegereltern passierte, warf er einen flüchtigen Blick zur Seite. Sein Schwiegervater war gemeinsam mit ihnen bereits vor zwei Tagen auf die Insel gereist; Marion wurde spätestens mit dem Schiff heute Mittag erwartet. Auf die Frage, wo seine Frau sich denn noch herumtreibe, während der Rest der Familie schon Hochzeit feiere, war Armin ihnen gestern Abend die Antwort schuldig geblieben. Seine eigenen Eltern sowie Corbets Vater würden ja auch erst am Freitag erwartet, damit hatte er sich herauszureden versucht. Aber das war doch etwas ganz anderes, es waren schließlich alte Leutchen, die sich schonen mussten, und man konnte Großeltern oder Onkel, Tanten und Cousinen doch nicht mit der allerengsten Verwandtschaft vergleichen. Diese Abwesenheit der Brautmutter war wirklich ein starkes Stück. Was konnte wichtiger sein als die Hochzeit der eigenen Tochter? Eine solche Rücksichtslosigkeit würde er sich nicht bieten lassen, seine Ehe würde anders aussehen, da war Corbet sich sicher.

Als er bei Ivonnes Zimmernummer anlangte, hielt er kurz inne. Auch seine Schwägerin schlief sicherlich noch. Ob sie die Tür hinter sich abgeschlossen hatte? Oder wartete sie des Nachts auf Besuch? Auf den jungen hübschen Kellner mit der frechen Berliner Schnauze vielleicht? Corbet vermutete zwar, dass er schwul war; aber Frauen bildeten sich ja oft ein, einen Mann zu seinem wahren Glück noch bekehren zu können. Oder lag sie wach und verzehrte sich nach ihm, ihrem Schwager? Sollte er die Klinke probehalber hinunterdrücken, nur so, aus reinem Jux? Er stellte sich vor, wie malerisch sich Ivonnes schwarze Haare von den weißen, spitzenbesetzten Kissen abhoben. Eigentlich boten getrennte Schlafzimmer doch allerhand Annehmlichkeiten, mehr Vorteile als Nachteile, wenn man es nüchtern betrachtete. Während er barfuß durch die Eingangshalle des Hotels *Achterdiek* huschte, ertappte sich Corbet bei dem Gedanken, dass er gerade erst anfing, das Leben kennenzulernen.

Vom Hotel aus nahm er den Weg durch Herrenstrand-Straße und Herrenpfad, vorbei an der katholischen Kirche und einem malerisch in den Dünen gelegenen reetgedeckten Café, und dann hinunter zum Strand. Auf dem ganzen Weg begegnete er keiner Menschenseele. Eine Schande eigentlich. Die aufgehende Sonne hatte den Himmel mit zarten Rosa- und Orangetönen überzogen, und er war der Einzige weit und breit, um das feine Farbschauspiel zu bewundern, das die Natur kostenlos bot. Das sie gratis an einen Spötter und Freigeist wie ihn verschwendete, dachte er. Corbet deutete eine ironische Verbeugung hinüber zum Sonnengott in seinem rosagoldenen Wägelchen an, dann fiel er in einen leichten Trab Richtung Westen. Er wollte zunächst gegen den Wind joggen, um auf dem Rückweg doppelt belohnt zu werden und sowohl den Wind von hinten als auch den Blick auf das herrliche Himmelsgemälde vor sich genießen zu können.

Kurz nur musste er fluchen, als er ein breites Muschelfeld überquerte und sich etliche spitzige Muschelsplitter in seine Fußsohlen bohrten. Verdammt! Er hätte doch seine Laufschuhe anziehen sollen. Nur gut, dass ihn niemand hörte. Schließlich konnte er keine Zeugen gebrauchen, wenn er wehleidig war. Vielleicht sollte er sich abhärten, indem er weiter über den Muschelstreifen joggte? Anstatt unten an der Wasserkante, wo der Boden hart und fest genug zum Joggen und zugleich angenehm vom Wasser weichgespült war? Na ja, ein bisschen arg kräftig geriffelt war der Untergrund hier allerdings auch, schmerzhaft geriffelt, wie er beim Näherkommen feststellen musste; das mochte beim steten Traben Abhärtung genug bedeuten.

Sein Ziel war ein weißes Strandwachthäuschen, das er bereits in der Ferne liegen sah – die Nummer Vier, wie er vom Vortag wusste. Beim Näherkommen konnte er allmählich die Aufschrift darauf erkennen. Natürlich wehten in dieser frühen Morgenstunde noch keine bunten Fähnchen zum Zeichen für die freundliche Bewachung des Badestrandes auf dem Dach. Umso besser für ihn, er war allein und würde sich an der Stange unter dem Häuschen ein paar Streck- und Dehnübungen gönnen, bevor er genüsslich kehrtmachte. Corbet fühlte sich frisch und frei, ein junger Mann, noch jugendlich sogar, im Vollbesitz seiner Kräfte, und doch alt genug, um erfolgreich im Leben zu stehen. Seine Karriere war zwar bislang nicht ganz vorschriftsmäßig verlaufen, würde aber bald, dank der finanziellen Möglichkeiten, die sich ihm mit der Heirat auftaten, einen enormen Schub erhalten. Sein Schwiegervater hatte ihm gestern Abend jede Unterstützung signalisiert, die er brauchte, und Claire, die Gute, hatte sie ihm sowieso schon versprochen. Nach ihrem Studium der Betriebswirtschaftslehre war sie die perfekte Ergänzung für ihn. Er würde den alten Kasten an der Strandpromenade kaufen, ihn vom Keller bis zum Dach renovieren und sie zu seiner Geschäftsführerin machen, wenn er hier binnen weniger Jahre die führende Fertilitätsklinik Deutschlands aufbaute. Was heißt die führende Klinik Deutschlands – die führende Klinik in ganz Europa zu leiten, mit Dependancen in Großbritannien und Übersee, das war sein erklärtes Ziel. Wie würde er es genießen, wenn dann eines Tages seine alten Lehrer angewinselt kämen und ihn um Verzeihung bäten. Wenn sie ihn anflehten, wenigstens noch die Ehrendoktorwürde seiner Alma Mater zu akzeptieren; einer Alma Mater, die ihn einst schmählich durch die Prüfungen hatte rasseln lassen. Oder hatte er etwa freiwillig in Hannover zu Ende studiert?

Corbet atmete tief aus und gleichmäßig wieder ein. Es war alles gut so, wie es war. Wäre er nicht nach Hannover gegangen, hätte er Claire wahrscheinlich nie kennengelernt. Ah, diese herrliche Morgenluft, diese köstliche Kühle! Auch er fühlte sich wie neu, seine Niederlagen, seine Alpträume waren vergessen. Was für ein grandioser Morgen war das, dem ganz gewiss wieder ein superber Tag folgen würde. Dieser Junimorgen läutete sein ganz persönliches Lebensglück ein. Corbet beschloss, noch ein wenig weiter zu joggen als an den beiden Tagen zuvor. Strandhäuschen Nummer Fünf und Nummer Sechs warteten. Vielleicht schaffte er es heute ja sogar bis zum Strandbad Loog.

Aber was war das? Corbet kniff die Augen zusammen, die wegen des Windes heftig tränten, und wischte sich mit dem Ärmel übers Gesicht. Da lag – da lag doch – als hätte er nur auf ihn, Professor Dr. med. und Professor honoris causa in spe Corbet Stewart gewartet, lag da tatsächlich ein Seehund auf der Sandbank, die sich jetzt bei Ebbe dem Strand vorgelagert längs zur Insel erstreckte. Wie schön das dunkle Fell in der Morgensonne glänzte. Schade, dass er sein Handy nicht eingesteckt hatte. Es wäre doch nett, wenn er ein Foto des zutraulichen Tieres schießen und Claire einen Morgengruß von seinem Strandlauf ans Bett hinüberschicken könnte.

Corbet verlangsamte sein Tempo und nahm Kurs Richtung Sandbank. Mal sehen, wie weit er sich dem Tier nähern konnte, ohne es zu verschrecken. Während er durch das seichte, aber morgenkühle Wasser des Priels patschte, peinlich darauf bedacht, sich nicht über Gebühr nass zu spritzen, durchforstete er fieberhaft sein Gedächtnis. Hatte er irgendwo Verhaltensmaßregeln im Umgang mit Robben gespeichert? Musste man Tollwut befürchten? War von irgendwelchen anderen Seuchen in den Nachrichten die Rede gewesen? Wie sollte er sich verhalten, wenn das Tier Anzeichen einer Krankheit aufwies? Zwar war er kein Veterinär, aber wer weiß, vielleicht wurde er noch zum unfreiwilligen Lebensretter, so früh am Morgen. Corbet musste kichern. Es war ein leicht hysterisches Glucksen, das plötzlich in ihm aufstieg und aus ihm herausdrängte und von ein paar kleinen Nebengedanken und Befürchtungen kündete, die er sich noch nicht eingestand.

Denn langsam kam ihm die Sache doch komisch vor. Zwar pirschte er sich vorsichtig – und gegen den Wind! gegen den Wind, dachte Corbet – an den Seehund heran. Aber dass das Tier so gar keine Reaktion zeigte! Ruhig lag es da, wie gestrandet, in einer etwas verrenkten, vermutlich auch für einen Seehund nicht gerade bequem zu nennenden Position. Es schien auch gar kein junger Seehund zu sein, wie er zunächst vermutet hatte. Je mehr Corbet sich ihm näherte, desto ausgewachsener erschien ihm das Wesen.

Allerdings wusste er nicht wirklich, wie groß ausgewachsene Seehunde aus der Nähe waren.

Merkwürdig, wenn man nicht wüsste, dass es ein Seehund war – ein Seehund sein musste, dachte Corbet – man hätte die Gestalt glatt für einen Menschen halten können. Einen Menschen in einem dunklen Kleid, mit langem, wild zerzaustem, welligem, schwarzem Haar.

Und dann, als stünde er neben sich, diagnostizierte Corbet

bei sich selbst alle bekannten Stresssymptome auf einmal. Sein Mund wurde trocken, sein Herz klopfte unregelmäßig und wild, und am liebsten hätte er sich an Ort und Stelle an den Strand hocken mögen, um sein Innerstes nach außen zu stülpen. Und dass man die Symptome als Arzt erkannte, half nicht wirklich bei deren Bewältigung. Aber mehr als ruhig durchzuatmen konnte er sich, wie jeder andere halbwegs vernünftige Erwachsene auch, leider nicht befehlen.

Vor ihm auf der Sandbank lag gar keine Robbe. Das war kein Tier. Weder ein wilder Seelöwe noch ein rettungsbedürftiges verspieltes Seehundbaby. Da lag ein Mensch. Eine Frau lag da. Marion, seine Schwiegermutter. Die er eben im Schlaf noch eigenhändig ermordet hatte. Erwürgt, um präzise zu sein. Und nun wusste er es, auch ohne, dass er ihren Puls befühlen musste. Sie war tot.

Zwei, drei Schritte, bevor er sie erreicht hatte, sank Corbet in den Sand. Er sackte ganz einfach in sich zusammen, und eine Weile blieb er da sitzen, denn es fehlte ihm die Kraft, wieder aufzustehen.

Auch Marion bewegte sich nicht.

Wie hübsch sie aussah. Anmutig. Jugendlich. Überhaupt nicht wie zweiundsechzig, mit ihrem Schaumkrönchen im Haar und dem Taschenkrebs auf der Brust. Überhaupt nicht wie tot. Ganz erstaunlich, wie sie sich gehalten hatte. Sie trug ein schwarzes Kleid, dezent genug, um bei jedem besseren Anlass als das obligatorische kleine Schwarze durchzugehen, und zugleich verführerisch wie ein Strandkleid, mit einem raffiniert geschnittenen, offenherzigen Dekolleté. Die linke Brust war mit einer gewissen Nonchalance aus dem Büstenhalter gerutscht, Corbet sah es mit leichter Rührung. So mochte sie als junge Frau ausgesehen haben, nachdem sie ihre Tochter gestillt hatte, dachte er. Der Taschenkrebs schmückte sie wie eine hübsche Brosche, die sie sich angesteckt hatte. Eine dreireihige Kette aus weißen und rosafarbenen Perlen brachte den satten Bronzeton ihrer Haut zum Leuchten, und der Lack auf ihren Zehennägeln glitzerte in den Farben des Sonnenaufgangs. Kurzum, sie sah aus, als wolle sie zu einem Schönheitswettbewerb antreten, mochte es auch ein Schönheitswettbewerb für etwas in die Jahre gekommene Strandprinzessinnen sein. Als hätte sie sich, während sie auf ihren Auftritt wartete, nur für ein kurzes Schläfchen niedergelegt. Wie hingebungsvoll sie sich an die Sandbank schmiegte. Etwas Algengrün war vorteilhaft um ihre Wade gewunden und bedeckte eine Krampfader, die sich bei näherem Hinsehen darunter verbarg.

Nach einer Weile hörte Corbet ein leises Schluchzen, und nach einer weiteren Weile bemerkte er, dass er es war, der da weinte. Um Gottes willen, was war nur passiert? Er hatte seinen Kampf mit Marion doch nur geträumt, oder? Etwa nicht? Was war wirklich geschehen? Hatte er gestern Abend so viel getrunken, dass er einen dieser berühmten Filmrisse erlitten hatte, von denen man in schlechten Kriminalromanen gelegentlich las? Oder – befand er sich in diesem Moment etwa immer noch in seinem Alptraum? War noch nicht richtig wach? Aber warum kam er dann nicht endlich zu sich? Wachte, bitte schön, endlich auf? Auf der Stelle musste dies ein Ende haben, mehr konnte er nicht ertragen.

Marion! Hatte auch sie einen Morgenspaziergang unternommen und war hier am Strand einem Herzschlag erlegen? Aber warum hatte sie dann noch ihr schwarzes Abendkleid an? Nein, bei genauerer Betrachtung sah sie aus, als hätte sie doch schon etwas länger im Wasser gelegen. Die Haut an Händen und Füßen war stark gerunzelt. War sie ins Wasser gegangen und hatte sich dafür vorher noch eigens in Schale geworfen? Oder – es dauerte eine Weile, bis Corbet es wagte, den Gedanken zu Ende zu denken – war seine Schwiegermutter einem Verbrechen zum Opfer gefallen?

Aber wer war der Mörder, wenn nicht er selber es war?

Und er war es doch nicht?

Und wie lange war sie schon tot? Dafür, dass sie vielleicht schon eine ganze Weile im Wasser – und hier auf der Sandbank – gelegen haben mochte, sah sie beachtlich aus. Ein wenig aufgedunsen zwar, aber das hätte ein unbefangener Beobachter auch auf etwas zu viel Alkoholgenuss zurückführen können. Und hätte damit ja auch nicht ganz falsch gelegen.

Und dass die Lippen etwas aufgeplustert waren – *so what!* Das war man von ihr ja gewohnt. Dafür hatte sie jetzt immerhin keine Silikonspritze mehr nötig. Sah sie sonst wie eine jüngere Ausgabe von Liz Taylor aus, so ähnelte sie jetzt mehr der älteren. Aber es war doch immer wieder beeindruckend, was so ein bisschen wasserresistente Schminke bewirkte.

Eine Welle schwappte über ihre Füße und zog sich wieder zurück. Schon rollte die nächste Welle heran. Die Flut kam zurück. Das Wasser fing an, mit der Toten auf der Sandbank zu spielen. Es leckte an ihrem Rücken, liebkoste ihren Nacken, neckte und lockte sie. Corbet schien es, als recke sich ihr Körper den Wellen unwillkürlich entgegen. Voller Hingabe. Erwartungsvoll. Nehmt mich, hier bin ich, ich habe auf euch nur gewartet …

Was sollte er tun? Hier sitzen bleiben konnte er nicht, gleich würden die ersten Ausläufer der Flut auch ihn erreicht haben, seine Jogginghose durchnässen. Und sie hier liegen lassen konnte er ebenfalls nicht. Es hieß zwar immer, man sollte nichts anfassen, wenn man eine Leiche fand, und erst recht nichts verändern. Aber das galt in diesem Fall doch wohl nicht. Er musste sie in Sicherheit bringen, auch wenn es ihr nichts mehr nützte. Das war ein Gebot der Höflichkeit, von Pietät ganz zu schweigen. Mit mehr Schwung, als er sich selbst zugetraut hatte, sprang Corbet auf seine Füße. Ohne weiter nachzudenken, griff er nach Marions Beinen. Jeder andere junge Mann hätte sie vermutlich vor Schreck gleich wieder fallen lassen. Sie waren unglaublich kalt. Kälter, als man es sich je würde vorstellen mögen. Kalt und widerlich weich. Jetzt aber erwies es sich als Vorteil, dass er Medizin studiert hatte. Der Tod schreckte ihn nicht. Beherzt hielt er ihre Beine mit beiden Händen fest und drehte ihren Körper einmal um die eigene Achse. Auch als sich dabei ein Schwall Wasser aus ihrem Mund ergoss, zuckte er nicht zurück. Er klemmte sich ihre Füße unter den rechten Arm und machte sich gemeinsam mit ihr auf den Weg Richtung Morgenröte.

Nachdem er ein paar Schritte zurückgelegt hatte, stellte Corbet fest, dass diese Art des Transports, sie auf der Sandbank hinter sich herzuziehen, nicht optimal war. Sie war zu schwer. Als ob sie alles Wasser der Nordsee in sich aufgesogen hätte. Oder wirklich ein Seehund wäre, ein Walross, genauer gesagt. Ein Walross in einem schönen Abendkleid, das ihr leider bis zum Bauch hochgerutscht war, weshalb der Körper bei jedem Schritt über den harten Boden schrappte. Das war selbst einer toten Schwiegermutter nicht zumutbar; zudem käme er auf diese Weise nur sehr langsam voran. Vorsichtig legte er ihre Beine nieder, stieg über die Leiche hinweg, so dass er hinter ihr zu stehen kam, packte sie bei den Schultern und richtete sie auf. Er wollte sie die wenigen Meter zum Priel hinüberziehen und dann mit Hilfe des Wassers vorwärts bewegen. Beinahe wäre sie ihm jetzt doch aus den Händen geglitten. Ein herzerweichendes Seufzen entwich ihrer Brust, ein Stöhnen, das aus den tiefsten Tiefen des Meeres zu kommen schien und seine Wirkung auf den jungen Mann nicht verfehlte. In dem Moment, da Corbet es hörte, wusste er, dass er dieses Seufzen bis an sein Lebensende nicht würde vergessen können. In seinen schlaflosen Nächten würde es ihn heimsuchen und ihn an seine Schwiegermutter erinnern. Und daran, dass – ganz egal, wer der wirkliche Mörder war – er selbst sie in seinem Traum mit bloßen Händen erwürgt hatte.

Sein Blick fiel auf ihren Hals. Waren das Würgemale? Nein, vermutlich nur ein paar Schrammen, die der Ozean ihr verpasst, Knutschflecken, die der Gott des Meeres zum Zeichen seiner Wertschätzung auf ihr hinterlassen hatte.

Er hatte jetzt den Priel erreicht und ließ die Leiche ins Wasser gleiten. Sie rekelte sich anmutig wie die kleine Meerjungfrau und streckte sich dann hoheitsvoll darauf aus, als sei dies ihr seit jeher angestammtes Element. Wie er sich gedacht hatte, konnte er sie nun wieder an den Füßen fassen und ohne weiteren Widerstand hinter sich herziehen. Schwerelos schwebte sie hinter ihm her, ganz elegante Dame, verführerische Nixe und reizende Nordseeprinzessin. Die Morgenröte, die sich im Wasser des Priels spiegelte, hüllte sie zärtlich in ihren goldenen Schimmer. Auch wenn Corbet es leider nicht würdigen konnte, weil er vor ihr herstapfen musste: Sie wirkte so sexy wie nie.

2.

Vollkommen regungslos, in ihr Schicksal ergeben, mit geschlossenen Augen und im Schoß gefalteten Händen, lag Claire da. Als wäre ich hier aufgebahrt, dachte sie. Oder – als wäre ich schon tot. Sie war zu keinem Widerspruch, keiner Gegenwehr mehr in der Lage. Die Hände der jungen Frau, die hinter ihr stand, hielten ihren Hals fest umschlungen. Als wolle sie mir gleich an die Gurgel gehen, dachte Claire.

Was war nur heute mit ihr los, dass sie solche Gedanken hegte? Sonst konnte sie bei Sung Rei, einer balinesischen Farböl-Gesichtsmassage, die für viererlei verschiedene Stimmungen und emotionale Zustände angeboten wurde, immer herrlich entspannen. Heute hatte sie sich für die Farbe Rot entschieden, die Leben und Kraft, Liebe und Energie symbolisierte. Tief hatte sie die Düfte der ätherischen Öle von Pfefferminz, Koriander und Eukalyptus eingeatmet; nun versuchte sie, sich unter den geübten und zugleich liebevollen Handgriffen der Kosmetikerin zu entspannen. Die Mehrzahl der Gäste hatte kein Problem damit, sich auf der Wellness-Etage des Hotels, einer wahren Insel der Schönheit, gründlich verwöhnen zu lassen. Nur ihr wollte es heute einfach nicht gelingen. Aber vielleicht war die Frage danach, was mit ihr los war, falsch gestellt. Wie sollte sie ihre Mitte finden, wenn sowohl ihre Mutter als auch ihr Bräutigam die bevorstehende Hochzeitsfeier dermaßen torpedierten? Im Moment war Corbet das größere Problem.

Während die kundigen Hände der Kosmetikerin von Claires Hals zu ihren Ohren weitergewandert waren und ihre Ohrmuscheln kneteten, ließ Claire die Ereignisse des Vormittags noch einmal Revue passieren. Erst war Corbet zu spät zum Frühstück erschienen, in einem Zustand, den man nicht anders als somnambul bezeichnen konnte, und noch nicht einmal richtig angezogen, sondern in diesen unmöglichen Gammelklamotten, die sie beim Kofferpacken demnächst dezent entsorgen wollte. Aber sie durfte nicht zu hart urteilen, auch wenn ihr diese aus der Mode gekommenen, abgetragenen Kleidungsstücke zutiefst verhasst waren. Im Grunde sprach es natürlich für ihn, dass er sie immer noch trug. Es war doch rührend, wie bescheiden er war. Und wie treu. Monogam selbst bei der Jogginghose. Eigentlich sollte sie die Letzte sein, die sich darüber beschwerte.

Nur zum Frühstück hätte er sich umziehen müssen. Unmöglich, derart unzivilisiert vor der ganzen Gesellschaft zu erscheinen, ungewaschen und von oben bis unten eingesandet. Als hätte ihm jemand eine Schippe Sand über den Kopf gekippt, so hatte er vor ihnen gestanden, und bei jeder Bewegung waren weitere Körner feinsten Juister Sandes aus seinen Haaren gerieselt.

Offenbar war Corbet sehr viel emotionaler veranlagt, als er vor anderen – und vor sich selbst – eingestand. Den Stress der vergangenen Tage und Wochen hatte er zwar ohne mit der Wimper zu zucken durchgestanden und die diversen Hürden, den Antrittsbesuch bei ihren Eltern sowie die Termine mit dem Rechtsanwalt ihrer Familie und ihrem Anlageberater unbekümmert und scheinbar unbeschadet absolviert. Aber nun war ihm die Aufregung offenbar auf den Magen geschlagen. Das reichhaltige Frühstücksbuffet hatte er verschmäht und sich mit einer Tasse Kamillentee und einer Scheibe trockenen Toasts zufrieden gegeben. Lustlos hatte er daran herumgeknabbert und sich an den Tischgesprächen nicht einmal ansatzweise beteiligt. Es wurmte Claire, dass ihre drei Schulfreundinnen, die Corbet in diesen Tagen zum ersten Mal sahen, ihren Bräutigam nun auf eine so wenig typische Weise kennenlernten.

Ja, Bräutigam, so wollte sie ihn bis zur kirchlichen Hochzeit am Samstagnachmittag bei sich immer noch nennen, sie wusste selbst nicht, warum. Vielleicht, um etwas Geheimnisvolles, diesen Zustand in der Schwebe, noch zu verlängern, die Erregung hinauszuzögern, die Vorfreude auf kommende Lust. Aber zum ersten Mal, seit sie in Corbet verliebt war, spürte sie auch einen leichten Drang zur Kritik. Nicht, dass sie ihn verraten, sich von ihm distanzieren wollte. Aber ihren Freundinnen signalisieren, dass er sonst immer ganz anders war, dass ihr Corbet eigentlich besser aussah und sich gepflegter benahm, das wollte sie doch. Sie wusste schließlich, wie boshaft Eva, Franziska und Maike sein konnten, wenn sie über Männer im Allgemeinen und die Männer anderer Frauen im Besonderen herzogen. Wie viel Spaß hatten sie bei ihren Lästergesprächen immer gehabt! In ihrer Schulzeit waren sie als die Viererbande berühmt und berüchtigt gewesen. Und wenn auch Claire dabei gern die Rolle der sich vornehm Zurückhaltenden eingenommen hatte – schließlich hatten ihre Eltern das meiste Geld, sie konnte sich ihre großzügige Haltung leisten, wie Maike es mit einem Anflug von Neid einmal beschrieb –, so würde ihre Güte die anderen nicht daran hindern, sich über Corbet lustig zu machen. Im Gegenteil.

Claire war die Letzte der vier, die vor den Traualtar trat. Franziska war die Erste gewesen und Eva von ihrem Ludwig schon fast wieder geschieden. Eva musste Acht geben, dass sie nicht vorzeitig wie eine verbitterte Enddreißigerin aussah, dachte Claire; in der letzten Zeit war sie stark gealtert.

Die Freundinnen waren ohne Männer angereist. Nur Richard, Maikes Mann, würde am Samstag nachkommen, zur ultimativen Party. Franziskas Göttergatte aber musste zu Hause bleiben und auf seine Kinder aus einer früheren Ehe aufpassen, Zwillinge, die sich gerade die Windpocken zugezogen hatten. Eine glückliche Fügung des Schicksals, hatte Claire zu Corbet gesagt. So waren sie der Gefahr entgangen, dass ihre Feier durch ein Paar nerviger Gören torpediert werden konnte. Nicht, dass Corbet ihre Äußerung als kinderfeindlich missverstand, bitte sehr; sicher hätte sie anders empfunden, hätte es sich um Franziskas leibliche Kinder gehandelt. Aber wie es schien, musste ihr armer Mann derart unverschämt hohe Alimente an seine Exgattin zahlen, dass Franziska und er sich keine eigenen Kinder mehr würden leisten können. Verrückte Welt. Claire wusste, dass Franziska mit dem Cent rechnen musste und die Einladung nach Juist daher doppelt genoss.

Es war überaus großzügig von ihrem Vater, nicht nur die übliche Feier, eine mehr oder weniger schicke Party, sondern ein langes Hochzeitswochenende, eine Hochzeitswoche fast, hier auf der Insel zu schmeißen, ein richtig rauschendes Fest. Und da er selbst aus bescheideneren Verhältnissen stammte als die, in die er eingeheiratet – und die er mit aufgebaut – hatte, hatte er die Bodenhaftung nie verloren, den Kontakt mit der Wirklichkeit. Ihre Mutter hätte es fertig gebracht, die ganze Gesellschaft nach Las Vegas, Kapstadt oder Hawaii einzuladen; auch Hochzeiten am Strand von Mauritius, unter Palmen oder Flamboyant-Bäumen, lagen in ihren Kreisen zur Zeit voll im Trend. Und wenn Mama auch nur aus einer Augenblickslaune heraus gehandelt hätte, so hätte sie doch von ihren Töchtern die gleiche Spontaneität und Begeisterung erwartet, mit der sie das Leben bestritt. Papa aber besaß genau das richtige Maß für die Dinge. Claire liebte und bewunderte ihn dafür. Hier auf Juist würden sich alle wohlfühlen, Alt und Jung. Die, die es stilvoll, schick und gediegen liebten, ebenso wie die jüngeren und sportlicheren unter ihnen, und auch die mit einem eher unkonventionellen Geschmack. Die Insel, für Claire seit ihrer frühen Kindheit fast wie ein zweites Zuhause, bot genau die richtige Mischung. Papa hatte die gesamte Gesellschaft im Romantikhotel *Achterdiek* einquartiert und dafür fast das ganze Hotel gemietet. Im Moment waren sie ja noch weitgehend unter sich, aber zum Wochenende würde sich eine große Gesellschaft einfinden. Am Strand hatte Papa in Höhe des Abgangs am Herrenpfad vorsorglich ein größeres Areal mit drei Dutzend Strandkörben reserviert. Alles wäre perfekt – wenn nur ihre Mutter sie nicht wieder einmal boykottieren würde. Es war doch unglaublich, dass sie nicht mit ihnen zusammen am Dienstag angereist war. Die meisten Hochzeitsgäste würden zwar erst am Freitag eintreffen – aber ihre Mutter war doch kein Gast! Und sie konnte auch nicht, wie Claires Großmutter, die Sorge um die Gesundheit ihres Mannes vorschützen, wenn sie sich drücken wollte. Seit langem schon hatte Claire Oma Elfi im Verdacht, sich allzu gern mit Theos Leiden herauszureden.

Ach, wenn nur das Wetter noch etwas besser würde! Wie schön wäre es, mit Freunden und Verwandten wie in Kinderzeiten einen Tag – oder auch nur ein paar Stunden – am Strand zu verbringen, sich zu sonnen und im Strandkorb zu fläzen, Volleyball und Beach Ball zu spielen und abends Champagner zu schlürfen. Leider spielte Petrus bislang noch nicht richtig mit.

Trotz der frischen Brise hatte Corbet darauf bestanden, gleich nach dem Frühstück wieder an den Strand zu eilen. Nur mit Müh und Not hatte sie ihn dazu bringen können, vorher wenigstens kurz unter die Dusche zu hüpfen – er stank ja schon gegen den Wind. Nicht nur nach aufrecht männlichem Joggerschweiß, der neuerdings eine betörend erotisierende Wirkung auf sie ausüben konnte, wie sie zu ihrem eigenen Erstaunen festgestellt hatte. Sondern irgendwie anders als sonst, dumpfer, wie fauliges Brackwasser, in das sich eine Spur modriger Seetang mischte. Der kurze Blickwechsel zwischen Franziska und Maike, die dezent hochgezogenen Augenbrauen und Evas spöttisches Naserümpfen, während sie ihr Frühstücksei pellte, waren Claire nicht entgangen. Nach dem Duschen war Corbet aus unbegreiflichen Gründen wieder in seine sandigen Kleidungsstücke geschlüpft; der Teufel wusste, was ihn getrieben hatte. Zwar hatte er kurzfristig einen frischen Duft nach *Cool Water* verströmt und versprochen, zum Mittagessen pünktlich zu kommen. Aber er war irgendwie seltsam zerstreut gewesen. Als wäre ihm die Verabredung zum Lunch völlig egal.

Claire versuchte, die lästigen Gedanken abzustreifen und loszulassen. Das sollte einem, während die Augenhöhlen mit exotischen Massagegriffen durchgewalkt und liebkost wurden, eigentlich gelingen, aber sowohl das Geschick der jungen Kosmetikerin als auch die Düfte der diversen ätherischen Öle verfehlten heute die gewünschte Wirkung auf sie. Hätte sie doch diese Anwendung nur für später gebucht! Oder sich für Grün, die Farbe der Harmonie, der Beruhigung, Hoffnung und Heilung entschieden. Vielleicht hätten Passionsblumen-, Lavendel- und Ylang-Ylang-Öl heute bessere Dienste geleistet?

Eine Etage tiefer lümmelten ihre Freundinnen in der Sauna und lästerten gründlich. Klatschten über Corbet und sie. Allein die Vorstellung! Ihr war, als dränge leises Gekicher durch

Türen und Wände bis zu ihr herüber, aber ganz sicher bildete sie sich das nur ein. Sie war zu empfindlich, das sagte sich Claire immer wieder. Warum glaubte sie nur, dass ihre Freundinnen hinter ihrem Rücken schlecht über sie sprachen? Ihre Mutter hatte ihr zu wenig Selbstbewusstsein vermittelt, zu wenig Vertrauen in sich und die Welt. Ihr fehlte das Urvertrauen. Da nützte es auch nichts, dass sie die Lieblingstochter ihres Vaters und das Lieblingskind ihres Großvaters war. Die Basis fehlte trotz allem. Sie war eine typische Vatertochter, mit Frauen hatte sie Schwierigkeiten. Allen voran mit Mama. Es war doch immer wieder erstaunlich, dass diese Frau ihre Mutter sein sollte. Ganz unglaublich war das. Sie waren so unterschiedlich. Grundverschieden, wie Ebbe und Flut. Oder wie Tag und Nacht. Wenn Claire ihre Mutter sah, bekam sie jedes Mal einen Schrecken. Aber dass Mama sich vor ihrer Hochzeit nun überhaupt nicht blicken ließ, war auch nicht richtig. Sie hätte sich doch auch einmal für sie interessieren können. Interessieren müssen! Für ihr Brautkleid. Die Brautformel. Claire hatte lange darüber nachgedacht. Und die ganzen Vorbereitungen zur Feier. Menüpläne wollten mit dem Küchenchef abgestimmt, Tischordnungen geplant, das Programm für die Feier besprochen werden. Aber nein, Mama trieb sich in der Weltgeschichte herum. Entweder hatte sie mal wieder einen neuen Lover aufgegabelt – Claire schüttelte sich allein schon bei dem Gedanken. Oder sie war kurzentschlossen zum Shopping nach Paris oder London geflogen, damit sie am Sonnabend mit dem ausgefallensten Outfit aufwarten konnte. Andere Frauen stöhnten darüber, dass ihre Mütter zu viel Anteil an ihnen nahmen. Sie hingegen hätte sich über das kleinste Fitzelchen Aufmerksamkeit schon riesig gefreut. Es war alles so ungerecht verteilt auf der Welt. Selbst die Mutterliebe.

Als Kind hatte Claire manchmal davon geträumt, eine arme, aber liebevolle Mutter zu haben. Am besten eine Mutter, die hustend im Bett lag und an einer Krankheit mit einem altmodischen Namen litt, Beulenpest oder Schwindsucht zum Beispiel, und die sie, Claire, würde retten können. Natürlich hätten sie kein Geld für teure Medikamente gehabt, aber allein ihre Liebe hätte die Mutter gerettet. Und natürlich wäre sie von ihrer Mutter ebenso zurückgeliebt worden, und es hätte sie dann auch nicht weiter gestört, wenn ihre Mutter irgendwann, nachdem sie sich von der Pest oder ihrer Schwindsucht erholt hatte, noch einen reichen Mann geheiratet hätte. Einen Mann wie ihren Vater zum Beispiel. Aber dass Mama vor Energie nur so strotzte und ihren netten, ruhigen Mann andauernd betrog, das hatte Claire schon als Kind als über die Maßen kränkend empfunden. Und je weniger sich ihr Vater die Enttäuschungen anmerken ließ, desto heftiger hatte sie sie empfunden. Sie hatte die Demütigung stellvertretend für ihren Vater erlebt, diesen zuverlässigen Mann, der schließlich nicht nur in die Firma seiner Schwiegereltern eingeheiratet hatte, sondern die Geschäfte am Laufen hielt. Es war bewundernswert, mit welcher Geduld er immer wieder gute Miene zum bösen Spiel gemacht hatte.

Claire kniff die Augen zusammen und wurde von der Kosmetikerin ermahnt, zu entspannen und lockerzulassen. Wenn man es genau bedachte, hatten ihre Eltern eine ähnliche Ausgangslage gehabt wie jetzt Corbet und sie. Auch Corbet kam aus einfacheren Verhältnissen, würde es aber noch weit bringen, davon war Claire überzeugt. Sie war gespannt darauf, seinen Vater kennenzulernen, der morgen, am Freitag, eintreffen würde; bis dahin war ihre Mutter wohl hoffentlich da. Hoffentlich saßen die beiden nur nicht im selben Flugzeug, vorausgesetzt, dass ihre Mutter wirklich nach London geflogen war. Sie brachte es fertig und baggerte selbst noch den Schwiegervater ihrer ältesten Tochter an.

Claire merkte, wie sie ihre Zähne aufeinander presste. Ihr Unterkiefer war völlig verkrampft. Sie schämte sich vor der Frau, die sich solche Mühe mit ihr gab. Abrupt stieß sie deren Hände zur Seite und sprang auf. Vielleicht konnte sie am späteren Nachmittag wiederkommen und es mit der lebensaktiven Farbe Orange versuchen, die für Entgiftung, Bewegung und Glücksgefühl stand? Angeblich konnten Teebaum-, Rosenholz- und Zedernholzöle geistige und psychosomatische

Blockaden lösen. Das hatte sie dringend nötig. Im Moment jedoch hielt sie nichts mehr im Haus. Egal, ob noch das Transformator-Gel aufgetragen werden musste. Sie wollte wissen, was Corbet gerade machte. Sie musste sofort an den Strand.

Dort traf sie ihren Mann, ihren Bräutigam, allein auf weiter Flur beim Sandschippen an. Da es so kühl war und eine frische Brise wehte, war er der Einzige aus ihrer Runde, der sich an diesem Vormittag zum Strandkorb begeben hatte. Nur in der Ferne waren ein paar vereinzelte Spaziergänger zu sehen. Das war das Schöne an Juist, der Strand war so geräumig und weit, dass man immer genug Platz um sich herum hatte und sich die Menschen, mit Ausnahme einiger weniger Sonntage im Hochsommer, doch immer verliefen. Hier war man für sich. Und wurde in Ruhe gelassen. Ihre Mutter hatte das allerdings immer ganz anders gesehen. Dieses Für-sich-Sein, Auf-sich-gestellt-Sein, diese gelassene Abgeschiedenheit waren nichts für Mama, im Gegenteil. Sie wollte Leute sehen. Und von ihnen gesehen werden. Nach einer halben Stunde im Strandkorb pflegte sie unruhig zu werden. Zum Lesen fehlte ihr die Konzentration. Und da ihre Haut sich in Windeseile bräunte, hatte sie auch keine Veranlassung, stundenlang geduldig in der Sonne zu liegen. Man traf sie deshalb eher beim Flanieren und Flirten oben auf der Strandpromenade an. Oder in der Strandhalle beim Dämmerschoppen.

Papa hingegen war stets der ruhende Pol gewesen, der Festungsbauer und Burgenbaumeister, dem es Spaß gemacht hatte, für Frau und Kinder ein Nest aus Sand, die schönste Burg am Strand aufzuschippen. Claire hätte nicht gedacht, dass Corbet es ihm je würde gleichtun wollen, und noch dazu schon so bald. Er hatte sich den großen Spaten, den Papa im Strandkorb verwahrte, hervorgeholt und schaufelte um sein Leben. Erstaunlich, was für einen hohen Wall er an diesem Vormittag bereits aufgeschippt hatte. Um den blitzblanken, weißen Strandkorb mit der rot-weiß gestreiften Marquise, den sie für sich und ihn ausgewählt hatte, hatte er eine herzförmige Burg angelegt, umgeben von einem Wall und sogar einem Burggraben. Auch den Eingang am unteren Herzende hatte er kunstvoll gestaltet. Der Clou aber war eine große, liebevoll geformte Sandskulptur neben dem Eingang, die wohl eine Robbe darstellte. Oder sollte das eine schlafende Nixe sein? Claire hatte gar nicht gewusst, dass Corbet bildhauerisch talentiert war. Aber kein Zweifel, die Figur hatte was. Zwei bläulich gefärbte Muscheln bildeten die Augen, ein paar Algen formten Nase und Mund. Aber was sollte die Schwertmuschel bedeuten, die zwischen den Seetanglippen des lässig hingestreckten Sandwesens steckte? Claire versuchte sich daran zu erinnern, ob Seehunde Stoßzähne hatten. Oder sollte dies eine Zigarette darstellen, war die Nixe etwa eine Raucherin? Das wäre so ein Spaß ganz nach Corbets Manier gewesen. Aber Claire wollte nicht mit neugierigen Fragen in ihn dringen, sondern die Antwort ihm – und der Zeit – überlassen. Irgendwann würde sie es ja sehen. Das Tröstliche an der See war, dass man das Gefühl bekam, immer alle Zeit der Welt zu haben. Ganz egal, was geschah. Wesentlich entspannter als noch vor einer Stunde kuschelte sich Claire in den Strandkorb. Sie hatte den Korb auf die windabgewandte Seite gedreht, so dass die zaghafte Junisonne sie etwas wärmen konnte. Vielleicht entfaltete die balinesische Gesichtsmassage jetzt ja doch ihre Wirkung.

Ab und an blinzelte Claire zu ihrem schwer schuftenden Bräutigam hinüber. Wenn er mit dem Buddeln fertig wäre, würde auch er einer Massage bedürfen. Vor dem Mittagsschlaf würde sie ihm eine Salzschlickpackung oder ein schottisches Dampfbad spendieren. In Vorfreude auf ein Schläfchen glitt Claire, ohne es zu merken, schon jetzt ins Reich der Träume hinüber. Das stete Schlagen der Wellen und das Pfeifen des Windes, in das sich gelegentlich der freche Schrei einer Möwe mischte, bildeten eine freundliche Hintergrundmusik zu einem weniger freundlichen Traum. Sie träumte, dass sie gemeinsam mit Corbet und ihrer Mutter in einem Strandkorb saß, wobei sich die Mutter zwischen Corbet und sie gedrängt hatte. Aber so sehr Claire sich auch bemühte, sich ganz dünn zu machen und in die Ecke des Korbes zu quetschen, der Platz reichte einfach nicht für sie alle drei. Deshalb fing sie an, ihre Mutter in die Seite zu zwicken und immer stärker zu knuffen und sogar von sich zu stoßen, damit die Mutter sie mit Corbet allein ließ und sich einen anderen Korb suchte. Aber es war alles vergebens, Mama reagierte nicht auf ihren Befreiungsversuch. Sie blieb fett in der Mitte sitzen und lachte nur über Claires verzweifelte Püffe, ein höhnisches Möwenkeckern, von dem Claire schließlich erwachte. Und da saß tatsächlich eine Möwe auf dem Eingang zu ihrer Burg, schlau darauf lauernd, dass, wo so hart gearbeitet wurde, sicher bald die Reste eines belegten Brötchens abfielen.

Corbet war unterdes ein gutes Stück vorangekommen, der Sandwall war inzwischen kniehoch. Claire warf einen Blick auf ihre Armbanduhr. Gleich zwanzig vor eins. Um Gottes willen, das Mittagessen! Es wurde von 12.30 bis 13.30 Uhr serviert. Wenn Corbet und sie sofort ins *Achterdiek* eilten, konnten sie sich vielleicht noch mit dem akademischen Viertel herausreden. Jedoch würde die Zeit nicht reichen, um sich noch umzuziehen. Claire wusste, wie sehr ihr Vater Wert auf Pünktlichkeit legte. Und wenn Mama es daran zu wünschen übrig ließ, erwartete er diese Tugend nur um so mehr von seinen Töchtern. Seufzend schälte sie sich aus dem Strandkorb und schüttelte ihre verrenkten Gliedmaßen aus. Was für ein unangenehmer Traum. Wo sie in Wahrheit doch darauf wartete, dass Mama endlich kam. Soweit Claire sich erinnerte, wurde das Mittagsschiff heute gegen vierzehn Uhr erwartet. Vielleicht platzte Mama noch in die Espresso- und Cappuccinorunde am Ende der Lunchzeit hinein. Dumm war nur eines, es war bereits die zweite Mahlzeit des Tages, zu der ein durch und durch sandiger Corbet erschiene.

Ihren Bräutigam kümmerte sein Erscheinungsbild freilich wenig. Nur widerwillig riss er sich von seinem Werk los. Offenbar hatte er mit seiner Burg noch große Pläne. Es dauerte weitere fünf Minuten, bis es Claire gelang, ihn zu überreden, mit ihr zurück zum Hotel zu kommen.

In der gemütlichen, blau gekachelten Friesenstube des Hauses war die kleine Festgesellschaft bereits beim Mittagessen versammelt, die drei Freundinnen mit frisch geröteten und leicht glänzenden Gesichtern nach Sauna und Wellness-Programm, ihre Schwester hingegen von so grauer Gesichtsfarbe, dass Claire einen Schrecken bekam. Gab es schlechte Nachrichten? Aber Ivonne schien kein Mitteilungsbedürfnis zu haben, vielleicht war sie nur etwas müde und abgespannt. Sie war zwar Claires jüngere Schwester, weswegen sie für Claire ewig jugendlich bleiben würde, näherte sich inzwischen aber auch schon der Dreißig. Allmählich kamen sie alle in die Jahre, wo jeder Morgen im Spiegel das erste graue Haar und die erste Falte enthüllen konnte, dachte Claire; dass es alle traf, war beruhigend.

Dennoch, etwas an Ivonnes Aussehen oder Verhalten war fremd, irgendetwas stimmte da nicht.

„Na endlich!“, brummte ihr Vater. „Wo habt ihr denn so lange gesteckt?“

„Sich offenbar am Strand herumgewälzt“, bemerkte Eva. „Wenn das keine Leidenschaft ist.“

Claire fing ein Blinzeln zwischen ihr und Franziska auf. Sie wäre am liebsten im Boden versunken. Dabei konnte Corbet so gut aussehen. Ihm schienen die spöttischen Bemerkungen jedoch nicht das Geringste auszumachen. Gut gelaunt griff er zur Mittagskarte und entschied sich nach einem kurzen Blick darauf für Dreierlei Matjesfilets mit Speckbohnen und Hausfrauensauce.

„Klingt, als würden sie hier die Hausfrau zu einer Sauce verarbeiten“, grinste er. „Nicht wahr, Darling? Wenn das kein gutes Omen für unsere Ehe ist.“

Claire tat, als hätte sie seine Bemerkung nicht gehört. Am liebsten wäre ihr überhaupt, dieser sandige Mann würde im Moment nicht zu ihr gehören. Er war doch einfach unmöglich! Sie dermaßen bloßzustellen!

„Ich nehme die gebratenen Jacobsmuscheln in Currysauce“, sagte sie spitz.

Vielleicht erinnerte sich Corbet ja daran, wie er, kurz nachdem sie sich kennengelernt hatten, bei einer Abendgesellschaft ins Fettnäpfchen getreten war. Damals hatte er die gekochten Jacobsmuscheln zunächst für Kartoffelscheibchen gehalten! Kartoffelchips, dachte Claire verächtlich. In Erinnerung an den Abend hätte sie noch jetzt beinahe laut geseufzt. Aber etwas Gutes hatte der Fauxpas auch gehabt. So hatte sie immerhin sehr früh begriffen, dass sie ihrem Verlobten noch viel würde beibringen müssen. Was wiederum ebenfalls sein Gutes hatte; es war auch eine Chance, jemanden nach seinem Bilde zu formen. Und mussten nicht alle Frauen ihre Männer erst noch erziehen? Mit Ausnahme ihrer Mutter natürlich? Aber wenn man es kritisch bedachte, hatte sich vielleicht auch Mama ihren Mann erst noch zurechtgebogen und schön gefügig gemacht. So dass er irgendwann brav gekuscht und nicht mehr gemurrt hatte angesichts ihrer Eskapaden. Wer weiß, vielleicht hatte er zu Beginn seiner Ehe ja noch rebelliert? Nachdenklich schaute Claire zu ihrem Vater hinüber, der ihren Blick auffing, aber nicht erwiderte, sondern die Augen niederschlug. Merkwürdig. Offenbar waren sie heute alle etwas durch den Wind. Und vielleicht lag es nicht nur an der bevorstehenden Hochzeit. Vermutlich war das Reizklima schuld.

Etwas Mittagsruhe wäre also durchaus ratsam gewesen, aber Corbet wollte nichts davon wissen. Ihn zog es zurück an den Strand. Der Nestbauwahn hatte ihn ganz eindeutig ergriffen. Als Claire sich von der Tafel erhob, hörte sie ihn im Fachgespräch mit ihrem Vater. Papa erklärte sich gerade bereit, seinem Schwiegersohn das eigens für diese Zwecke von zu Hause mitgebrachte Reibfix-Holzbrett zu leihen, ein siebenfach verleimtes Mehrschichtholz aus dem Baumarkt, das eigentlich handwerkerischen Zwecken diente, aber auch hervorragend zum Glattplätten des Sandes geeignet war.

„Erst den Sand schön anfeuchten“, sagte Papa. „Du kannst dir gern meine große Gießkanne leihen. Findest du unter dem Strandkorb.“

Männer unter sich! Mit einem Seufzer schützte Claire Müdigkeit vor, „das Reizklima, wisst ihr“, und zog sich auf ihr Zimmer zurück. Eigentlich war sie fit und hellwach, sie hatte ja bereits im Strandkorb ein Stündchen geschlafen. Aber sie hatte keine Lust, Corbet wieder an den Strand zu begleiten, um ihm beim Buddeln und Graben und Gießen und Glätten zuzuschauen oder zur Hand zu gehen. Oder gar für seine

Schufterei zu bewundern. Und erst recht verspürte sie nicht das geringste Interesse, mit Papa und Ivonne zum Hafen zu eilen und das Empfangskomitee für Mama abzugeben. Sie würden ja doch nur vergeblich warten, davon ging Claire felsenfest aus. Auch wenn sie sich im tiefsten Inneren etwas anderes wünschte. Oder? War sie nicht insgeheim erleichtert, ja sogar froh, wenn Mama sie in Ruhe ließ? Auf jeden Fall sollte sie sich für ihre Ankunft auf Juist ein anderes Publikum suchen.

Es hätte nahe gelegen, etwas mit ihren Freundinnen zu unternehmen, aber auf deren Mitgefühl konnte sie im Moment gut verzichten. Was die drei von ihrer Mutter hielten, hatten sie, weiß Gott, schon oft genug zum Ausdruck gebracht. Hinter ihrem Rücken konnten sich alle immer so herrlich über Mama empören. Wenn sie jedoch anwesend war, zog sie alle Kritiker in ihren Bann und wickelte noch den letzten Moralapostel um den kleinen Finger. Auch wenn sie dreißig Jahre älter als Claire und ihre Freundinnen war, beim Hochzeitstanz würde sie doch allen die Schau stehlen.

Es sei denn, jemand hinderte sie daran.

Mit einem Anflug von Verbitterung kramte Claire ihre Nagelfeile aus dem Reisenecessaire und fing an, ihre Fingernägel zu feilen. Sie feilte anderthalb Stunden lang, bis ihre Nägel so kurz waren, dass die Kuppen schmerzten. Zwischendurch ritzte sie ein wenig in ihrer linken Handfläche herum. Es tat gut, wenn der Schmerz nachließ. Aber noch besser war es, wenn sie ihn mit einer kaum merklichen Bewegung, einem winzigen Stochern nur, dann und wann wieder entfachte.

3.

Natürlich war Mama nicht mit dem Fährschiff gekommen. Ivonne hatte auch nicht ernstlich mit ihr gerechnet. Aber es verstand sich von selbst, dass sie ihren Vater zum Hafen begleiten musste. Auch wenn er es nicht aussprach, so erwartete er es doch stillschweigend von ihr. Immer und ewig hatten Claire und sie ihren Vater über die Eskapaden seiner Frau hinwegtrösten müssen. Seit sie denken konnte, waren sie kleine Lückenbüßerinnen gewesen, die den Schmerz ihres Vaters betäubten. Und nicht danach fragen durften, ob sie selbst einen Mangel verspürten. Sie hatte genauso wie Claire immer brav mitgemacht. Und doch war die Schwester die Lieblingstochter. Ivonne schnaubte verächtlich. Sie war es so leid. Nachdem sie ihren Vater zurück zum Hotel begleitet hatte – sicher würde er sich in der Hotelhalle mit einem doppelten Cognac trösten – wäre sie am liebsten zum Hafen zurückgeeilt, um das nächste Schiff zurück zum Festland zu nehmen. Nach Deutschland, wie die Juister sagten, als wäre die Insel ein extraterritoriales Gebiet. Als würden hier andere Regeln gelten, als wären alle Schrecken in weite Ferne gerückt.

Aber für sie war es umgekehrt. Für ihre Familie, genauer gesagt. Für sie kämen alle Schrecken erst auf der Insel zusammen. Es war abzusehen, dieses Wochenende würde niemals friedlich verlaufen.

Die ganze Heiraterei hing ihr zum Halse heraus. Es war doch nicht normal, wochenlang seinen Eintritt ins Gefängnis zu feiern. Wie man sich überhaupt freiwillig hineinbegeben konnte, war nicht nachvollziehbar für sie. Vor Jahren schon hatte Ivonne den einzig möglichen Schluss aus der Ehe ihrer Eltern gezogen und für sich eine klare Entscheidung getroffen. Der Auftrag hieß, einen möglichst großen Bogen um diese Art der Lebensführung zu machen. Das Unglück ihrer Eltern rührte aus der Tatsache her, dass zwei Menschen, die überhaupt nicht zueinander passten, auf Gedeih und Verderb aneinandergekettet waren. Und dass sie, aus welchen Gründen auch immer – das liebe Geld, die Firma, die Kinder, der Ruf – trotz besseren Wissens nicht voneinander ließen.

Und von den vielen Fehlern, mit denen sich ihre Eltern hervortaten, wollte Claire ausgerechnet diesen nachäffen? Nun ja, jedem das Seine. Selber schuld. Es war klar, wessen Rolle sie in diesem Szenario übernehmen dürfte. Dieser Corbet würde Claire ganz gewiss nicht immer so treu und brav zu Füßen liegen und sich darum bemühen, ihr jeden Wunsch von den Augen abzulesen, wie jetzt. Wenn Ivonne die Anzeichen richtig deutete, war er durchaus noch für andere Reize empfänglich. Sicher würde Claire schon bald den Part ihres Vaters spielen. Aber sie schien sich ja schon zu wappnen und vorsorglich diese Leidensmiene aufzusetzen, die sich bei Papa so blendend bewährte. Mit seiner depressiven Art hatte er es doch immer verstanden, sie alle um den Finger zu wickeln. Regelrecht erpresst hatte er sie.

Ivonne hatte lange gebraucht, um das dahintersteckende System zu erkennen, aber inzwischen fiel sie nicht mehr auf seine Manöver herein. Sie hatte den Mechanismus durchschaut. Gerade diese wortkargen Typen, diese stillen, scheinbar in ihr Schicksal ergebenen Menschen, die leise vor sich hin litten und das Kreuz Christi auf ihren Schultern zu tragen schienen, das waren die allerschlimmsten. Vor denen musste man auf der Hut sein, und wenn man es konnte, so machte man am besten einen weiten Bogen um sie. Interessanterweise war ihr Vater in dieser Hinsicht seiner Mutter ähnlicher, als ihm lieb sein konnte. Nur fiel einem der Psychoterror bei einer alten Frau nicht so auf; vermutlich, weil man von alten Frauen sowieso nichts anderes mehr erwartete.

Ivonne hingegen hatte sich immer ein Beispiel an ihrer eigenen Mutter genommen. Sei selbst diejenige, die agiert! Lass dich nicht zu sehr ein, lass dich nicht in die Enge treiben! Halte dir Fluchtwege offen! Niemals würde sie sich das Heft aus der Hand nehmen lassen. Ihr stutzte keiner die Flügel, ihr trieb keiner die Lebenslust aus, ihr würde niemand ein Jawort abpressen. Schon vom bloßen Zusehen wurde ihr ja ganz übel. Beim Mittagessen hätte sie beinahe in ihre Bauernsülze gekotzt. Oder auf den Teller der armen Franziska, die sich dankbar an ihrem Steinbeißerfilet gütlich tat. Na, immerhin machte sie Fortschritte; gestern hatte sich Claires bescheidene Schulfreundin noch mit einem Apfelpfannküchlein zufrieden gegeben. Der könnte es auch besser gehen, wenn sie bloß nicht geheiratet hätte.

Die Vorstellung, einer der Freundinnen ihrer Schwester – oder gar Claire selbst – über den Weg zu laufen, erzeugte ein Gruselgefühl in Ivonne. Und deshalb hatte sie beschlossen, einen Spaziergang zu unternehmen und die ganze Bagage zu meiden.

Weit kam sie nicht. Bei den Strandkörben lungerte ihr Schwager, ihr Schwager in spe, wenn man Claires strengem Sprachgebrauch folgen wollte, und wartete offensichtlich auf jemanden, der ihm den Rücken stärkte. Den Spaten, mit dem er bis an den Rand der Erschöpfung geschuftet und Großes vollbracht hatte, hatte er vor sich in den Sand gepflanzt wie ein Bajonett. Nun hockte er, die Ellenbogen auf die Oberschenkel gestützt, den Kopf zwischen den Händen versteckt, wie ein Häuflein Elend in seiner Burg, auf der ausziehbaren Fußbank des Strandkorbs. Er sah aus wie jemand, der dringend einen Schnaps brauchte. Demütig. Geduckt. Und doch – irgendwie widerständig. In diesem Moment fühlte sich Ivonne ihm seltsam seelenverwandt. Ohne darüber nachzudenken, was sie tat, und dass sie eigentlich hatte allein sein wollen, schlüpfte sie aus ihren Prada-Sneakern und hüpfte leichtfüßig durch den Sand zu ihm hin.

„Hi, mein Lieber, was feierst du denn hier? Deinen privaten Fronleichnam?“

Corbet schaute zu ihr auf und musterte sie argwöhnisch.

„Keine Ahnung, wovon du redest“, murmelte er.

„Fronleichnam. Das ist heute. So ein katholischer Feiertag. Ehrlich gesagt, weiß ich auch nicht, was das genau bedeutet. Warte mal. Fron, das heißt so viel wie Schufterei. Schwere Arbeit. Vielleicht haben sie da den Leichnam begraben?“

Corbet schaute sie entsetzt an, aber Ivonne achtete nicht auf ihn. Anmutig warf sie sich neben ihn in den Strandkorb.

„Fabulös, was du geschafft hast, Schwager. Eine echte Burg. Und mit Kunst am Bau, ich fass es nicht. Au weia, Corbet, du musst ja total verliebt sein."

„Claire ist es mir wert", nuschelte Corbet.

Er sah nicht nur so aus, er stotterte auch wie Hugh Grant. Vor allem, wenn er sich bemühte, korrektes Hochdeutsch zu sprechen.

„Wie süß", seufzte Ivonne, und es war nicht klar, ob sie Corbet, sein Werk oder sein Stottern meinte. „Ich hoffe nur, sie hat eine schöne Massage für dich gebucht. Die kannst du sicherlich brauchen."

Damit fing sie an, ganz leicht die Schultern des vor ihr kauernden Mannes zu kneten. Amüsiert spürte sie, wie er einen Moment lang automatisch die Schulterblätter zusammenzog, sich dann aber ermannte. Sich straffte, sich aufrichtete. Und sich gleichzeitig den Befehl gab, scheinbar lockerzulassen. Aber er war auf der Hut. Sie legte mehr Kraft in ihr Walken und vergaß dabei nicht, ab und zu mit dem Zeigefinger seine Wirbelsäule entlangzustreichen. Zu diesem Zweck ließ sie ihre Hand wie nebenbei unter seine Windjacke gleiten und streifte das Kleidungsstück schließlich ganz ab. Er ließ alles mit sich geschehen und protestierte auch nicht, als sie die Jacke, immerhin Claires Hochzeitsgeschenk, kurzentschlossen in den Sand neben den Strandkorb warf. Wie günstig, dass er vor ihr, ja unter ihr auf dem Fußbänkchen hockte. Was er wohl machen würde, wenn sie anfinge, ihm in den Nacken zu küssen? Ivonne war der Typ, der gern herausfand, wie Menschen auf sie reagierten. Zurückweisung schreckte sie nicht. Im Gegenteil, sie liebte es, ihre Mitmenschen zu provozieren. Nur wer die Initiative ergriff, kam im Leben voran, so lautete ihre Devise. Sie hatte nie das Gefühl gehabt, sich etwas zu vergeben, wenn sie sich einen Korb holte, und vielleicht war genau dies der Grund, warum sie nur sehr selten auf Ablehnung stieß. Außerhalb ihrer Familie kaum jemals.

Aber Corbet gehörte nicht zur Familie.

Oder doch?

Es hatte was, mit dem eigenen Schwager zu flirten. Man

konnte sich jederzeit damit herausreden, dass das Geplänkel quasi unter Geschwistern stattfand. Dass es rein familiärer Natur wäre. Rein gar nichts dabei. Und wenn sich mehr ergab – so würde man es genießen, wie es kam, und ansonsten abwarten und Tee trinken, dachte Ivonne. Claire musste ja nicht jede Sünde, die sie beging, immer gleich brühwarm erfahren. Während sie mit beiden Händen zugleich unter sein Hemd fuhr, näherte sich ihr Mund zielstrebig Corbets Nacken. Seine Haare waren verschwitzt, und seine Haut schmeckte salzig und sandig, und als sie darüberleckte, spürte sie, wie sich die Härchen in seinem Nacken aufrichteten und sich vor ihrer Zunge – oder im Winde? – leicht sträubten. Aber er hielt still und ließ sie machen und wehrte sich nicht.

Nach einer Weile wurde Ivonne bewusst, dass Corbet am ganzen Leib zitterte. Es war zwar für Mitte Juni verdammt kalt, aber er hatte schließlich hart gearbeitet. Es konnte doch nicht sein, dass er fror? War ihm etwa trotz ihrer Küsse nicht warm geworden? Oder – ob er aufgeregt war? Am liebsten hätte sie ihm ins Ohr geflüstert, wie süß sie ihn fand. Viel zu süß für eine einzige Braut ganz allein. Und vor allem, viel zu süß für ihre verklemmte Schwester. Aber sie beschränkte sich darauf, ihm den Sand aus den Ohren zu schlecken. Und da kam plötzlich Leben in den vor ihr hockenden Mann. Erst lehnte er seinen Kopf weit zurück, gegen ihre Brust, und sah ihr von unten direkt in die Augen. Einen Moment lang dachte sie, sie schaue ihm in die Seele, und beinahe hätte sie irgendetwas Kitschiges, etwas wie „Wer bist du, mein fremder Bruder?" zu ihm gesagt. Aber vielleicht spiegelte sich auch nur der graue Himmel in seinem verzweifelten Blick. Und während sie noch darüber nachdachte, hatte er sie schon gepackt und zu sich herab in den Sand gezogen.

Eine gute Stunde später machten sie sich gemeinsam auf den Weg zurück zum Hotel. Ivonne musste ihren Schwager stützen, denn Corbet konnte kaum noch laufen; nach der Fron des Sandschippens war er nun doppelt erschöpft. Aber der von ihm angelegte Burgwall hatte sich bestens bewährt, war er doch hoch genug, um fremden Blicken zu wehren. So mussten sie nicht befürchten, dass irgendjemand sie gesehen hatte, als sie sich im Sand umeinander und übereinander wälzten. Ivonne war zutiefst befriedigt. Jetzt, da sie selbst an dieser Quelle getrunken hatte, konnte sie Claire ihren unverschämt gut aussehenden Mann um einiges leichter gönnen. Zumal er es in der Disziplin Vögeln im Sand allenfalls auf eine Zwei minus gebracht hatte. Natürlich musste sie ihm zugute halten, dass es kühl war und sie beide für diese Sportart zu dick angezogen waren. Und dass er nicht wie Claire und sie von Kindheit an seine Sommerferien am Strand der Nordsee verbracht hatte. Sie hingegen hatte einst an einem heißen Hochsommertag in den Haakdünen alles Jungfräuliche von sich abgestreift, unter Anleitung eines jungen Familienvaters aus Gelsenkirchen, der in jenem Jahr mit Frau und Baby in der Nachbarburg residierte. Damals war sie gerade einmal vierzehn gewesen, eine unermüdliche Schülerin, die sich im Anschluss an das große Ereignis auf der Bill mit Malzbier und dick gebuttertem Korinthenkuchen gestärkt hatte. Und zwar allein, denn der junge Vater, dem sie vorgeschwindelt hatte, bereits sechzehn zu sein, hatte verständlicherweise dennoch Angst davor gehabt, mit ihr gesehen zu werden.

Das gleiche Problem hatte jetzt auch ihr Schwager; an der Ecke Herrenstrand- und Wilhelmstraße löste sich Corbet von ihr. Dass er sich derart hasenfüßig benehmen würde, hätte sie nicht für möglich gehalten. Aber er war noch viel zarter besaitet, wie sich im nächsten Augenblick zeigen sollte. In dem Moment, als sie das Hotel erreichten und sein Blick auf die hübsche Bronzeskulptur neben dem Eingang fiel, eine entzückende kleine Robbe, kam es ihm plötzlich wie aus heiterem Himmel hoch. Ganz ohne Vorwarnung musste er sich heftig übergeben; Ivonne konnte von Glück reden, dass sie nicht mehr Arm in Arm daherspazierten und der Schwall sie nicht traf. Nachdem sie im ersten Reflex einen Satz zur Seite gemacht hatte, fand sie sich neben ihm stehend wieder, mit der rechten Hand seine Stirn stützend und schwesterlich seinen Kopf haltend. Dabei redete sie beruhigend auf ihn ein.

„Sorry, love, nur ein kleiner Gulp für die Götter“, stieß

Corbet in der kurzen Pause hervor, die ihm zwei aufeinander folgende Würgeattacken gewährten. „Ist gleich vorbei."

Schade um die schönen Bohnen, dachte Ivonne, während sie mit ansehen musste, wie Corbet neben die Seehundskulptur kotzte. Schade um Corbets Manneskraft. Jede Bohne ein Tropfen Blut, so sagte man doch in Ostfriesland. Sie war nur froh, dass sie den Würgereiz, der auch sie kurzfristig ergriff, in sich bekämpfen konnte. Zum Mittagessen hatte sie Bauernsülze in Schalottenvinaigrette, eine Gewürzgurke und eine kleine Cocktailtomate gegessen. Wie sich das vor dem Hoteleingang ausmachen würde, wenn auch ihr jetzt noch übel wurde, daran wollte sie lieber nicht denken.

4.

Sich selbst zur Vorsicht ermahnend, stellte Rüdiger sein Fernglas auf dem Nachttischchen ab und ließ sich dann erst aufs Bett fallen. Bei ähnlicher Gelegenheit hatte er vor ein paar Jahren mit dem schweren Feldstecher eine teure Nachttischlampe zerdeppert. Auch heute war er erschöpft. Aber durchaus befriedigt. Er hatte es tatsächlich zurück in die Villa *Seestern* geschafft, ohne gesehen zu werden. Und gleich an seinem ersten vollen Einsatztag auf der Insel hatte er so einiges herausgefunden, was für seine Zwecke äußerst nützlich sein konnte. Zwar hatte er seine Angebetete nur einmal, und da nur ganz kurz und zudem aus weiter Ferne gesehen, als sie ihren Nichtsnutz von Bräutigam zum Mittagessen vom Strand abholte. Dafür war jener ihm ausgiebig ins Visier geraten. Diesem Mitgiftjäger kam er allmählich auf die Schliche. Wenn er sich nicht irrte, hatte sich der Engländer heute gleich mit zwei Frauen am Strand vergnügt. Das war doch einfach unglaublich! Unverschämt! Eine solche Dummdreistigkeit musste man erst noch erfinden. Die Erste war eine von weitem recht elegant wirkende, schwarz gekleidete Dame gewesen, die der junge Mann buchstäblich abgeschleppt hatte. Wie gelähmt hatte Rüdiger aus der Ferne das bizarre Treiben der beiden mit angesehen. Der Engländer war mit der Dame hinter dem Strandkorb verschwunden und dort gemeinsam mit ihr auf die Knie gesunken. Und sie hatte alles willig über sich ergehen und mit sich geschehen lassen. Leider fielen gerade die besten Frauen immer wieder auf die schlimmsten Verführer herein. Und leider hatte Rüdiger bei seinem ersten Strandspaziergang sein Fernglas nicht mitgenommen, so dass er nichts Genaueres hatte wahrnehmen und auch die Weibsperson nicht hatte erkennen können. Schlampe oder Opfer, das blieb vorerst dahingestellt.

Um so mehr hatte sich der zweite Erkundungsgang gelohnt, nachdem die Familie zu Mittag gegessen hatte. Dieses Mal hatte er sich mit seinem Feldstecher in den Dünen postiert, in einer Mulde, in der er selbst nicht Gefahr lief, gesehen zu werden, von wo aus er jedoch einen exzellenten Überblick auf den in Frage kommenden Strandabschnitt hatte. Schon am Vortag hatte er in Erfahrung gebracht, dass Herr Gebhard, der Vater der Braut, dort jede Menge Strandkörbe und bunte Strandhäuschen für die ganze Gesellschaft gemietet hatte. Typisch, wer hatte, dem wurde gegeben. Aber das war auch ganz in Ordnung, soweit es seine Angebetete betraf. Ach, seine kleine Prinzessin. Für sie wünschte Rüdiger nur das Beste. Wie ihr Vater wollte auch er sie auf Händen tragen, wenn sie ihm erst einmal angehörte. Wenn man sie sah, konnte man beinahe erschrecken. Sie war so bleich. So schutzbedürftig. So zart. Deshalb musste er sie dringend aus den Klauen all dieser schrecklichen Leute befreien. Allen voran aus den Klauen des Bräutigams. Der sich mit ihrer eigenen Schwester vergnügte! Hätte er es vorhin nicht mit eigenen Augen gesehen, seine Fantasie hätte nicht ausgereicht, sich diese Verderbtheit vorzustellen. Ein derart verlottertes Pack. Aber dieser Mr. Stewart war eindeutig mit seiner Schwägerin, nun ja, in den Sand gesackt und eine ganze Weile darin liegen geblieben. Deutlich länger als mit der Dame im schwarzen Kleid, mit der er wohl nur einen dieser heutzutage anscheinend so beliebten Quickies geschoben hatte. Jedenfalls war er da recht schnell wieder auf die Füße gekommen, soweit Rüdiger es beurteilen konnte. Hatte die Frau ihm ins Gewissen geredet? Oder hatte den jungen Mann doch noch ein Rest Schamgefühl an einer längeren Nummer gehindert? Waren es vielleicht nur praktische Erwägungen gewesen? Wie auch immer, inzwischen hatte der Bursche nicht auf der faulen Haut gelegen, sondern zum Sichtschutz einen enorm hohen Burgwall gebaut. Um sich dahinter schon am Nachmittag ungeniert mit der Schwester der Braut zu vergnügen.

Auch hier hatte Rüdiger leider keine intimen Details ausmachen können, aber er durfte wohl davon ausgehen, dass die jungen Leute dort im Sand – und zwar eine geschlagene Stunde lang – keine Sandkörner gezählt hatten.

Arme, unschuldige Claire. Er musste sie dringend warnen. Sie aufklären über die Machenschaften ihres Herrn Bräutigams. Sie musste da schleunigst raus!

Es war nur noch eine Frage des günstigen Augenblicks, aber er hegte nicht den geringsten Zweifel, dass sie ihm Gehör schenken würde. Und dann ihm gehörte.

Doch erst einmal musste er sich stärken, seit dem Frühstück hatte er nichts mehr zu sich genommen. Bei seiner Mission am Strand wäre ihm jeder Bissen im Hals stecken geblieben. Auch hasste er das Geräusch, wenn einem Sand zwischen den Zähnen knirschte. Aber jetzt meldete sich nach getaner Tat doch ein aufrechtes Hungergefühl. Er stand auf und ging zum Schrank hinüber. Die schwere Tür öffnete sich mit einem vertraulichen Knarren, dem er einen Moment versonnen lauschte, als ob es ihm etwas mitteilen würde. Nach einem vergewissernden Blick über die Schulter – es sah ihm doch niemand zu? – griff er ins oberste Fach und zog ein gekochtes Ei sowie die beiden belegten Brötchenhälften hervor, die er beim Frühstück vorsorglich geschmiert und dort, in eine Serviette gehüllt, hinter den beiden Ersatzhemden und dem Sonntagspullover versteckt hatte. Er war sehr zufrieden mit sich. Er kannte die Tricks und Schliche. Wenn man den Proviant für jeden sichtbar auf dem Nachttisch liegen ließ, lief man Gefahr, dass ein dummes Stubenmädchen es mit dem Aufräumen übertrieb und ihn fortwarf. Dagegen fiel ein bisschen Leberwurst- oder auch Schweizer-Käse-Geruch in der Wäsche nicht ins Gewicht. Frauen mochten Männer, die vernünftig rochen. Jedenfalls vernünftige Frauen. Und sie mochten Männer, die darüber hinaus auch noch hauszuhalten verstanden.

Vom Etagenklo hatte er einen kleinen Vorrat Toilettenpapier requiriert, einen Schatz, den er als Bündel zusammengefaltet in seiner hinteren Hosentasche verwahrte. Davon riss er nun ein paar Blätter ab und legte sie ordentlich auf den Tisch. Es war schließlich nur Papier, kein Grund zum Ekeln. Das gab einen preiswerten Teller ab, auf den er die abgepellten Eierschalenstückchen legen konnte. Ein weiteres Blatt würde er als Serviette benutzen.

Nachdem er den Tisch derart ordentlich gedeckt und sich zum Essen niedergelassen hatte, fiel ihm ein, dass sich in seiner Reisetasche noch ein oder zwei Hagebuttenteebeutel befanden, Erinnerungen an seine letzte Reise, als er noch nicht in Claire Gebhard verliebt gewesen war, sondern in eine andere Blondine, die sich nach kurzer Zeit als oberflächliche Pute entpuppt hatte. Eine herbe Enttäuschung war das gewesen. Er hatte sich in ein Foto von ihr verliebt, das er in der Mitgliederzeitschrift seiner Krankenkasse gesehen hatte. Darauf machte auch sie einen zarten und verletzlichen Eindruck, „unser Mitglied Katja Heinemann aus Langenhagen", wenngleich sie es hinter einer forschen und sportlichen Maske zu verstecken versuchte. In der Zeitschrift hatte sie fürs Helmtragen beim Fahrradfahren geworben; ein Jammer um diese Frau. Wenn er daran dachte, welche Mühen er auf sich genommen hatte, um sie kennenzulernen. Um sie zu retten! Mehrere Leserbriefe hatte er an die Zeitschrift geschrieben, die alle unbeantwortet geblieben waren, das war ja allein schon eine Unverschämtheit für sich. Als Nächstes hatte er die zuständige Redakteurin aufgesucht mit der Bitte, seinen Brief weiterzuleiten, jedoch nur Kopfschütteln und mitleidige Blicke geerntet. Schließlich hatte er Katja Heinemanns Adresse mit Hilfe des Internets in Erfahrung gebracht. Er hatte ihr geschrieben und sie zu einem gemeinsamen Besuch im Sprengelmuseum eingeladen; sie hatte nicht reagiert. Aber wie man ja wusste, durfte man es nicht allzu ernst nehmen, wenn sie angeblich nichts von einem wissen wollten; diesen Grundsatz hatte ihn noch seine Mutter gelehrt. Anständige Mädchen waren eben so erzogen, dass sie „nein" sagten, wenn sie „ja" meinten. Und umgekehrt.

Also hatte er sich – die täglichen Fahrten von Osnabrück nach Hannover waren ihm zu anstrengend geworden – in einer preiswerten Pension in der Nähe ihres Hauses einquartiert und hatte sie, als sie am Abend von der Arbeit heimkehrte, vor der Tür abgefangen. Und er hatte auch nicht gleich aufgegeben, als sie an ihm vorbeistapfte, ohne ihn eines Blickes zu würdigen, sondern drei Tage lang tapfer vor ihrem Haus ausgehalten. Selbst als sie ihm mit der Polizei drohte, hatte er freundlich gelächelt und sie seiner Liebe versichert. Aber sie war die ganze Mühe nicht wert gewesen, nicht das

Warten im Regen und erst recht nicht den lauwarmen Hagebuttentee zu später Stunde auf der schmalen Pensionszimmerpritsche. Er hatte es einsehen gelernt. Sein Pech, dass er ihre Verlogenheit nicht auf Anhieb durchschaut hatte! Das Foto in der Zeitschrift: nur Schau. Denn in Wahrheit fuhr Katja Heinemann gar nicht mit dem Fahrrad zur Arbeit, sondern ließ sich frühmorgens von dem einen Kollegen abholen und von einem anderen abends nach Hause bringen: Eine billige kleine Nutte war sie gewesen, mehr nicht, und einen Helm hatte sie auch nicht getragen.

Allein der glückliche Umstand, dass ihm zu gleicher Zeit Claire Gebhard über den Weg lief, hatte seine Enttäuschung gelindert. Eine wie Claire hatte es im Leben nicht nötig, auf einem Fahrrad für ein albernes Foto zu posieren. Sie hatte diese natürliche Schönheit, die nur aus wahrer Unschuld erwuchs. Aber sie war leider auch der gefährdete Typus. Die Unschuld, die sich leicht an den Falschen verschenkte. Diese Frauen waren sein Spezialgebiet, und deshalb hatte er ihr wahres Wesen sogleich erkannt, als er im Blumenladen hinter ihr wartete, während sie eine großzügige Bestellung in Auftrag gab. Halb unbewusst hatte er zugehört, wie sie mit leiser Stimme ihre Adresse diktierte, und gleichzeitig über diese merkwürdige Tatsache nachgedacht, über die man sich nicht genug wundern konnte, auch wenn man, wie er, von seiner Mutter vorgewarnt war. Dass die besten Männer einer Generation allzu oft auf die Verführungskünste der hässlichsten Schlampen hereinfielen – auch ihm wäre es ja schon mehrmals beinahe passiert –, während ihre zartesten und reinsten Altersgenossinnen den ärgsten Don Juans erlagen. „Die Geschlechter missverstehen sich die Kreuz und die Quer“: auch dies eine Erkenntnis seiner leider zu früh verstorbenen Mutter. Für deren Grab er zum Muttertag sodann die gleichen Blumen erwarb, wie Claire Gebhard sie vor ihm ausgewählt hatte. Nur dass er den üppigen Strauß aus weißen Rosen, Levkojen, Pfingstrosen, Lilien und Gerbera nicht per Fleurop schickte, sondern persönlich zum Friedhof brachte. Am Grab hatte er seiner Mutter von seiner Enttäuschung erzählt. Und sie hatte ihn, wie immer, getröstet. Und ihn ermutigt, es mit neuer Zuversicht mit Claire Gebhard zu versuchen und dem sympathischen Fräulein eine Chance zu geben. Es war doch ein gutes Omen, dass ein gnädiges Schicksal sie am selben Tag und zur selben Stunde mit dem Wunsch, Blumen zum Muttertag auszuwählen, versehen und sie im selben Laden zusammengeführt hatte. Das konnte kein Zufall sein. Vielleicht war er dazu ausersehen, die zarte Schöne zu schützen, ihr Ritter und Retter zu sein?

Alles, was er erlebte, lief immer wieder aufs selbe Fazit hinaus. Es war gut, wenn man einen Halt in sich selber hatte. Und noch zwei Teebeutel im Gepäck.

Mit der Gewieftheit des alten Pensionshasen stellte Rüdiger den Durchlauferhitzer unter dem Handwaschbecken auf die höchste Stufe. Nach kurzer Zeit schon lief das Wasser siedend heiß aus dem Hahn. Mit spitzen Fingern hielt er seinen Zahnputzbecher, in den er einen Hagebuttenteebeutel gehängt hatte, darunter und füllte ihn bis zum Rand mit dem kochenden Wasser. Urlaub an der Nordsee war teuer. Allein schon die Anreise mit Bus und Bahn, nicht zu vergessen die Fähre. Die teure Kurtaxe. Das Zimmer in der Frühstückspension. Aber dieses gediegene alte Haus hätte auch seiner Mutter gefallen. Allein schon deshalb war es die Reise wert. Wenn man sich zu helfen wusste, konnte man durchaus sparen. Und Rüdiger wusste sich zu helfen. Auf diese Weise blieben ihm sicherlich ein paar Cent, ein paar Euro sogar, die er demnächst auf den Kopf hauen konnte, bei einem Glas Saft oder Bier.

Während Rüdiger an seinem zweiten Brötchen kaute, drang von der Straße leiser Gesang an sein Ohr, Männer- und Frauenstimmen, die „Großer Gott, wir loben dich“ sangen. Im ersten Moment dachte er, er sei einer Sinnestäuschung erlegen, zumal ein hoher, zittriger Sopran ihn an seine Mutter erinnerte. Aber ungeachtet seiner Zweifel wurde kräftig weitergesungen. „Herr, wir preisen deine Stärke …“

Rüdiger sprang auf und quetschte sich am Tisch vorbei ans Fenster, das leider nicht nach vorn auf die Friesenstraße hinausging, sondern nur einen Blick auf die Längsseite des Nachbarhauses freigab. Doch wenn man gelenkig war und nicht zu dick und sich, auf einem Bein stehend, weit aus dem Fenster lehnte, konnte man einen Ausschnitt der Straße erhaschen. Er sah eine kleine Gruppe von Leuten, darunter mehrere Nonnen, die sich zu einer Prozession zusammengefunden hatten und singend in Richtung Januspark und vermutlich katholischer Kirche bewegten. Rüdiger hatte nicht erwartet, dass sogar hier auf der Insel Fronleichnam gefeiert wurde. Seit seinen Kindertagen als Messdiener liebte er den Brauch der Fronleichnamsprozession. In seiner Heimat wurde dieser Tag feierlich begangen; Osnabrück war ja Bischofssitz. Ein Gefühl tiefer Rührung überkam ihn. Dennoch verharrte er nicht lange in seiner unbequemen Stellung. Jetzt oder nie! Dies war seine Gelegenheit. Ein guter Vorwand, um noch einmal auszugehen und seiner Angebeteten vielleicht doch endlich zu begegnen. Als alleinstehender Mann konnte er nicht allzu oft die Wilhelmstraße auf und ab spazieren, wollte er nicht Gefahr laufen, unangenehm aufzufallen. Aber im Schutze der Prozession wäre der dritte Spähausflug wohl legitimiert. Schnell schlang er den Rest seines Brötchens herunter und spülte mit einem Schluck Hagebuttentee nach. Er warf einen bedauernden Blick auf sein Fernglas, ließ es aber schweren Herzens im Zimmer zurück. Ohne das gute Stück um seinen Hals kam er sich beinahe nackt vor. Aber bei einem Fronleichnamsumzug wäre es fehl am Platze.

Auf der Straße fand er sich an der Seite zweier hübscher blonder polnischer Saisonarbeiterinnen wieder, die ihn freundlich in ihre Mitte nahmen. Die eine war eine robuste, beinahe etwas dralle Person, mit einer für seinen Geschmack zu grobsinnlichen Ausstrahlung, wenn er ehrlich sein sollte. Die andere aber wirkte eigentlich zu zart, um putzen zu gehen. Wäre er nicht schon in Claire Gebhard verliebt, wäre sie genau Rüdigers Typ gewesen. Ganz nach seinem Geschmack. So anmutig. Und andächtig, dachte Rüdiger. Irgendwie literarisch. Und zugleich wirkte sie durchaus patent, mit ihrem wippenden Pferdeschwanz, den Ponyfransen und den beiden kessen Haarsträhnen, die sich polnischblond neben ihren Wangen kringelten. Ausgesprochen appetitlich. Er musste immer wieder zu ihr hinüberlächeln. Ab und an fing er einen Blick von ihr auf, der ihn mitten ins Herz traf. Man konnte nur hoffen, dass sie eine ihr gemäße Anstellung gefunden hatte, bei der sie nicht zu sehr im Dreck wühlen und wischen und schuften musste und vor allem nicht hinter einer dubiosen Theke stand. Auf keinen Fall war ihr eine Anstellung als Serviererin zuzumuten. Nicht einmal als Eisverkäuferin sah er sie. Wäre Kindermädchen ein passender Job gewesen? Während er darüber grübelte, welche Tätigkeit sie wohl ausüben mochte, versäumte er es, zum *Lütje Teehuus* im Januspark hinüberzublicken, den sie gerade durchquerten. Sonst hätte er, wenn schon nicht Claire Gebhard persönlich, so doch wenigstens ihre drei Busenfreundinnen gesehen, die an einem der Tische am Fenster saßen und sich angeregt unterhielten. Und es wäre ihm aufgefallen, dass er sich in seiner Bewunderung für die schöne Fremde vom rechten Weg hatte abbringen lassen. Die meisten Teilnehmer des Prozessionszuges vor ihm und hinter ihm waren singend nach rechts abgebogen, um auf der großen Wiese im Park eine Fronleichnamsmesse zu feiern. Er aber folgte den beiden Frauen, bis sie ihre Schritte beschleunigten und sich mehrmals irritiert nach ihm umdrehten. Erst als sie von der Mittelstraße in die Hugo-Droste-Straße einbogen, trollte er sich von dannen.

5.

„Da ist doch was faul hier. Oberfaul. Und ich sag euch, dieser Corbet Stewart ist schwul. Wie alle gut aussehenden Männer. Oberschwul sogar. Wie alle, die in Cambridge studiert haben."

Maike lehnte sich zurück und schaute ihre beiden Freundinnen triumphierend an. Franziska schüttelte nur den Kopf, während sie weiter an ihrem Tee nippte, aber Eva protestierte lautstark.

„Unsinn. Ich geb ja zu, mir kommt hier auch einiges komisch vor, von mir aus auch oberkomisch. Aber Corbet und schwul? Nie im Leben."

„Beweis mir das Gegenteil."

Glücklicherweise hatte Franziska soeben ihre Tasse leergetrunken, sonst hätte sie sich womöglich verschluckt, so heftig musste sie lachen. Erwartungsvoll sah sie zu Eva hinüber. Sicher würde die Freundin diese Herausforderung nicht auf sich sitzen lassen. Und tatsächlich reagierte Eva genauso, wie die beiden anderen es von ihr erwarteten.

„Gern", sagte sie. „Nichts leichter als das. Ich versteh nicht, wieso du es dir nicht auch zutraust. Ihr glaubt doch nicht etwa, der schläft nachts freiwillig allein? Nein, nein, das liegt schon an Claire, wenn der arme Männe nicht auf seine Kosten kommt."

„Du musst es ja wissen", bemerkte Maike spitz. „Wieso will sich eigentlich dein Ludwig von dir scheiden lassen, wenn du dich so gut auf Männer verstehst?"

„Auch so weit muss man es erst einmal bringen, dass sie sich überfordert fühlen. Klar, dass das bei dir nicht passiert."

„Bitte", sagte Franziska. „Nicht streiten, Mädels."

Sofort schienen die beiden anderen wieder ein Herz und eine Seele zu sein.

„Tun wir ja gar nicht", behauptete Eva mit Unschuldsmiene.

„Im Gegenteil", meinte Maike. „Wir haben ein gemeinsames Ziel. Corbets unterdrückte Heterosexualität freizulegen und/oder zu fördern. Was schlägst du vor, Evakind?"

„Ich könnte ihm heute Nacht einen Besuch abstatten. Noch ist es wohl erlaubt, wenn selbst die junge Braut die Ehe noch nicht richtig ernst nimmt. Wo gibt's denn so was, getrennte Schlafzimmer statt Flitterwochen. Oder – gehen wir zu dritt!"

„Kinder, das ist die Idee", platzte es aus Franziska heraus. „Wir verkleiden uns als die drei Grazien –"

„Da brauchen wir uns doch nicht zu verkleiden! Ich mich jedenfalls nicht –"

„ – drei Grazien, und er muss auswählen, welche die Schönste ist, der er den Apfel reichen möchte."

„Den Apfel hat Eva doch nicht von Paris bekommen, sondern selbst Adam damit verführt. Und die Schönste, das war Schneewittchen. Oder ihre Schwiegermutter? Jedenfalls hat die ihr den Apfel –"

„Stiefmutter, nicht Schwiegermutter. Aber ich rede von Hera, Athene und Aphrodite. Das waren drei Göttinnen, wie du dich vielleicht erinnerst, falls du auch nur noch ein Fünkchen Bildung besitzt."

„Du meinst, wir suchen ihn zur Geisterstunde als Göttinnen heim?", fragte Maike zweifelnd. „Aus dem Alter, wo wir Gespenster spielen, sind wir eigentlich raus. Außerdem können wir beiden doch nie und nimmer mit der schönen Eva konkurrieren. Schau sie dir bloß einmal an!"

„Ich rede nicht von heute Nacht", rief Franziska. „Am Samstag, bei der Feier, führen wir einen Sketch auf. Zum Lohn verspricht Aphrodite dem Paris doch die schöne Helena. Und das ist natürlich Claire. Wär ich nicht selbst drauf gekommen, würde ich sagen, das ist genial."

„Aphrodite?", überlegte Eva. „Das bringt mich auf eine noch bessere Idee. Wir spendieren ihm eine Stripteasetänzerin. So eine, die sich in der Hochzeitstorte versteckt. Sei nicht böse, Franziska, aber ehrlich gesagt ist mir auch nicht danach, mich hier selbst in Szene zu setzen. Nichts ist doch öder als diese Feiern, bei der die Leute ellenlange selbstgedichtete Lieder singen."

Der Hieb saß, hatten doch ihre Freundinnen bei Evas Hochzeit ihre sämtlichen verflossenen Verehrer mit namentlicher

Nennung besungen; jedenfalls, soweit sie sie kennengelernt hatten und sich an sie erinnern konnten. Das Lied, auf die Melodie von „Oh Tannenbaum, oh Tannenbaum“ gedichtet, hatte dreiundfünfzig Strophen gehabt. Schier endlos hatte sich der Vortrag in die Länge gezogen. Schon damals hatte Eva Kopfschmerzen davon bekommen, besonders als sie Ludwigs gequältes Lächeln und das erstarrte Gesicht seiner Mutter gesehen hatte. Und noch immer dudelte der Refrain ihr nach jeder Auseinandersetzung mit ihrem Mann wieder im Ohr. „Oh Evavaah, oh Ludewig, ihr seid ein ganz besondres Paaaar ...“

„Nein danke, ohne mich.“

„Und wo soll diese Stripperin herkommen? Meinst du, die gibt’s hier auf Juist im Sonderangebot?“

„Notfalls lassen wir sie vom Festland einfliegen. Aber vermutlich ist das gar nicht nötig. Ich könnte mir vorstellen, dass sich das eine oder andere Stubenmädchen hie und da gern ein paar Euro hinzuverdient.“

„Apropos Gesang“, unterbrach sie Franziska. „Bilde ich mir das nur ein, oder hört ihr das auch? Da ist so ein komischer Singsang in der Luft.“

„Die Katholen machen ihren Fronleichnamsumzug“, erklärte Maike. „Hab’s auf einem Aushang im Schaukasten vor der Kirche gelesen.“

„Hier auf der Insel?“, wunderte sich Eva. „Gibt’s denn hier überhaupt so viele Katholiken?“

„Mit deinen ganzen polnischen Stubenmädchen unbedingt.“

„Was für ein Glück für den Pfarrer, da sind Beichten in den letzten Sommern sicher interessanter geworden.“

„Ich glaube, der hat selbst genug zu beichten, so wie der aussieht, der Mann.“

Alle drei lachten. Auf dem schmalen Fußweg draußen vor dem Fenster zogen ein paar versprengte Prozessionsteilnehmer vorbei, die wohl auf dem Weg zur katholischen Kirche eine Abkürzung nehmen wollten.

„Die da vorne hätte eine passable Figur“, bemerkte Eva.

„Also, worauf wartest du? Am besten läufst du gleich

hinterher", meinte Franziska. „Entschuldigung, aber hätten Sie vielleicht Lust, nächsten Samstag für uns zu strippen?"

Die Bedienung, die in diesem Moment an ihren Tisch trat, um den vollen Aschenbecher gegen einen sauberen auszutauschen, guckte sie erstaunt an. Die junge Frau beschloss aber, sich von Franziskas Aufforderung nicht angesprochen zu fühlen, sondern tapfer zu lächeln.

„Darf's sonst noch etwas sein?"

„Um Gottes willen", stöhnte Maike. „Ich bin so was von satt. Wie konnte ich mich nur dazu hinreißen lassen, heiße Waffeln mit Schlagsahne in mich reinzustopfen? Ich glaube, nach diesem Wochenende werde ich platzen. Verschont mich bloß mit Essen."

„Wie wär's mit einem Verdauungsschnaps? Das ist doch das, was du eigentlich sagen willst. Bringen Sie uns drei Grappa", bestimmte Eva.

„Ich probier lieber einen Sanddornlikör. Grappa gibt's immer."

„Gute Idee", stimmte Franziska ihr zu. „Für mich bitte auch ein Sanddornlikörchen."

Eva tat resigniert.

„Also dreimal den Sanddornlikör."

Insgeheim überlegte sie, dass es gar keine so schlechte Idee wäre, Corbet in der Nacht einen Besuch abzustatten. Seit sie in Scheidung lebte, war sie sexuell etwas unterversorgt. Und ein Engländer fehlte ihr noch in der Sammlung. Angeblich waren sie alle ein bisschen pervers. Es wurde Zeit, das Vorurteil einmal an einem lebenden Objekt zu überprüfen. Wäre es nicht lustig, wenn sie etwas über Corbets geheime Vorlieben herausfände und ihren Freundinnen davon berichten könnte? Und Claire gute Ratschläge geben? Als die Serviererin die drei Likörgläser brachte, erhob sie mit einem Anflug von Verachtung ihr Glas. Im Unterschied zu ihren Freundinnen hatte sie es nicht nötig, Verdauungsprobleme vorzuschützen, um sich ein Likörchen, wie sie es verharmlosend nannten, zu gönnen. Im Unterschied zu ihnen brauchte sie überhaupt keinen Alkohol, um in Stimmung zu kommen. Sie trank, weil es ihr schmeckte, und sie aß, was ihr schmeckte. Bei intaktem Liebesleben verbrauchten sich die Kalorien von selbst, ganz ohne weiteres Zutun. Anstatt sich mit Diäten zu kasteien, sollten Frauen ihrer Meinung nach lieber dafür sorgen, dass sie besseren Sex hatten. Das war viel effektiver. Und mehr Spaß machte es auch.

Ja, sie würde diesem Corbet auf den Zahn fühlen. Beziehungsweise auf ein anderes Körperteil. Noch hatte sie keiner abblitzen lassen. Und wenn er der Erste war? Dann wäre auch das eine Erfahrung, hätte Claires Mutter gesagt. Eva hatte sich an ihr immer ein Beispiel genommen. Man konnte auch als Ehefrau, und auch im höheren Alter, noch sein Vergnügen haben. Nur leider hatte sich ihr Ludwig als nicht so tolerant wie Claires Vater erwiesen.

„Wisst ihr eigentlich, wann Marion kommt? Schade, dass sie noch nicht da ist."

„Ja, seltsam. Wo die sich wieder herumtreibt."

„Vielleicht ist sie ja inzwischen gekommen."

„Fragt sich nur, bei wem", lachte Eva. „Herrgott, nun guckt doch nicht so blöd. Man wird wohl noch mal einen Witz machen dürfen."

6.

Er hatte keinen Sex gehabt. Keinen Sex. Und also auch keinen Sex mit Ivonne. Sex mit Ivonne? Seiner Schwägerin? Eine absurde Vorstellung, würde er sagen, falls sie ihm Fragen stellen oder Vorhaltungen machen sollte, dem eifersüchtigen Hirn einer eifersüchtigen Braut entsprungen. Seit wann verstand man unter Sex ein bisschen Herumalbern im kalten Sand? Ich verbitte mir diese Unterstellung. Nein, nein, Sex war, was zwischen Eheleuten abends im Bett unter der Bettdecke stattfand. Sex gibt es nur mit dir, Claire!

Während er auf seinem Bett lag und darauf wartete, dass die Übelkeit nachließe, versuchte sich Corbet in einer Art Autosuggestion. Es hatte kein Sex stattgefunden. Kein bisschen Sex. Seit Bill Clinton die Weltöffentlichkeit darüber aufgeklärt hatte, dass dieser Begriff sehr streng ausgelegt werden konnte, war einiges leichter geworden. Oder würde Claire es etwa auch Sex nennen, was sie bei ihrer Massage erlebte? Balinesisch oder wie immer? Mehr als eine Massage war es auch bei ihm nicht gewesen. Ja, Ivonne hatte ihm eine Massage spendiert. Okay, okay, nicht nur am Hinterkopf oder am Rücken, zugegeben, ihre Massage hatte sich auch auf andere Körperteile erstreckt. Aber Massage war es gewesen, daran würde er festhalten bis zuletzt. Auf keinen Fall war es Sex gewesen. Und im Unterschied zu einem Draufgänger wie Bill Clinton mit seiner verruchten Praktikantin hatte er mit Ivonne, als alles vorbei war, brav ein Zigarrillo geraucht. Und es nicht etwa zweckentfremdet auf unanständige Art und Weise.

Beim Gedanken daran, was man mit einer Zigarre alles anfangen konnte, merkte Corbet, wie seine entschwundene Manneskraft wiederkehrte. Schwäche und Schwindelgefühl, die Angst, sich noch einmal übergeben zu müssen, ließen allmählich nach. Langsam stand er auf und schleppte sich hinüber ins Bad, um sich gründlich die Zähne zu putzen. Während er den Leichenbittergeschmack, der Ivonnes Küssen den Garaus gemacht hatte, mit Hilfe einer rot und weiß gestreiften

Zahnpasta aus seiner Mundhöhle vertrieb, rief er sich ins Gedächtnis, dass Claire überhaupt noch keinen Verdacht geschöpft hatte. Das durfte er nicht vergessen. Wenn ihn die Farben der Zahncreme an die Bespannung eines ganz bestimmten Strandkorbs erinnerten, war das allein sein Problem. Nicht, dass er womöglich anfing, sich zu verteidigen, während er noch gar nicht unter Anklage stand. Keine unnötige Reue im voraus, die Claire erst argwöhnisch machte. Was sollte er schließlich befürchten? Es hatte ja gar nichts stattgefunden. Auf gar keinen Fall Sex. Zwischen Ivonne und ihm hatte es nichts gegeben. Und den Rest dessen, was nicht gewesen war, würde er jetzt gleich unter der Dusche abspülen. Mit Hilfe seines teuren Duschgels würde den Erinnerungen an Leichenfund und Schäferstündchen der Garaus gemacht.

Leichenfund? Ach was. So ein Unsinn. Was denn für eine Leiche? Er hatte nie eine Leiche gefunden. Hatte gar keine finden können, denn es hatte keine Leiche gegeben. Seine Schwiegermutter? Hatte er kaum je gesehen. Er kannte die Frau ja so gut wie gar nicht. Würde sie vielleicht gar nicht wiedererkennen, wenn sie morgen Nachmittag zusammen mit Claires Großeltern – die er auch nicht kannte – und seinem Vater ankam. Er hatte, wenn andere dabei waren, doch immer nur Augen für seine Verlobte. Und das weißt du doch, Claire. Ich achte doch nicht auf ältere Frauen, die, pardon, so gut sie auch aussehen, meine Mutter sein könnten. Oder eine Frau, die, wie in diesem Fall, wirklich so etwas wie eine Mutter für mich ist!

Deshalb hatte er auch nicht von seiner Schwiegermutter geträumt, und erst recht nicht, dass Marion ihm an die Wäsche wollte. Er hatte niemals Sex mit seiner Schwiegermutter gehabt. Es hatte keinen Sex und keine Träume gegeben. Alpträume? Nie und nimmer. Und einen Mord? Nicht die Spur.

Einen Moment lang dachte Corbet, dass er doch noch einmal würde kotzen müssen. Mit erbarmungsloser Heftigkeit würgte es ihn. Mit äußerster Konzentration gelang es ihm, den Brechreiz in ein kleines Lachen zu verwandeln. Ein paar unangenehme Hickser, und der Spuk war vorbei.

Nachdem Corbet sich kalt abgeduscht hatte, hüllte er sich in ein großes Handtuch, trat ans Fenster und blickte hinaus aufs Watt. Was für ein seltsamer Tag. Aber wenn er eins aus seinen vielen Misserfolgen gelernt hatte, dann, dass man das Leben so nehmen musste, wie es gerade kam. Auch wenn es aussichtslos schien, es ließ sich immer wieder etwas Neues daraus machen. Der heutige Tag hatte zweifelsohne eine interessante Vorlage gegeben.

Aus der Ferne wehten Musikfetzen zu ihm herüber, irgendwelche deutschen Evergreens, die er nicht kannte. Offenbar war es die Stunde, in der das Kurorchester aufspielte. Auch wenn Corbet sich am Tag zuvor über diese Einrichtung amüsiert hatte, ertappte er sich doch dabei, unwillkürlich im Rhythmus der Musik mitzuschwingen. Mit neu erwachender Lebenslust freute er sich auf den vor ihm liegenden Abend. Ivonne hatte er abgehakt, Marion sowieso. Die Zukunft gehörte – seiner Karriere natürlich. Und ergo die folgende Nacht seiner Claire. Er würde sich ihr mit aller Hingabe, zu der er fähig war, widmen. Es war alles gut so, wie es war.

7.

Es roch gut in diesem Bett. Ausgesprochen männlich, und darüber war er erleichtert. Als er mit sich zu Rate gegangen war, ob er seine Sehnsucht in die Tat umsetzen und es wirklich wagen sollte, in Corbet Stewarts Zimmer zu schleichen und sich nackt in dessen Bett zu verstecken, war seine größte Angst nicht die gewesen, von Corbet ausgelacht oder von einem anderen Hotelmitarbeiter erwischt zu werden. Am meisten hatte er sich vor dem Geruch nach Frau gefürchtet, der ihn dort womöglich bedrängen könnte. Aber nichts dergleichen. Corbet Stewarts Zimmer war ein Junggesellenzimmer, in seinem Bett roch es männlich und junggesellig, und beruhigt machte es sich Anton Rosinke unter der Decke bequem.

Gleich in dem Moment, als Corbet vor zwei Tagen zum ersten Mal die Hotelbar betreten hatte, hatte er sich in den schlanken Engländer verliebt. Zu schön, um wahr zu sein, der Himmel schickte ihm Hugh Grant ganz persönlich! Und dabei hatte er immer gedacht, Liebe auf den ersten Blick gäbe es nicht. Und vielleicht überhaupt keine Liebe. Aber Liebe war es, was er für den anderen empfand, und nicht nur sexuelles Begehren, daran bestand kein Zweifel. Auch wenn das, was er hier machte, nach außen hin vielleicht anders aussah. Sexuelle Abenteuer hatte er die Hülle und Fülle genossen, das wilde Leben reizte ihn plötzlich nicht mehr. Selbst in Berlin traf man im Grunde immer dieselben Leute. Deshalb hatte er sich eine Auszeit gegönnt und sich nun schon im zweiten Jahr für die Sommersaison als Kellner auf dieser Insel verdungen. Und bislang hatte er keinen Anlass gehabt, diesen Entschluss zu bereuen. Oberflächliche Kontakte, so man sie wünschte, ließen sich überall knüpfen, hie und da, im Vorübergehen. Im letzten Jahr hatte er selbst auf Juist noch herumgewildert. Aber auch das wollte er nun nicht mehr. War es nicht besser, sich hier am Strand einsam zu fühlen, als in jedem rappelvollen Szenelokal? Ja, es war ehrlicher, näher an der Wahrheit, er war näher bei sich. Am allerbesten aber war es – wie in diesem

Moment – sich in Corbets Bett ein wenig einsam zu fühlen, darauf wartend, dass der Märchenprinz kam. Es war eine gerade richtig dosierte Einsamkeit, die mit wundersüßer Sehnsucht gespickt war, weil sie das Versprechen ihrer Überwindung schon in sich trug. Was weiter geschah, würde man später sehen.

Anton nahm einen tiefen Zug von Corbets Duft in sich auf. Was konnte es Schöneres geben, als in dieser vollkommenen Nähe zum geliebten Objekt der Begierde vor sich hin zu dösen und sich das eine oder andere intime Detail schon einmal auszumalen? Vielleicht war diese Erwartung, die imaginierte Einheit im Vergleich zu jeder kruden Erfüllung in Wahrheit das größere Glück.

Wie lange er geschlafen hatte, hätte er nicht sagen können, als er nach einer Weile erwachte. Kaum wusste er, wo er war. Eine Alarmglocke hatte in seinem Unterbewusstsein angeschlagen, etwas war anders als vorher. Ein ungewohnter Duft signalisierte unbekannte Gefahr. Und es war ein seltsames Gurren und Schnurren im Raum, ein Kichern und Wispern umgab ihn, das er nicht sogleich einordnen konnte. Die Geisterstunde, dachte Anton Rosinke erschrocken. Etwas Fremdes drang an sein Ohr, etwas ganz und gar Unerhörtes. Mit einem Schlag kamen ihm die Erinnerungen an sein Vorhaben zurück. Am späten Abend war er Zeuge geworden, wie Corbet Stewart mit Claire Gebhard in deren Zimmer verschwand. In der Annahme, dass die beiden wohl kaum mitten in der Nacht das Bett wechseln und gemeinsam zu Corbet hinübergehen würden, hatte er sich in Corbets Zimmer geschlichen. Irgendwann würde der begehrte Mann allein in sein eigenes Bett zurückkriechen. Und dann käme sein Auftritt dran.

Natürlich konnte es auch sein, dass Corbet in dieser Nacht gar nicht zum Schlafen zurückkam, sondern erst morgen früh. Aber dann hatte er wenigstens eine Nacht in seinem Duft zugebracht und hätte auch so etwas sehr Kostbares für sich gewonnen.

Doch nun warnte ihn sein Instinkt, dass nicht Corbet das Wesen wäre, das in dessen Schlafzimmer gekommen war.

Während er verzweifelt überlegte, wie er sich retten, sich in Sicherheit bringen konnte, spürte er, dass jemand zielstrebig die Bettdecke anhob. Fast hoffte er auf ein einsames Nachtgespenst, einen kontaktgierigen Poltergeist auf der Suche nach Abenteuern. Lieber ein verschwiegener Geist als ein entsetzter Hotelgast, der ihn im nächsten Moment verfluchen und morgen früh bei seiner Chefin verpfeifen würde. Lieber eine außerirdische Begegnung mit einem Toten, dessen unglückliche Seele keine ewige Ruhe fand, als – welch schreckliche Vorstellung – die Begegnung mit einer Frau. Das war der wahre Graus. Eine lebendige Frau, die irgendwas von ihm wollte.

Er zuckte, als eine fremde Hand nach ihm tastete. Und dann versteifte sich Anton Rosinke, wie er sich als Jugendlicher versteift hatte, wenn seine Mutter ihm über den Kopf streichelte. Warum ließen sie einen nicht in Ruhe mit ihren Zärtlichkeiten? Diese Hand wollte ihm allerdings nicht über die Haare streichen. Kaum hatte sie seinen Nacken gestreift, war sie schon tiefer geglitten, über den Rücken, und hatte bereits seinen Hintern erreicht. Und alsbald war eine zweite Hand mit ins Spiel gekommen. Aufdringlich. Lauernd. Besitzergreifend. Er spürte, wie er die Arschbacken zusammenkniff. Sein ganzer Körper war eine einzige, abwehrende Steifheit, um die sich die Hände allerdings nicht im Geringsten scherten. Im Gegenteil, sie wollten ihn missverstehen, schienen seine Starre als Aufforderung für weiteres Grapschen zu nehmen. In seinem Kopf arbeitete es fieberhaft. Wer war diese Frau? Wer von ihnen allen würde so dreist sein, sich hier ins Zimmer zu schleichen? Er hatte sexuellen Wagemut bislang für ein männliches Privileg gehalten. Wer von ihnen benutzte ein so herbes Parfum, war fähig zu einem derart besitzergreifenden Werben? Zwar konnte er die Lieblingsgetränke der weiblichen Hotelgäste auswendig aufsagen und ihren Charakter an ihren Trinkgeldern erkennen. Aber auf ihre körperlichen Merkmale verstand er sich nicht. Würde man ihn je vor Gericht befragen, welche Farbe ihre Haare hatten, oder welche Frisur, welcher Duft, welche Stimme zu welcher Frau gehörte – ach, er würde schmählich versagen. Für solche Details besaß er kein

Gedächtnis; und außerdem wechselten sie sowieso immerzu. Sich solche Dinge zu merken, lohnte sich für ihn nicht. Nur eines wusste er sicher: dass diese Besucherin nicht die zarte Claire Gebhard war, die das unverschämte Glück hatte, sich ausgerechnet seinen Traummann geangelt zu haben.

Doch wenn er sie auch nicht erkannte, so konnte doch kein Zweifel darüber herrschen, was die fremde Frau von ihm wollte. Beziehungsweise was sie, genau genommen, nicht von ihm wollte, sondern von Corbet Stewart, für den sie ihn immer noch hielt. Gerade wollte Anton die Verwechslung aufklären, als ihm bewusst wurde, dass hier allein seine Rettung lag. Solange er Corbets Rolle spielte, war sein Arbeitsplatz nicht in Gefahr. Die Frage war nur, wie gut diese Frau Corbet kannte. Davon hing ab, wie schnell sie ihm auf die Schliche kam.

Nein, es hing nicht nur davon ab. Es hing auch davon ab, wie gut er sich jetzt zusammennehmen konnte. Er musste so tun, als ob er ihren Liebkosungen erlag. Wie hätte Corbet gehandelt? Wie tat man, als wäre man heterosexuell? Die einzige Frau, für die er je ein gewisses Interesse verspürt hatte, war Marion Gebhard, die Mutter der Braut, gewesen. Im vorigen Sommer hatte er sie von allen Gästen am liebsten bedient. Diese überbordende Lebenslust, diese üppige, freigiebige Seele. Eine spendable Natur mit einer herrlich verruchten Stimme, die er aufrichtig bewundert hatte. Hätte er doch eine wie sie zur Mutter gehabt! Er hätte sich gerne angefreundet mit ihr, hätte gern öfter mit ihr geplaudert.

Würde es helfen, wenn er sich vorstellte, dass die Frau, die sich an ihn heranpirschte, Marion Gebhard wäre?

Nein, so weit ging die Bewunderung nun auch wieder nicht.

Er war Corbets wegen gekommen.

Corbet Stewart war sein Begehr.

Aber wie man heutzutage wusste, kam Sex im Gehirn zustande, Erregung wurde im Kopf produziert. Es gab nur eine Lösung, wollte er funktionieren. Er musste an Corbet denken. Corbet. Corbet. Es war Corbet, der sich in diesem Moment an sein Hinterteil schmiegte, es war Corbet, der gleich über ihn kam.

„Corbet", seufzte er laut und vernehmlich.
„Wie bitte?", raunte es von hinten zurück. „Meinst du, ich wüsste nicht, wen ich hier vor mir habe? Ach, Corbet, bist du süß, ein perfekter Gentleman selbst im Bett. Gestatten, und ich heiße übrigens – ach, vergiss es lieber."
Anton Rosinke spürte, wie er sachte, aber unmissverständlich auf die Seite gedreht wurde. Er gab nach. Die fremde Frau saß jetzt auf seinem Bauch.
„Corbet. Ich liebe dich", quietschte er. „Ich meine, lass mich dich Corbet nennen."
Die fremden Hände hielten kurz inne bei ihrem Unterfangen, höchst methodisch nach seinen privatesten Teilen zu tasten.
„Wie bitte? Du meinst, ich soll du sein? Herrlich, du hast ja wirklich ein Rad ab."
„Bitte, Corbet, nimm mich, Corbet, bitte!"
Er hatte sich Mühe gegeben, seine Stimme zu verstellen, damit die Fremde ihn nicht erkannte. Das Resultat war, dass er sich anhörte wie ein Schmierenkomödiant, der ein zickiges Mädchen mimte. Und tatsächlich wurde sein Wunsch von seiner Besucherin nun auch so interpretiert.
„Okay, okay", antwortete sie im gekünstelten Bassbariton. „Warum nicht. Ich wusste es ja immer, ihr Tommies seid alle pervers. Und wer bist du? Deine Mami etwa?"
Unterdes hatte ihre linke Hand, was sie suchte, gefunden und drückte einmal fest zu.
„Sehr wohl, der Herr", japste Anton Rosinke.
Zusätzlich zur Fistelstimme bemühte er sich auch noch um einen britischen Akzent, damit sein Gast ihn wirklich für Corbet hielte. Auf keinen Fall durfte er sich gehen lassen und in den gewohnten Berliner Jargon verfallen. Von wegen, *ick liebe dir uff jeden Fall* oder etwas dergleichen. Viel reden musste er allerdings nicht im Verlauf der kommenden Viertelstunde. In seiner Besucherin hatte sich eine Menge Wut gegenüber welcher Mutter auch immer gestaut. Und die ließ sie jetzt mit Macht an ihm aus. Der Trick funktionierte perfekt. Anton stellte sich vor, wie Corbet Stewart seine Mutter von Kopf bis Fuß

unterwarf. Ach was, seine Mutter! Ihn persönlich unterwarf er, er bestieg ihn auf eine Weise, wie ihn kein Mann je bestiegen hatte. Corbet beherrschte ihn.

Einen Moment lang glaubte er, er könne sich durch Selbsthypnose in den siebten, oder wenigstens in den zweiten oder dritten Himmel erheben.

Dann war es vorbei.

Eben noch hatte Anton Rosinke mit gekünsteltem Oxford-Akzent „Krall mich, Corbet, komm, krall mich!" geschluchzt, da überfiel ihn ihr Duft. Wie war es möglich, dass diese Frau trotz ihres herben Parfums plötzlich derart aufdringlich nach Krabbenfleisch riechen konnte. Leicht verdorbenen Krabben zumal. Nie im Leben hätte der wirkliche Corbet derart verboten gerochen. Es reichte eben die größte Phantasie der Welt nicht aus, um aus einer Touristentussi einen Lover nach seinem Gusto zu machen. Abrupt stieß er sie von sich, und schon war es leider heraus.

„Verdamm mich, hier stinkt's nach Krabben."

Nun hätte seine Besucherin natürlich ihr Rollenspiel fortsetzen und unterstellen können, Corbet habe lediglich zum Ausdruck bringen wollen, er selbst stinke in den Augen oder besser gesagt, in der Nase seiner Mami nach Krabben. Ganz frisch hatte er tagsüber wahrhaftig auch nicht gerochen. Aber die Fremde war ja nicht dumm. Sie verstand, dass das Spiel umgekippt war, dass dieser Mann sie nicht riechen konnte. Wer wollte ihr also verübeln, dass sie sich persönlich getroffen fand? Verführung hin, Verführung her, sie tat ganz einfach, wonach ihr zumute war, und schlug ihm rechts und links ins Gesicht.

„Du impotenter, perverser Wichser, für wen hältst du dich!", tobte sie, während sie ihm eins auf die Nase gab, und als sie genug auf ihn eingeprügelt hatte, krallte sie ihre Fingernägel herzhaft in seine Wangen.

„Ich bring dich um! Ich bring dich um!"

Einen Moment lang fürchtete Anton Rosinke in diesem fremden Bett um sein Leben. Er hatte ja immer geahnt, dass es nicht ratsam war, sich mit der Weiblichkeit einzulassen. Heute Abend hatte er die Bestätigung für sein Wissen erhalten. Kaum jemals in seinem Leben war er so erleichtert gewesen wie in dem Moment, als sie endlich von ihm abließ, ihre Siebensachen zusammenraffte und sich aus dem Staube machte. Zur Sicherheit ließ er noch ein paar Minuten verstreichen, während derer er Corbets Bett, so gut er es vermochte, in Ordnung brachte. Dann stahl auch er sich davon. Wer weiß, vielleicht hatte er ein paar Schweißtropfen auf Corbets Kopfkissen hinterlassen, und vielleicht hingen immer noch das Parfum und der Krabbengeruch dieser fremden Frau in der Luft. Aber das, beschloss Anton Rosinke, war nicht sein Problem. Damit mochte Corbet Stewart selbst fertig werden.

Als er wenig später auf sein Zimmer im Haus *Alberta* zurückkehrte, dem Mitarbeiterhaus für die Angestellten des Hotels, fühlte er sich um eine Erfahrung reicher. Immerhin. Das konnte in dieser Nacht bestimmt nicht jeder Mitarbeiter oder auch Gast des Hotels von sich sagen.

1.

Armin Gebhard liebte den Sand. Ein wunderbarer Stoff. Sympathisch. Sauber. Und trocken. So angenehm. Beinahe steril. Und doch auch lebendig, immer die Form verändernd. Mit Leben erfüllt. Das Leben symbolisierend. Mit tiefer Weisheit erfüllt.

Seine Frau war ja im Wasser zu Hause. Ihr Element war die Feuchtigkeit. Sie liebte es, in die Fluten zu tauchen, genauso wie sie es liebte, sich inwendig – feucht zu halten, so hatte er es manchmal genannt. Ihr großes Bedürfnis, fast eine Sucht zu nennen. Die Kehle befeuchten. Die Haut. Und die Leber wohl auch. Und dann, wenn sie alle Organe gründlich durchspült und genügend Feuchtigkeit aus Wasser und Wein in sich gesogen hatte, gab sie sie wieder ab. Wollte selber zerfließen. Ja, dann verströmte sie sich.

Sein Element jedoch war der Sand. Es war der Sandstrand, mehr als alles andere, dessentwegen er die Ferien regelmäßig an der Nordsee verbrachte. Stundenlang konnte er sich diesem wunderbaren Stoff hingeben, darin graben und wühlen. Herrlicher weichgelber Sand. Ihm wesensverwandt. Aus dem zerrinnenden, fliehenden Material etwas formen und bauen. Sich bewusst werden, dass nichts für die Ewigkeit war. Dass nichts ewig hielte. Sein Leben, auf Sand gebaut. Und doch die gern genährte Illusion, dass man es fassen könnte.

Das Meer hielt man nie. Die Wellen kamen und gingen. Die Frauen. Die Liebe. Das Geld. Den Sand jedoch konnte man greifen. Ein Weilchen nur, einen Tag. Vielleicht auch nur ein paar Stunden. Doch immerhin. Dieses Glück. Das alte Spiel der Kinder, zwei Hände voll Sand, im Übermut in die Luft geworfen. *So viel Kinder hab ich.* Da waren es schon weniger geworden. *So viel gehen zur Schule.* Wieder die Hände gehoben. Sandkörnchen wirbelten durch die Luft. Glänzendes Sonnenlicht. *So viel sind im Krankenhaus.* Schon kaum noch Kinder übrig. *Und so viel hab ich noch zu Haus.* Die Hände emporgehoben. Die leeren, unschuldigen Hände. Sie drehen und wenden und dann lachend betrachten. Das Lachen über die Leere der Hand.

Auch hatte er mit den Mädchen, als sie klein waren, Sandkuchen um Sandkuchen gebacken. Dutzende Waffeln aus Sand. Den Sand gesiebt mit dem gelben Plastiksiebchen, Körnchen um Körnchen, ins Eimerchen rein. Und vom Eimerchen wieder zurück in die große Sandkiste, den Strand. Sand zu Sand, Staub zu Staub. Unzählige Förmchen gefüllt, rote, grüne, blaue und gelbe Förmchen. Schildkröten, Seesterne, Muscheln. Eine rote Schildkröte war es, wenn er sich richtig erinnerte, der Seestern war grün, und blau Clärchens große Muschel. Die Lieblingsform. Ein gelbes Seepferdchen hingegen Ivonnes Lieblingsförmchen. Und später die Ritterburg. Trutzige Zinnen und Türmchen. Ein, zwei Zugbrücken, ein Burggraben, mit schlammigem Wasser gefüllt. Und alljährlich eine neue Strandburg für die Familie. Von Jahr zu Jahr größer und noch kunstvoller als im Jahr zuvor, von Jahr zu Jahr besser geplant. Hatte er sich nicht jeden Sommer wieder selbst überboten? Ein Lebenswerk. Im Schwarzwald hatte er Tannenzapfen gesammelt, im Winter schon. Um damit im Sommer auf Juist seine Burg zu verzieren. Herrje, bis die Springflut kam, die den Schmuck auf der ganzen Insel verteilte. Na ja, auf der gesamten Insel vielleicht nicht ganz. Aber vom Loogbad bis zur Wilhelmshöhe lagen seine Tannenzapfen im Sand. Fanden sich in den entlegensten Strandkörben wieder, schwammen in den Burgen anderer Leute, in denen das Wasser der Springflut noch stand. Nur Clärchen hatte ihm geholfen, sie wieder einzusammeln.

Sein Mädchen. Sein Lieblingskind, half nichts, drum herumzureden. Tat ihm für Ivonne manchmal leid. Ach, so schnell groß geworden. Und jetzt eine Braut. Fast schon Ehefrau. Auch wenn sie sich noch nicht ganz traute. Kleiner Vorbehalt noch. „Gib mir bis Sonnabend ein Einzelzimmer, Papa." Aber es half ihr doch nichts. Bald würde sie von ihm gehen. Mrs. Corbet

Stewart. Mal abwarten, wie die Rolle ihr schmeckte. Wo die Liebe hinfiel, immer verwunderlich. Na ja, ganz passabler Bursche vermutlich. Bisschen eitel für seinen Geschmack. Nicht der Typ eines treu sorgenden Familienvaters. Irgendwie schade drum. Aber was nicht war, konnte vielleicht ja noch werden.

Wie viel Spaß hatte er immer gehabt, mit den Kindern im Sand zu spielen. Man brauchte nicht viel für sein Glück. Nur zusehen, wie sie ihre Schühchen am Strand ausleerten. Immer ein Spiel. Zusehen, wie der Sand aus den Schuhen rieselte. Gebannt. Die Fülle bestaunen. Und dann das Rieseln gebührend bewundern. Diese Wonne, wenn sie juchzten. „Guck mal, Papi, mein Goldschatz!"

Je mehr Sand auf dem Häufchen, desto besser war es natürlich.

Also weitergeschaufelt. Worauf wartest du noch, Armin Gebhard, min Jung. In Gedanken hörte er seine Mutter, die zu ihm sprach. Deine Mary wird heute nicht kommen. Tröstete sie oder verhöhnte sie ihn? Natürlich wäre es schön, wenn sie käme. Aber du hast es dir abgewöhnt, auf sie noch lange zu warten. Spuck lieber in die Hände und ergreif deinen Spaten. Säume nicht. Und schippe noch ein paar Stiche.

Armin Gebhard liebte es, Stich um Stich in den Sand zu graben. Häufchen um Häufchen, erst kleine Hügel, schließlich Wälle aus Sand aufzuschütten. Es machte ihm nichts, wenn sie bald wieder verwehten. Die Arbeit an sich war der Lohn. Stundenlang konnte er graben. Bis er in Trance geriet. Sein Gebet, seine Meditation war das Buddeln. Dieses Schwelgen im Sand. Die beste Methode, um über Gott und die Welt nachzudenken. Körper und Geist gerieten in einen gleichmäßigen Takt, und auch die Gefühle wurden im steten Rhythmus gebändigt. Schmerzten nicht mehr. Beruhigten sich. Schliffen sich ab. Ließen ihn los. Wie sehr sie ihn hingegen, als er jung war, getrieben hatten. Sein kleines Begehren, schon quälend, so aussichtslos. Erst recht die immer größere Gier. Seine Hilflosigkeit. Schmach und Verachtung. Und Selbstverachtung, das schlimmste von allen Gefühlen.

Gebetsmühlenartig hatte er es heruntergeleiert, dass er ihr Weite und Freiheit gönnte. Manchmal hatte er fast selbst daran geglaubt. Und vergeblich auf ein Wunder gewartet. Vergeblich gehofft. Als könnte man eine Frau wie Mary mit einem Versprechen ködern. Weite und Freiheit. Es war zu albern gewesen. Oder vielleicht war nur er es, der albern war. Der Hahnrei beim Burgenbuddeln.

Armin Gebhard stieß härter in den Sand. Nichts, was ihn so beruhigte wie ein bisschen weißes Geriesel. Jungfräulich weiß. Und doch von mehr Farben beseelt, als man erst glauben sollte. Ocker. Beige. Braun. Und Grautöne in jeder Schattierung. Die Wüstenvölker kannten dafür etliche Namen. Angeblich mehr als vierzig verschiedene Bezeichnungen für das, was wir sandfarben nennen. So wie die Eskimos für den Schnee. All diese Zwischentöne. Silbrigweiß. Grauviolett. Schwärzliches Gold. Wie Sternenstaub. Und zerrann uns wie nichts zwischen den Fingern.

Er hatte Mary nicht halten können. Dabei hatte er sie anfangs gar nicht so quälend geliebt, wie man allgemein dachte. Die Leute hielten ihn für einen leider zu sanften, stets gleichbleibend freundlichen Mann, der seine Frau bis zur Selbstaufgabe umsorgte. Sie auf Händen trug, bediente und hegte und pflegte. Der sie abgöttisch liebte, oder zumindest mehr, als gut für ihn war. Natürlich hatte er keine Veranlassung gesehen, das Bild, das die Leute sich machten, zu seinem eigenen Nachteil zu korrigieren. Aber tief in seinem Inneren wusste er, dass es nicht der Wahrheit entsprach. In Wahrheit war es das Geld, das er geheiratet hatte. Die Firma, deren Geschäftsführer er nach dem frühen Tod seines Schwiegervaters geworden war. Er hatte die Firma viel mehr begehrt als die Frau. Und war das für sie etwa keine Kränkung gewesen? Zu Beginn ihrer Ehe hatte Marion ihn deswegen manchmal verhöhnt. Aufgezogen hatte sie ihn mit seiner unschönen Wahrheit. Sich über ihn lustig gemacht. Vor seinen Augen hatte sie sich zusammengerollte Geldscheine in die Möse gesteckt und dann provozierend die Beine gespreizt. Und er hatte sich nicht entblödet, das Geld, wie ihm geheißen, wieder zu Tage zu fördern.

Hatte es da angefangen, dass sich seine Gier in Begehren und sein Begehren in Liebe verwandelt hatte?

Vermutlich hatte er sie, viel mehr als er ahnte, verletzt. Manch ein Psychologe würde vermutlich ihm die Schuld geben dafür, dass seine Frau ihm derart untreu geworden war. Den größeren Verrat hatte wohl er begangen. Mit ihrem eigenen Geld betrogen hatte er sie. Was war im Vergleich dazu schon ein bisschen Sex hier und da?

Nicht, dass er sich etwas hatte zuschulden kommen lassen, nein, die Firma hatte er treu und zuverlässig geführt. Neue Vertriebsschienen eingeführt und rechtzeitig neue Produkte. Den Profit stetig gesteigert, wie es sich gehörte für einen wie ihn. Aber das Eheversprechen hätte er doch lieber ihrem Vater Günther Wittekindt geben sollen, oder noch besser Wittekindts weltberühmter Feldbettenproduktion. Der er, Armin Gebhard, sich auf Gedeih und Verderb verschrieben und angelobt hatte.

Das Tröstliche war nur, dass auch aus Fehlern manchmal Gutes erwuchs. Mehr und mehr hatte sich im Laufe der Jahre seine Liebe zu ihr gesteigert. Hatte sich entwickelt im reziproken Verhältnis zu den ihm von ihr zugemuteten Eskapaden. Es stimmte, was die Alten schon wussten, dass der Mensch mit den Aufgaben, vor die ihn das Leben stellte, noch wuchs. Ihre Untreue machte ihn reifer und weiser.

Auch Clärchen würde noch wachsen müssen. Wenn er es richtig sah, waren auch ihrem Mann Clärchens finanzielle Möglichkeiten nicht ganz gleichgültig bei dem Bund. Aber wenn auch Marion Corbet deswegen von Anfang an verachtet hatte, sprach sein Ehrgeiz in Armins Augen durchaus für den Schwiegersohn. Einen blauäugigen Idealisten hätte sie auch nicht gutgeheißen, Marion selbst war die Letzte, der ein Träumer gefiel. Gerade sie bevorzugte doch die wirklich männlichen Männer. Gut nur, dass Clärchen selbst beruflich erfolgreich war. Im Unterschied zu ihrer Mutter konnte sie ihrem Leben durch ihre Arbeit selbst einen Sinn geben. Und sie war, soweit er es beurteilen konnte, in beruflichen Dingen erstaunlich *tough*. Durch ihre diversen Auslandspraktika hatte sie schon jetzt exzellente Kontakte geknüpft und könnte es mit Sicherheit auch außerhalb der eigenen Firma zu etwas bringen. Beide Töchter waren, Gottlob!, nicht angewiesen auf das Geld, über das sie durch ihr Erbe verfügten.

Seltsam, mit diesem Corbet heiratete Claire, wenn man genau darüber nachdachte, Vater und Mutter zugleich, wenngleich von beiden leider die weniger bestechenden Eigenschaften. Er vereinte den egozentrischen Leichtsinn der Mutter, die gar nicht wusste, was Treue hieß, mit dem knallharten Geschäftssinn des Vaters. Er war so ehrgeizig wie Armin selber in jungen Jahren, nur nicht so korrekt und so brav. Und er war so verführerisch wie die Schwiegermutter, nur brachte er ihre Vorteile nicht mit in die Ehe ein, ihr Geld, ihre Nonchalance. Was man Mary als weibliche Schwäche durchgehen ließ, würde in seinem Fall beim Namen genannt werden müssen. Rücksichtslosigkeit, Draufgängertum. Wenn er ehrlich sein sollte, fand er ihn doch ein bisschen windig, diesen Burschen. Endlich konnte Armin vor sich selbst eingestehen, was er wirklich über seinen Schwiegersohn dachte. Das lag natürlich am Sand. Der Sand deckte nicht nur barmherzig zu, er förderte auch Wissen und Wahrheit zu Tage.

Erschöpft hielt Armin Gebhard inne und begutachtete sein Werk. Er war schon gut vorangeschritten, die Burg ließ eine Form erkennen. Aber er merkte doch, dass er älter wurde. Konnte nicht mehr so lange an einem Stück schuften und schaffen wie einst. Sein Rücken schmerzte. Die ersten Schwielen bildeten sich an seiner Hand, Zeichen der Sommerfrische. Mit dem Handrücken wischte er sich ein paar Schweißperlen von der Stirn. Er musste eine kleine Pause machen, sich setzen, verschnaufen. Einen Schluck trinken, das musste er. Die Chefin des Hauses hatte ihm einen Picknickkorb mitgegeben. Man wusste, dass er einen leichten, vitaminhaltigen Imbiss im Strandkorb liebte. Heute hatte man ihm nicht nur die gewünschte Thermoskanne mit Tee und den sonst üblichen Apfel eingepackt, sondern zur Schale Erdbeeren eine Flasche Champagner.

Armin wuchtete den Strandkorb halb um seine Achse herum, um ihn mit dem Rücken zum Wind und zur Sonne hin auszurichten. Von hier aus konnte er direkt auf die Nachbarburg blicken, in der der Strandkorb der jungen Brautleute stand. Donnerwetter, Corbet hatte gestern wirklich gründliche Arbeit geleistet. Bislang hatte Armin das von seinem Schwiegersohn aufgeschüttete Herz aus Sand nur flüchtig gewürdigt. Jetzt aber nahm er sich Zeit, um die Anlage genauer zu betrachten.

Die Form war durchaus gelungen. Höhe und Ausführung verrieten Einfallsreichtum und Fleiß und brachten den Schwiegersohn seinem eigenen Herzen doch auch wieder etwas näher. Corbet hätte sich am Morgen nur die Zeit nehmen müssen, seine Burg neu zu befeuchten, bevor er mit den anderen jungen Leuten hinaus zur Bill geradelt war. Dort wollten sie lunchen und den hausgebackenen Rosinenstuten mit Butter und ein Glas Sanddornlikör probieren. Gebilde aus Sand mussten regelmäßig begossen werden, das hatte Armin ihm gestern Abend noch extra eingeschärft. Trockneten sie aus, hatte der Wind leichtes Spiel. Ehe noch der Bund fürs Leben geschlossen und kirchlich besiegelt wäre, hätte der Wind Corbets Herz aus Sand schon wieder verweht. Dem galt es doch vorzubeugen!

Armin stellte die Champagnerflasche zurück in den Sand. Bevor er sie öffnete und sich selber die Kehle benetzte, wollte er rasch Clärchens Burg bewässern. Eigens für diesen Zweck brachte er alljährlich nach Juist eine große schwarze Gießkanne mit, die er vor Jahren bei Behrends im schönen Ostdorf erstanden hatte. Es gab kaum eine befriedigendere Tätigkeit, als nach geleisteter Buddelei mit der Kanne in der Hand das eigene Werk zu besprenkeln. Vergleichbar einem kühlen, schäumenden Bier, das man sich selbst nach harter Arbeit an einem heißen Hochsommertag gönnte. Oder dem gleich auf ihn wartenden Schluck. Er zog die Gießkanne aus dem Stauraum unter dem Strandkorb hervor und füllte sie an der Dusche, die unterhalb der Dünen aufgestellt war, mit frischem Wasser. Vorsichtig, damit nichts überschwappte, schleppte er die bis zum Rand gefüllte, schwere Kanne zur Burg seiner Tochter und fing an, den Sand gleichmäßig zu begießen.

Aber – was war das? Vom Plankenweg, der an den Strand hinunterführte, und von seinem Strandkorb aus hatte er die Herzburg nur von einer Seite aus wahrnehmen können. Erst jetzt sah er auf der anderen Seite an deren Eingang die Sandskulptur, von der Claire ihm bereits vorgeschwärmt hatte. Sie hatte erzählt, Corbet habe versucht, einen Seehund zu bilden. Aber dort lag kein Seehund aus Sand. Dort lag eine Art Sandsack mit schwarzen Haaren. Und an dessen Seite ragte eine unförmige Hand aus dem Sand.

Armin merkte, wie ihm vom einen Moment zum nächsten die Knie weich wurden. Die Gießkanne glitt ihm aus der Hand. Vorsorglich, bevor ihm schwarz vor Augen wurde und er im nächsten Moment umkippte, ließ er sich nieder und stützte sich mit den Händen ab. Im Sand sitzend wartete er mit geschlossenen Augen, bis der Schwächeanfall vorbei war.

Als sich sein Herz etwas beruhigt hatte, kroch er auf allen vieren zu Corbets Skulptur hinüber. Es stimmte, was er aus der größeren Entfernung schon gesehen und geahnt hatte. Corbets „Seehund" war ein schwarzhaariges, menschlich anmutendes Wesen. Ein Körper. Geschaffen aus Fleisch und Knochen und Blut. Und noch ganz anderen Säften. Ein Körper nicht nur aus Sand. Oder war es doch nur eine Schaufensterpuppe? Oh Herr im Himmel, lass das Ding eine Schaufensterpuppe sein. Es konnte doch keine Frau sein!

Aber natürlich war es doch eine Frau.

Und nicht nur irgendeine.

Sah das Ding, sah die Person nicht etwa aus wie seine – nicht aus wie – nicht aus –

Armin konnte den Gedanken nicht zu Ende denken. Es war aber auch gar nicht nötig. Er wusste genau, wer das Wesen im Sand vor ihm war. Mit beiden Händen fegte er den Sand, der den Rücken der Seehundskulptur bildete, beiseite. Die so entstandene Öffnung gab den Blick auf schwarzen Stoff, ein schwarzes Abendkleid, frei. Ähnelte es nicht dem Paillettenkleid, das sich Mary neulich in Paris gekauft hatte? Sündhaft teuer war es gewesen, er hatte sich an den Kopf gefasst, als sie ihm den Preis genannt hatte. Aber zugegeben, es stand ihr gut. Hatte ihr gut gestanden. Und stand ihr vielleicht immer noch? Vorsichtig strich er, jetzt nur noch mit einer Hand, den losen Sand von ihr fort. Und dann lag Marion vor ihm. Seine Frau. Beziehungsweise nicht seine Frau. Seine Frau hatte immer nach Chanel No. 5 gerochen. Dieser Marion hingegen haftete ein anderer Geruch an. Süßlicher, und auch wieder strenger. Nach Fisch. Und nach dem nassen Fell eines Seehunds, ja, sie strömte eine Art Seehundsgeruch aus. Ein Geruch nach Wind und wilden Tieren und den fremden Gefahren der Meere.

„Mary, mein Mädchen –"

Im nächsten Moment verschwamm alles vor seinen Augen. Ohne darüber nachzudenken, was er tat, schmiegte Armin seinen Kopf an ihren Rücken und ließ den Tränen freien Lauf. In kleinen Rinnsalen tropften sie auf ihren Rücken und vermischten sich dort mit dem Sand. Er konnte sich nicht daran erinnern, je in seinem Leben ein solches Quantum Tränen geweint zu haben. Salzige Flüssigkeit, die nun seine Frau benetzte. Seltsamer Rollentausch. Sonst war doch immer sie diejenige von ihnen beiden gewesen, die leicht und temperamentvoll zerfloss. Jetzt aber sah sie aus wie ein paniertes Schnitzel. Und als er seine feuchte Stirn am Stoff ihres Kleides abwischte, war auch er an Wangen und Augen ähnlich paniert wie sie.

Wie in Trance stand Armin auf, schleppte sich zu seinem Strandkorb hinüber und holte ein kariertes Küchenhandtuch aus dem Picknickkörbchen hervor. Diesen Liebesdienst musste er ihr doch als Erstes erweisen. Behutsam wedelte er mit dem Handtuch weiteren Sand von ihr fort. Dann drehte er sie vorsichtig auf den Rücken. Erstaunlich. Zwar wusste er nicht, wie lange sie hier schon gelegen hatte. Aber es mochte doch schon ein geraumes Weilchen gewesen sein. Dafür machte sie allerdings immer noch eine ganz passable Figur. Das war wohl der Vorteil, wenn die wichtigsten Körperteile durch Silikon und die Zähne durch Gold und Porzellan ersetzt worden waren. So hatten sich ihre – beziehungsweise seine – nicht geringen Investitionen, wenn auch anders als beabsichtigt, zu guter Letzt doch gelohnt. Sein Lieblingswitz seit Jahren war der Stammtischwitz gewesen, in dem Bolle die Nacht mit einer

Filmdiva verbringt. Am Morgen danach frühstücken die beiden sogar zusammen. Als sich die Filmdiva an ihrem Brötchen verschluckt, muss Bolle ihr auf den Rücken klopfen. „Da ist mir ein Krümel in die falsche Kehle geraten“, keucht die Diva, als sie wieder zu Puste kommt. „Wat denn, wat denn“, wundert sich Bolle. „’ne falsche Kehle haste ooch?“

Ein künstlicher Fingernagel war abgebrochen, am linken Auge fehlten die sonst üblichen falschen Wimpern, und das Silikonkissen der linken Brust war anscheinend unter die Achselhöhle gerutscht; ansonsten hatte Mary erstaunlich wenig Verluste erlitten. Armin empfand aufrichtige Hochachtung für seine Frau. Wie hübsch sie doch immer noch war. Die beste Verkörperung ihrer oft geäußerten These, dass Schönheit das Resultat harter Arbeit darstellte.

„Mary, Mary, was ist nur mit uns beiden passiert? Und was denn mit dir, mein Mädchen?“

Stumm guckte sie ihn an, mit ihren großen, bläulich verschatteten Augen. Es war nicht das erste Mal in ihrer Ehe, dass Marion ihm die Antwort schuldig blieb. Aber es war das erste Mal, dass ihn ihre Abweisung rührte.

Sanft schob Armin seine Arme unter ihren Rücken. Konnte er es wagen, sie hochzuheben? Was, wenn sie auf der Rückseite nicht mehr ganz dicht sein sollte? Und was, wenn er sich beim Versuch, sie zu tragen, einen Bruch hob, ausgerechnet jetzt? Lieber noch einmal zum Strandkorb laufen und den Wachsmantel mit dem Tartanfutter geholt! Die Engländer verstanden es doch wirklich, die praktischsten Kleidungsstücke zu produzieren. Dieser legendäre Mantel bot nicht nur absoluten Windschutz und war garantiert wasserdicht, dabei atmungsaktiv und sogar tropentauglich. Er wurde mit allem fertig, was auf einen zukam und eignete sich daher ganz vorzüglich auch zum Transport einer – nun, ja – einer – sollte er etwa von seiner Verflossenen sprechen? Das Wort Leiche wollte ihm noch nicht über die Lippen kommen, trat noch nicht über die Schwelle seines Gehirns.

Jedoch wurde ihm in diesem Moment schlagartig bewusst, dass er ab sofort Witwer war.

Liebevoll bettete Armin seine Marion auf die olivgrüne Mantel-Plane und zog sie vorsichtig von Clärchens und Corbets Burg zu seiner eigenen Strandburg hinüber. Alsdann gelang es ihm, sie eingehüllt in ihre neue, robuste Wachshaut in seinen Strandkorb zu hieven. Erschöpft ließ er sich neben ihr nieder. Jetzt war es wirklich an der Zeit für ein Gläschen Champagner. Schließlich war die prickelnde Witwe Marions Lieblingsgetränk. Vermutlich hatte sie doch manchmal gedacht, sie würde ihn überleben. Merkwürdig, dass es nun so anders gekommen war. Im Picknickkorb fanden sich zwei passende Gläser, eines für ihn und eines für sie. Er stellte sie auf das Klappbrettchen, das an Marions Seite des Strandkorbs als kleine Ablage diente, und schenkte großzügig ein, so dass der Schaum sich über den Rand der Gläser ergoss und auf Marions Schenkel tropfte. Nachdem er die Champagnerflasche zu seinen Füßen in den Sand gestellt hatte, erhob er sein Glas.

„Prost, mein Mäuschen. Mädchen, Mädchen, wie konnte das nur geschehen? Und morgen ist Clärchens Hochzeit. Ach, Mary, was mach ich jetzt nur mit dir?“

Tief in Gedanken verbrachte er so eine Weile in seinem Strandkorb. Hin und wieder nippte er bekümmert an seinem Champagner, bevor er dazu überging, stellvertretend für sie auch ihr Glas zu leeren. Hin und wieder sprach er ein paar Worte mit ihr. Armin Gebhard war es gewohnt, sich als Mann der Tat zu sehen. Aber jetzt wusste er nicht, was tun. Sollte er den Inselpolizisten, Manfred Arning, verständigen? Er kannte den Mann von früheren Begegnungen und schätzte dessen handfeste und humorvolle Art. Ivonne war einmal auf dem Rückweg von der Samstagabend-Dünendisco von ihm gestoppt worden, weil das Licht an ihrem gemieteten Fahrrad nicht funktioniert hatte. Und dann hatte Arning festgestellt, dass sie das Fahrrad in angetrunkenem Zustand führte, und hatte ihr ins Gewissen geredet. Ihr die möglichen Folgen vor Augen gehalten. Ihr die möglichen Konsequenzen bis hin zum Führerscheinentzug angedroht. Sie war mit einer Ermahnung davongekommen, die aber hatte gründlich gewirkt. Soweit er es beurteilen konnte, hatte sich das Gespräch äußerst vorteilhaft auf Ivonnes Trink- und Fahrverhalten auch auf dem Festland ausgewirkt. Kein Zweifel, dass dieser Mann wusste, was er tat, und das Herz auf dem rechten Fleck hatte.

Aber was sollte er dem Beamten melden? Hallo, hallo, tut mir leid, aber ich habe soeben meine tote Frau aus dem Sand ausgegraben?

So ein Zufall aber auch, lieber Herr Gebhard.

Und dann?

Dann würde man ihn verhaften.

Und Clärchens Hochzeitsfest wäre geplatzt.

Clärchen. Ob sie überhaupt wusste, was sich unter Corbets Seehund verborgen hatte? Beziehungsweise, was Corbet da gestern begrub? So oder so, Corbet hatte es ganz sicher gewusst. Man würde gar nicht ihn, sondern Corbet verdächtigen. Aber dann fände die Hochzeit erst recht nicht statt. Die arme Claire. Ihr frischgebackener Bräutigam, ein Schwiegermuttermörder?

Aber vielleicht würden die Beamten sogar denken, Corbet decke nur Claire?

Und vielleicht war das wirklich der Fall? Vielleicht ging Corbet, als er seine Schwiegermutter im Sand verscharrte, wirklich davon aus, seine Braut habe ihre Mutter ermordet?

Was wusste er?

Armin wurde es angst und bange. Aber egal, auf jeden Fall galt es, Clärchen aus der Sache herauszuhalten.

Nur wie?

Indem man die Polizei natürlich nicht einschaltete. Indem man das Problem unter Männern anging. Indem man Marys Körper heimlich, still und leise und ohne Mitwisser aus der Welt schaffte. Genau das hatte Corbet, wenn auch unzureichend, getan. Armin fühlte sich seinem Schwiegersohn wieder ein wenig näher.

„Das musst du verstehen, Marion. Nun guck nicht so vorwurfsvoll. Wir können jetzt keine tote Mutter gebrauchen. Du willst dem Glück deiner Tochter doch auch nicht im Wege sein?“

Es war natürlich ihr Problem, dass sie immer im Mittelpunkt

stehen musste. Jetzt aber war Clärchen dran. Dieses eine Mal würde die Mutter zurückstecken müssen.

„Ich verspreche dir, Mary, ich beschaff dir trotz allem ein schönes Begräbnis. Ohne Streuselkuchen, dafür mit Schampus und Lachsschnittchen und allem, was du begehrst, ganz so, wie du es dir immer gewünscht hast. Und natürlich mit dem Shantychor, den du so liebst. Den du geliebt hast, mein Mädchen. Ich hab sie ja sowieso alle Mann für morgen Abend engagiert. Da lass ich sie *Rolling home* singen, nur für dich. Muss ihnen ja nicht auf die Nase binden, dass es sich nicht nur um eine Hochzeit, sondern auch noch um eine Beerdigung handelt. Und dass das Begräbnis dann auch schon wieder vorbei sein wird. Denn heute feiern wir zwei Hübschen allein, Mary, mein Mädchen, ganz dezent, nur du und ich. Unter Eheleuten. Sind schließlich niemandem Rechenschaft schuldig. Prösterchen, Marion."

Die Erdbeeren fielen ihm ein, die noch im Picknickkorb lagen. Hatte keinen Sinn, sie verderben zu lassen. Das hätte auch Marion nicht gewollt. Und er musste sich wirklich stärken. Von der Aufregung war ihm schon ganz flau. Als er die Schale aus dem Korb holte, flog eine Möwe bedrohlich nah an ihm vorbei. Streifte fast seine Wange. Freche Biester. Versetzten einem mit ihren Schwingen regelrechte Backpfeifen, bevor sie einem die Beute wegschnappten. Während er im Strandkorb saß und seine Erdbeeren schmauste, musste er wie ein Luchs aufpassen, dass die Möwen sich nicht auf ihn stürzten und nach den Früchten schnappten. Bedrohlich kreisten sie über ihm und schienen nur auf eine günstige Gelegenheit zu warten, darauf, dass er nachließ in seiner Aufmerksamkeit. Am liebsten hätte er ein paar Erdbeeren Richtung Dünenrand geworfen, um sie abzulenken. Aber das wäre ein fataler Fehler gewesen, damit hätte er nur noch weitere Vögel auf den Festschmaus aufmerksam gemacht.

Während er in die Luft guckte und nach den Möwen spähte, achtete Armin nicht auf den Weg und den Strand. So kam es, dass er nicht bemerkte, dass sich jemand seiner Burg von der Landseite her genähert hatte.

„Moin, Herr Gebhard. Moin, Marion. Na, auch mal wieder im Lande?"

Armin zuckte zusammen. Keine vier, fünf Meter von ihm entfernt stand der Buchhändler der Insel, der offenbar seine Mittagspause zu einem Spaziergang nutzte. Wie hieß er noch? Marion hätte es sicher gewusst. Nicht, weil sie eine passionierte Leseratte war, sondern weil sie eben ein exzellentes Gedächtnis für Männer hatte. Nette Männer zumal. Im Unterschied zu ihr konnte er sich nun einmal keine Namen merken. Dafür hatte sie sich im Unterschied zu ihm mit diesem Buchhändler anscheinend sogar geduzt.

„Tag, Herr – ehh", antwortete Armin leicht zerstreut, fing sich dann aber recht schnell. Ihm fiel ein, dass Claire seit frühester Kindheit eine der treuesten Kundinnen der Inselbuchhandlung gewesen war. Daran würde sich auch nach ihrer Hochzeit gewiss nichts ändern.

Vor allem nicht, wenn Corbet im Kittchen saß.

„Wir begießen gerade die Hochzeit mein – ehh – unserer ältesten Tochter. Claire, die kennen Sie doch auch. Alles in Ordnung so weit. Nur die Möwen sind, scheint's, dies Jahr noch frecher geworden. Schauen Sie mal, da oben."

Ein bisschen Ablenkung in der Blickrichtung schadete sicher nicht.

„Ja, die wissen, was gut ist. Na dann. Schönen Gruß auch an Claire. Und an Ihre Frau, wenn sie wieder aufwacht."

Armin nickte.

„Seeluft macht müde", murmelte er und deutete auf die halb leere Flasche. „Nicht zu vergessen der Alkohol."

Der Buchhändler hob die Hand zum Gruß und verabschiedete sich mit einem Nicken, dann setzte er seinen Spaziergang fort. Zwar hatte er gelächelt, aber ein wenig Misstrauen hatte wohl in seinem Blick gelegen. „Und an Ihre Frau, wenn sie wieder aufwacht." Hatte er das gesagt? Oder hatte es „…wenn sie je wieder aufwacht" geheißen? Armin merkte, dass sein Herz wieder unregelmäßiger schlug. Vom einen Moment zum nächsten waren ihm Schweißperlen auf die Stirn getreten. Hoffentlich hatte dieser Buchhändler nichts bemerkt. Nur gut, dass er den Hund nicht dabei hatte, den man ihn manchmal ausführen sah. Eine neugierig schnüffelnde Hundenase war das Letzte, was Armin jetzt brauchte.

Aber er durfte sich nicht verrückt machen. Diese Intellektuellen hatten immer so eine Skepsis im Blick. Besonders wenn sie sich mit Männern wie ihm unterhielten. Männern des Geldes. Der Tat. Ach, seine Ängste halfen ihm nichts, er musste jetzt logisch handeln. Ihm blieb nur eines übrig, nämlich die Flucht nach vorn anzutreten. Mary musste verschwinden. Er wusste nur noch nicht, wie. Er konnte sie schlecht in seinem Mantel den ganzen Weg zum Hotel zurück mit sich ziehen. Ein Transportmittel musste her. Und ein sicherer Ort, um sie bis nach der Hochzeit zu bergen. In einer Dreiviertelstunde schon kam die Maschine seiner Eltern aus Emden an, und er hatte ihnen versprochen, sie am Flugplatz zu treffen. Danach wollten sie gemeinsam einen kleinen Imbiss im Hotel einnehmen, bevor sich seine Eltern auf ihr Zimmer zurückziehen würden. Erst dann hätte er wieder Zeit, sich um Mary zu kümmern. Bis dahin musste er sie im Strandkorb sitzen lassen. Blieb nur zu hoffen, dass etwaige Passanten ihr das Mittagsschläfchen im Strandkorb gönnten. Dass der Buchhändler nach seinem Spaziergang einen anderen Rückweg nahm. Und dass niemand von den jungen Leuten, wenn sie von ihrem Ausflug zur Domäne Bill zurückkehrten, auf die Idee kam, hier vorbeizuschauen. Am Nachmittag stand, soweit er wusste, erst noch gemeinsames Dünensingen auf dem Programm. Das sollte um fünfzehn Uhr am Damenpfad steigen. Bis es zu Ende war, gegen vier, halb fünf, musste er eine Lösung gefunden haben.

Schnell packte Armin das leere Schälchen und die Sektgläser zusammen. Er breitete sein kariertes Plaid über Marion, damit es möglichst täuschend echt so aussah, als ob sie schliefe. Die Champagnerflasche ließ er im Strandkorb stehen. Mochte das gute Stück die Neugier etwaiger Spaziergänger befriedigen. Sollten sie ruhig denken, dass die Frau hier ihren Rausch ausschlief. Vielleicht sollte er doch auch ein Glas vor ihr stehen lassen? Armin holte eines der gebrauchten Sektgläser wieder aus dem Korb hervor, klappte das Brettchen an der

Seite des Strandkorbs herunter und stellte das Glas darauf ab. Ja, so war es in Ordnung.

Als er den Dünenkamm erreichte, drehte er sich noch einmal zu seiner Mary um. Ein Teufelsweib. Von weitem sah es wirklich so aus, als ob sie ein Nickerchen hielte. Mit ein bisschen Glück würde hoffentlich niemand ihren Mittagsschlaf stören, bis er wieder Zeit für sie fand.

2.

„Die Meise, die Meise, die sang das Kyrieleise ...“

Obwohl er es vorhin zum ersten Mal in seinem Leben gehört hatte, dudelte das offenbar sehr beliebte Lied von der Vogelhochzeit Corbet nun im Kopfe herum. Welch schrecklicher Ohrwurm! Und was für ein alberner Text. Als könnte eine Meise je das Kyrieleise singen. Soweit er wusste, beherrschten diese Vögel überhaupt nur zwei Töne. Nachtigallen waren sie nun gerade nicht, das englische Wort *tit* oder auch *titmouse* sagte ja alles. Schon, als sie diese Strophe sangen, wäre er am liebsten vom Dünensingen geflohen, erst recht aber, als die Brautmutter besungen wurde. „Brautmutter war die Eu-heu-le, nahm Abschied mit Geheu-heu-le ...“

Beinahe wäre er selbst in Geheule ausgebrochen, derart lebendig hatte ihm plötzlich das Bild seiner Schwiegermutter, wie er sie am Strand gefunden hatte, vor Augen gestanden. Dennoch hatte er tapfer durchgehalten und alle siebenundzwanzig Strophen der Vogelhochzeit mit den anderen im Chor geträllert. Dieses Dünensingen war eine merkwürdige Institution. Claire hatte ihm schon oft von diesem Brauch aus Kindertagen vorgeschwärmt, er hatte aber immer geahnt, dass dieses Unternehmen für seinen Geschmack zu romantisch war – zu teutonisch, anders gesagt. Einmal in der Woche traf man sich hier in den Dünen, um unter Leitung des Kantors der evangelischen Kirchengemeinde im wilden Wechsel fromme Kirchenlieder und die albernsten Reime zu singen. Zwischen „Lobet den Herren“ und „Die Affen rasen durch den Wald“ wurde nicht groß unterschieden. Offenbar war es das, was die Deutschen unter klassenloser Gesellschaft verstanden. Allerdings gab sich der Kantor, der statt auf der Orgel nun auf der Quetschkommode spielte, sichtlich Mühe, geschmacksbildend auf sein bunt zusammengewürfeltes Publikum einzuwirken. So hatte er sie mit einem komplizierten Mozart-Kanon traktiert, bevor er wieder einem Wunsch aus dem Publikum stattgegeben hatte. Claires Freundin Maike hatte sich daraufhin das lustige Lied von „Cock Robin“ gewünscht, dem, wie sie sagte, britischen Pendant zur Vogelhochzeit, bei dem die Vögel nicht heirateten, sondern das Rotkehlchen ermordet hatten. Auch wenn der Spatz alle Schuld auf sich nahm – da sich *sparrow* auf *arrow* reimte, musste er natürlich gestehen, das Rotkehlchen mit seinem kleinen Pfeil erschossen zu haben – so waren die anderen Vögel ebenfalls in das Verbrechen verstrickt. Ein wahrer Vogelkrimi war es, der sich da mehrstimmig entfaltete.

„All the birds in the air were a-sighing and a-sobbing when they heard of the death of poor Cock Robin …”

Die Fliege wollte den Todeskampf mit ihrem winzigen Auge gesehen haben, und die Eule erklärte sich bereit, mit Hacke und Schippe das Grab auszuheben.

„I’ll dig the grave, said the owl. With my pick and shovel …“

Es war an diesem Punkt, dass Corbet wieder ein heftiges Würgen überkam. Ihm war dermaßen übel geworden, dass er es keine Minute länger mehr in den Dünen ausgehalten hatte.

„Ich seh dich beim Abendessen, *darling*“, hatte er Claire zugeraunt, und dann hatte er schleunigst das Weite gesucht, bevor er womöglich noch an Ort und Stelle in den Brombeerstrauch kotzte.

Erst als er den Strand erreichte, ging es ihm wieder besser. Der frische Wind tat ihm gut. Er wusste jetzt auch, was er unternehmen musste. Er musste dringend nachsehen, ob das Grab noch intakt war. Ob seine Seehundsskulptur standhielt, und zwar sowohl dem Wind als auch den Blicken der Leute. Den ganzen Vormittag über hatte ihn die Erinnerung an die Seniorengruppe geplagt, die frühmorgens am Strand Tai Chi betrieb. Auch gestern Morgen hatten sie sich dort getroffen. Zwar hatten sie ihr Programm in einiger Entfernung von ihm ausgeführt, aber man wusste doch nie, was solche Leute noch nebenbei wahrnehmen konnten. Und außerdem war ihm, als er beim Mittagsimbiss auf der Bill mit einem riesigen Stück Rosinenkuchen kämpfte, siedend heiß eingefallen, was sein Schwiegervater ihm bis dahin vergeblich einzuschärfen versucht hatte. Die oberste Pflicht des Sandburgenbaumeisters war es, den Sand feucht zu halten. Das hatte er heute Morgen vor ihrer Radtour versäumt. Und deshalb befürchtete Corbet das Schlimmste, als er sich nun seiner Herzburg näherte.

Er war auf alles gefasst. Aber dass seine Schwiegermutter ihn bei einem Glas Sekt in ihrem Strandkorb erwartete, hätte er doch nicht vermutet.

Von Armin war weit und breit nichts zu sehen. Doch deutete der professionell angelegte Burgwall darauf hin, dass sein Schwiegervater sich hier zu schaffen gemacht hatte. Und dann – was war dann geschehen? Hatte Armin seine Frau zu sich in den Strandkorb geholt? Und eine Flasche Champagner mit ihr getrunken? Die Flasche war leer, bis auf einen kleinen Rest. Ob Armin nach ihr gesucht hatte? Oder hatte er die Leiche zufällig ausgegraben?

Ob sein Schwiegervater ihn für Marions Mörder hielt? Er wusste ja, wer den Seehund gestern geformt hatte.

Und nun? War er etwa losgelaufen, um die Polizei zu verständigen?

Aber würden die dann nicht eher annehmen, Armin Gebhard wäre der Mörder?

Alle möglichen Fragen und Überlegungen stürzten gleichzeitig auf Corbet ein. Um ein Haar hätte er sich doch noch übergeben, aber es gelang ihm, sich zu ruhigem Durchatmen zu zwingen und den Ansturm der Gefühle zurückzudrängen. Zitternd ließ er sich zu Füßen seiner Schwiegermutter nieder und griff nach der Champagnerflasche. „Der Rabe, der Rabe, der muss sie jetzt begrabe …“

Die Rolle des Totengräbers war in diesem Krimi offensichtlich für ihn reserviert. Fragte sich nur, ob er wieder ein Grab schaufeln sollte. An beiden Händen plagten ihn bereits Blasen und Schwielen. Es musste doch noch eine bessere Lösung für ihn – und für Marion – geben.

3.

Leider hatte sie Corbet nicht mehr erwischt. Sie sah ihn nur von weitem in Richtung Dünen verschwinden, mit einem leicht schwankenden Gang, wie ein Seemann auf Landgang. Oder ein Landmann auf See. Aber bis Claire bei der Strandburg angelangt war, war ihr Verlobter verschwunden.

Schade. Was war nur plötzlich mit ihm los gewesen? Das Dünensingen hatte doch so viel Spaß gemacht. Auch alle anderen Gäste waren dieser Meinung gewesen. Für die Mehrzahl war der Brauch ebenso fremd wie für Corbet, aber sie hatten sich auf den Spaß eingelassen. Dabei waren die meisten von ihnen ja erst kurz zuvor mit dem Schiff eingetroffen und hatten noch nicht einmal ihre Zimmer bezogen, geschweige denn ihr Gepäck ausgepackt. Aber wie Lisbeth, ihre Lieblingscousine, gesagt hatte, den Koffer auspacken konnte man auch noch später. Es war doch ausgesprochen praktisch – und nett – dass diese beliebte Ferientradition jetzt Teil ihres Hochzeitsprogramms wurde. Ein kostenloser Spaß für die Gäste, zugleich ein echtes Gemeinschaftsprogramm, ideal, um sich kennenzulernen. Nur Corbet musste sich plötzlich als Spielverderber erweisen.

Dabei war die vergangene Nacht mit ihm wunderschön gewesen. Claire hatte gedacht, dass nach seinem seltsamen Verhalten am Vortag jetzt alles wieder gut zwischen ihnen beiden war. Wie sollte man aber verstehen, warum er sich tagsüber, in Gegenwart der anderen, wieder so komisch benehmen musste?

Und warum ließ Mama immer noch auf sich warten? Das Fährschiff war voll mit Hochzeitsgästen gewesen – Onkel und Tanten, Cousins und Cousinen, zum Teil mit ihren Ehemännern und Kindern, ein paar befreundete Arbeitskollegen von Corbet und ihr, auch sogar ein paar Nachbarn. Mit Kind und Kegel waren sie angereist und hatten, als ihre kleine Gruppe von der Bill zurückgeradelt kam, um sie abzuholen, fröhlich in der Hotelbar gesessen. Und in der Eingangshalle am Kamin, in dem bei der kühlen Witterung ein freundliches Feuer brannte.

Nur von Mama immer noch keine Spur. Ihre Freundinnen fingen schon an, sich um ihre Mutter Sorgen zu machen. So weit kam es noch. Und ausgerechnet Claire fiel die Aufgabe zu, die Gäste zu beruhigen.

„Nein, nein, der ist bestimmt nichts passiert."

Dabei war doch sie diejenige, die am meisten des Trostes bedurfte.

Aber wenn man vom Teufel sprach, dann kam er. Und wenn man sehr intensiv an jemanden dachte, konnte es leicht geschehen, dass dieser Jemand plötzlich auftauchte. Sich materialisierte, sich manifestierte, sei es vor dem inneren Auge, sei es in Wirklichkeit. Und so erging es jetzt Claire. Während sie in Gedanken mit ihrer Mutter haderte, sah sie sie plötzlich, als wäre nichts geschehen, im Strandkorb der Eltern sitzen. Eingehüllt in Papas Regenmantel und mit seinem schwarzweiß karierten Reiseplaid zugedeckt, vor sich auf dem Klapptischchen ein Gläschen Sekt, so wartete sie mit einer Nonchalance auf ihre Tochter, als habe sie soeben auf deren spezielles Wohl getrunken. Claire fühlte eine Welle der Wut in sich hochsteigen. Mit raschen Schritten näherte sie sich der Burg und stieg ohne Rücksicht auf Verluste oder die väterlichen Gebote direkt über den Sandwall hinweg. Am liebsten wäre sie ihrer Mutter sofort an die Gurgel gegangen.

„Hältst du das für eine gelungene Überraschung, Mama? Und? Was willst du – du –"

Dann verstummte Claire.

Eine Weile stand sie still da und starrte ihre Mutter an, die ihr keine Antwort mehr geben würde.

„Verzeih mir, Mami", sagte sie.

Und dann brach es aus ihr hervor.

„Du verdammte – immer musst du dich in den Vordergrund drängen! Kannst du nicht einmal Ruhe geben, wie andere Mütter auch? Musst du dich immer noch aufspielen, die Lebenslustige geben, selbst jetzt? Oh, ja, toll, guckt mal, die Mary, wie die sich gehalten hat. Lässt sich nicht unterkriegen, ganz egal, was geschieht. Wie kommt diese Rassefrau nur an so eine langweilige Tochter? Also, diese Claire, wie ist die immer so blass. Na ja, immerhin hat sie doch noch einen abgekriegt, auch wenn es niemand von uns gedacht hätte. Wollen wir es ihr gönnen, diesem armen Kind. Ach, Scheiße, Mami –"

Claire hatte gar nicht gewusst, dass sie so fluchen konnte. Und was für eine Wut in ihr tobte. Aber jetzt war der Bann gebrochen, endlich mussten sich die Gefühle entladen. Am liebsten hätte sie ihre Mutter an den Schultern gepackt und gerüttelt und geschüttelt, am liebsten hätte sie sie mit bloßen Händen erwürgt, wenn es noch etwas genützt hätte. Ihre Mutter hatte sie so maßlos enttäuscht. Sie die ganzen Tage so hinzuhalten! Und jetzt saß sie da – starrte sie an – würde keinen Finger mehr für sie rühren. So fremd sah sie aus. So peinlich. Noch abstoßender als sonst, dachte Claire. Mit dieser Mutter wollte sie nicht das Geringste zu tun haben.

Zugleich überfiel sie ein heftiges Schuldgefühl. So durfte eine Tochter doch nicht gegenüber ihrer Mutter empfinden. So empfand kein normaler Mensch. Eine liebende Tochter würde die Schnecke aus dem Haar der Mutter entfernen, ihr den Sand aus den Augen wischen. Und dann loslaufen und Hilfe holen. Wenngleich ihre Mutter im Grunde keine Hilfe mehr brauchte. Sie selbst hatte Hilfe nötig. Was für ein schlechtes Kind sie doch war. Undankbar. Niederträchtig. Und egoistisch dazu. Genauso egoistisch wie ihre Mutter, deren egozentrisches Wesen sie immer abgelehnt hatte. Denn sie würde jetzt auch einmal zuerst an sich selber und an die bevorstehende Hochzeit denken und nicht zulassen, dass ihre Mutter ihr Fest torpedierte. Sie ließe sich die Feier doch jetzt, nach allem, was war, nicht mehr verderben.

„Von dir nicht!", sagte sie laut.

Und dann brach sie in Tränen aus und hockte sich in den Sand. Eine Weile blieb sie da hocken, zu Füßen dieses fremden Wesens kauernd, und weinte bitterlich.

4.

Rüdiger lag gut versteckt in einer Dünenmulde in Höhe des siebten Längengrades. Aber er fühlte sich nicht geborgen. Im Gegenteil, er kam sich vor wie im Krieg. Wie einer jener Soldaten, die man manchmal in historischen Filmausschnitten im Fernsehen sah, wie sie in den Schützengräben ausharrten, während um sie herum die Welt explodierte. Auch wenn rechts und links von ihm keine Granaten einschlugen, so zitterte er doch am ganzen Körper. Und es war nicht nur die Kälte, die ihn so zittern ließ. Es lag auch nicht nur an seiner unbequemen Haltung – seit über einer Stunde nun schon lag er auf dem Bauch, auf die Unterarme gestützt, völlig verkrampft in den Schultern und im Nacken. Mit beiden Händen hielt er das Fernglas fest, das ihm inzwischen fast aus der Hand fiel. Aber es war vor allem die innere Anspannung, die ihn zittern ließ. Es war die Angst.

Schließlich hielt er es nicht länger aus und ließ das Fernglas zu Boden sinken. Auch den schweren Kopf schmiegte er endlich in den Sand und schloss die müde gewordenen Augen. „Himmel, hilf!“, dachte er. Kaum konnte er glauben, was er im Laufe des Nachmittags alles gesehen hatte.

Erst hatte Claires Vater, Herr Gebhard, mit jener schwarz gewandeten Dame im Strandkorb gesessen, die der Bräutigam Corbet Stewart bereits am Vortag intimer kennengelernt hatte. Das war ja eine feine Gesellschaft. Herr Gebhard, immerhin schon ein älterer Mann, der wohl nicht mehr so schnell zur Sache kommen konnte wie sein Schwiegersohn, hatte die schwarzhaarige Schöne mit Erdbeeren gefüttert und Champagner mit ihr gepichelt. Auch wenn der äußere Schein gegen sie sprach – auf den ersten Blick schien die Dame einen gewissen Verschleiß an Männern zu haben – so hatte Rüdiger doch genauer erkannt, was da lief. Er war, weiß Gott!, nicht naiv. Auch Frauen gegenüber war er nicht leichtgläubig. Seine Mutter hatte ihn bestens aufgeklärt und gewarnt vor den Gefahren der Welt. Aber aus eigener Anschauung konnte er jetzt doch sagen, dass diese Frau kein gefährlicher Vamp war oder ein leichtfertiges Luder. Herr Gebhard hatte sie eindeutig zu allem, was passierte, genötigt. Wiederholt hatte er das Sektglas an ihre Lippen gepresst und sie zum Trinken gezwungen. Und als sie sich in einem unbemerkten Moment davonschleichen wollte und sich seitlich hinter ihm duckte, hatte er sie brutal zurück in den Strandkorb gestopft. Die arme Frau! Sie war diesem Mann gegenüber natürlich völlig wehrlos gewesen. Dabei war sie eine so schöne Person. Stattlich, eigentlich. Am liebsten wäre Rüdiger aus seinem Dünenversteck gestürmt und ihr zu Hilfe gekommen. Aber er hatte sich bewusst gebremst und zurückgehalten; eine Szene am Strand wäre einer solch eleganten Dame gewiss peinlich gewesen. Schließlich war sie eingeschlafen, kein Wunder, Frauen vertrugen in der Regel ja nicht so viel Alkohol. So manches Mal hatte er diesen Umstand an seiner Mutter beobachten können. Aber natürlich hatte seine Mutter ihre Grenze nie ausgereizt, und er hatte sie, wie es sich gehörte, vor schlimmeren Konsequenzen bewahrt. Hatte sie zu schützen verstanden. An so manchem Silvesterabend hatte er die Sektflasche dezent außerhalb ihrer Reichweite abgestellt.

Wäre es aber je passiert, dass seine Mutter einen Schwips hätte ausschlafen müssen, so hätte er sich ihr – oder überhaupt einer Frau – gegenüber doch wohl anders verhalten, als dieser Herr Gebhard es tat. Rüdiger hatte seinen Augen nicht getraut, als er sah, wie Claires Vater, dieser Feigling vor dem Herrn, sich aus dem Staube machte und die halb ohnmächtige Frau hilflos im Strandkorb zurückließ. Mehr, als sie mit einer Decke zuzudecken und sich so halbwegs den Anschein einer gewissen Fürsorglichkeit zu geben, war ihm nicht eingefallen. Aber Rüdiger machte der alte Knacker nichts vor. Von wegen, Kavalier alter Schule. In Wahrheit war Herr Gebhard getürmt, weil er erkannt hatte, dass mit ihr nichts mehr laufen würde. Dass er die Schöne nicht herumkriegen würde, egal, wie sehr er sich ins Zeug legte vor ihr. Sie hielt ihrem Corbet die Treue. Offenbar war Claires Bräutigam für sie mehr als nur ein kleines Strandabenteuer gewesen. Arme Claire. Arme fremde Frau.

Als ältere Dame, und sei sie noch so attraktiv, einem jungen Mann hörig zu sein, war gewiss kein Vergnügen. Und vermutlich musste er auch sagen, arme Ivonne. Alle drei waren demselben Charmeur erlegen. Es war genauso, wie seine Mutter immer gesagt hatte, die besten Frauen fielen auf die falschen Männer herein. Auch ihr war es wohl so ergangen.

Er hatte gerade an den Strand laufen und der Dame zu Hilfe eilen wollen, ihren Puls fühlen, ihr frisches Wasser bringen, als Corbet Stewart höchstpersönlich auf der Bildfläche erschien. Der Anblick der Schlafenden hatte ihn über Gebühr erschüttert. Anklagend hatte er sich an die Brust geschlagen und war vor ihr auf die Knie gefallen. So weit, so gut. Nein, so weit, so theatralisch. Denn anstatt sich dann wieder aufzuraffen und auch ihr aufzuhelfen, hatte der vorgeblich so reuige Sünder nur den Rest aus der Flasche geleert. Um sich schließlich, genau wie sein Schwiegervater, allein vom Acker zu machen. Wirkliche Reue sah doch wohl anders aus. Vor Empörung hatte sich Rüdiger auf die Lippe gebissen. Dieser Mann taugte wirklich nicht für die zarte Claire.

Genau zu diesem Zeitpunkt hatte er sich ablenken lassen. Wodurch eigentlich? Im Nachhinein konnte er es selbst nicht mehr sagen. Eine Möwe war über ihn hinweggeflogen und hatte keckernd gelacht, und einen Moment lang hatte er seinen eigenen Gedanken nachgehangen und seine Aufmerksamkeit vom Geschehen am Strand abgewandt. Vielleicht war es auch nur der Hunger gewesen, der ihn an seine Cervelatwurst und die beiden Gurkenstückchen denken ließ, die noch in seinem Pensionszimmer im Schrank auf ihn warteten. Und als er wieder hinschaute, stand Claire – seine Claire – vor dem Strandkorb und hielt die Hände seltsam gespreizt, als wollte sie die schwarzhaarige Schöne im Strandkorb erwürgen. Der Wind wehte ein paar Worte und Satzfetzen zu ihm herüber, denen er zu seinem Erstaunen entnahm, dass die Dame Claires Mutter war. Sie nannte sie „Mama“, aber sie schien kein gutes und vertrauensvolles Verhältnis zu ihrer Mutter zu haben. Ach, war das schade. Er erkannte die junge Frau kaum wieder, so schimpfte und tobte sie. Wie gelähmt hatte er in seiner Kuhle gelegen. Hatte er seiner Angebeteten zunächst bewusst nachspioniert, so war er nun zum unfreiwilligen Augen- und Ohrenzeugen einer sehr hässlichen Szene geworden, in deren Verlauf er spürte, wie seine Liebe zu Claire von Minute zu Minute, von Wort zu Wort mehr dahinschwand. Seltsamerweise hatte ihre Mutter die Schimpftiraden über sich ergehen lassen, ohne ein Wort zu erwidern. Dermaßen passiv hätte seine eigene Mutter ganz gewiss nicht reagiert. Sogar, als Claire schließlich in Tränen ausgebrochen und in den Sand gesackt war, hatte sie sich von der Verzweiflung der Tochter nicht anrühren lassen und sich nicht im Geringsten um das weinende Mädchen gekümmert. So ein Verhalten war doch nicht mütterlich. Nach einer Weile hatte er tatsächlich wieder Mitleid mit Claire Gebhard empfunden. Sicher tat ihr der hässliche Ton, in dem sie zuvor mit ihrer Mutter geschimpft hatte, inzwischen leid. Es lag doch auch an den Eltern, der Mutter zumal, wenn die Tochter derart labil und empfindlich wurde.

Plötzlich wurde Rüdiger eine ungeheuerliche Tatsache bewusst. Mit einem Ruck setzte er sich auf und rieb sich den Sand aus den Augen. Wenn die Dame Claires Mutter war, wie sollte man das, was Corbet und sie am Vortag im Sand getrieben hatten, dann nennen? Das war ja eine Art Inzest! Hatte man so etwas schon jemals gehört? Der Schwiegersohn mit der Schwiegermutter? Die Schwiegermutter mit dem Bräutigam oder Mann ihrer Tochter? Der etliche Jährchen jünger war; sie hätte doch glatt seine Mutter sein können. Jemand musste Claire informieren – wenn sie es nicht schon wusste. War das der Grund für ihr Schimpfen gewesen? Jemand musste die arme Braut trösten. Und wer sollte das tun, wenn nicht er? Er schaute hinunter zum Strand. Aber Claire war inzwischen verschwunden.

Ihre Mutter freilich saß immer noch da. Am besten, Rüdiger half ihr auf und redete der Dame gut zu. Redete ihr ins Gewissen. Und brachte sie dann zurück zum Hotel. Im Bewusstsein der Wichtigkeit seiner Mission stand er auf, packte seine Sachen zusammen und lief zum Strandkorb hinunter.

Und dann war ihm, als ob wirklich eine Granate vor ihm im

Sand explodiere. Denn als er die Burg erreichte und die aus der Ferne so elegant wirkende Dame aus der Nähe sah, erlebte er den Schock seines Lebens. Zwar dauerte es ein paar Sekunden, bis Rüdiger das, was er sah, auf einen Begriff bringen konnte. Sein Körper erkannte es schon früher als sein Geist, die Knie wurden ihm weich und das Zittern bemächtigte sich seiner aufs Neue. Aber dann hatte auch sein Verstand die Wahrheit erfasst. Claires Mutter schlief überhaupt nicht. Mit offenen Augen starrte sie ihn unverwandt an. Sie war tot. Ganz eindeutig tot, genauso tot wie seine eigene Mutter. Fast, dachte er, als er sich an seine eigene Mutter erinnerte, die friedlich in ihrem Bett eingeschlafen war, fast – wirkte sie sogar noch ein bisschen toter. Und niemand war hier geblieben, um die Totenwache zu halten. Das war der größte Skandal.

Gestern war sie ihm noch so quicklebendig erschienen. Was war nur in der Zwischenzeit mit ihr passiert? War etwa Gift in ihrem Champagner gewesen? Nein, dann hätte es auch Herrn Gebhard dahingerafft. Und Corbet Stewart, der den Rest aus der Flasche getrunken hatte. Zwar war sie schon im Gespräch mit ihrem Mann etwas apathisch gewesen. Aber da hatte sie doch noch gelebt? Oder – hatte er vorhin doch richtig gesehen? Und hatte er Claires gespreizte Hände richtig gedeutet? Hatte sie tatsächlich ihre Mutter erwürgt? Der Hals der – der Frau war blaugrün angelaufen. Genauer hingucken mochte Rüdiger freilich nicht. So unheimlich sah Claires Mutter aus. Ganz anders als seine eigene Mutter, die in ihrem Totenschlaf friedlich gelächelt hatte und zärtlicher als je im Leben zuvor.

Als er schließlich doch einen Blick riskierte, ließ das, was er sah, sein Blut erst recht gefrieren. War die Frau vielleicht sogar schon seit längerem tot? Hatte Claires Vater sie gar nicht zum Trinken gezwungen? Sondern nur so getan, als ob er sie zwang? Aber warum hätte er so etwas machen sollen? Rüdiger fiel kein vernünftiger Grund für eine derart bizarre Handlungsweise ein. Außer, jemand wollte vertuschen, dass die Frau an seiner Seite längst nicht mehr atmete.

Ähnlich wie Corbet und Claire vor ihm, sank Rüdiger in den Sand. Aber weder um zu trinken noch um zu schimpfen.

Er kniete nieder und fing an zu beten. In einfachen Worten betete er, in schönen und starken Worten, wie sie ihm gerade in den Sinn kommen wollten. Nähme ich Flügel der Morgenröte und bliebe am äußersten Meer, flüsterte er. Heilige Mutter Maria, bitte für uns. Gebenedeit ist die Frucht deines Leibes. Auch die heilige Monika rief er an, die Schutzpatronin aller Frauen und Mütter, sowie den Heiligen Nikolaus und Christophorus und Florian, die vor Wassergefahr schützten. Das hatte die Tote im Strandkorb wohl verdient, dachte er, auch wenn es sie nicht mehr lebendig machte.

Und dann fragte er sich, wo die anderen blieben. Falls sie nur fortgeeilt waren, um Hilfe herbeizuholen, hätten sie doch längst zurückkehren müssen.

War Claires Vater ein Mörder, der seine Gattin ermordet hatte? Dann wussten es auch Corbet und Claire. Oder hatte Claire Corbet für den Mörder gehalten? Aber warum hätte sie dann ihre Mutter derart beschimpfen sollen? Von allen dreien hatte sie sich am wenigsten liebevoll gegenüber der Toten verhalten. Nicht einmal einen Funken normalen Respekts hatte sie ihr entgegengebracht. Ein schrecklicher Gedanke stieg in Rüdiger auf. Wahrscheinlich hatte ausgerechnet die zarte Claire ihre Mutter auf dem Gewissen. Und ihr Vater und vielleicht auch der feine Bräutigam versuchten nur, sie zu decken. Aber hätte dann nicht der eine oder andere Anstalten machen müssen, um die Leiche verschwinden zu lassen?

Nein, sie schützten sie gerade nicht, sondern zogen sich feige zurück und ließen die Tochter beziehungsweise die Braut in ihr Verderben laufen.

Musste daher nicht wenigstens er ihr zu Hilfe kommen? Man konnte diese zarte junge Frau doch nicht der Justiz ausliefern. Im Gefängnis nähme ihre Seele sicher noch größeren Schaden. Wer wusste auch, welche Verzweiflung sie beherrschte und getrieben hatte zu dieser Tat?

Was war zu tun?

„Heiliger Sebastian, hilf!“, murmelte Rüdiger; schließlich war der Heilige Sebastian der Schutzpatron aller Leichenträger.

Und dann kam ihm eine Erleuchtung.

Die Umsetzung seines Plans erforderte zwar, dass auch er die Tote kurzfristig allein im Strandkorb zurücklassen musste. Aber er musste nicht lange suchen, bis er unweit des Strandes, gegenüber vom Janusgärtchen, vor dem Haus Frisia genau das fand, was er brauchte. Nach einer knappen Viertelstunde war er schon wieder zur Stelle, einen Handkarren vor sich her schiebend, der groß genug war, um die Tote darauf zu legen. Rüdiger bugsierte den Karren, auf dem die Feriengäste des Hauses normalerweise ihr Gepäck zum Schiffsanleger beförderten, bis dicht an den Strandkorb heran. Es gelang ihm, die Leiche darauf zu hieven, wobei es sich als ein Vorteil erwies, dass sie in einen großen Regenmantel gehüllt war. Mitsamt dem Mantel bettete er sie um und deckte sie mit dem Plaid barmherzig zu. Gelegentlich warf er einen Blick über seine Schulter und vergewisserte sich, dass ihn niemand beobachtete. Aber das kühle Wetter kam ihm zu Hilfe, es waren nach wie vor kaum Menschen am Strand unterwegs. Der Wind wehte einfach zu heftig, fegte einem Sand in die Augen und trieb Ängste ins Herz. Auch Claires Mutter sah ja aus wie die Sandkönigin höchstpersönlich, was in ihrem Fall natürlich ein Vorteil war. Während er die Handkarre vor sich her durch den Sand und die Dünen hinaufwuchtete, wurde Rüdiger von heftigem Mitleid ergriffen. Frau Gebhard tat ihm genauso leid wie ihr Mann, der seine Frau aus welchen Gründen auch immer verloren hatte, erst an den eigenen Schwiegersohn, dann an den Tod. Die schöne Claire tat ihm leid, die, so unvorstellbar es war, vermutlich ihre Mutter getötet hatte. Das Motiv war ja ganz eindeutig. Schreckliche Eifersucht. Und auch er selbst tat sich ein wenig leid, wie er hier ins Schwitzen geriet bei einer Arbeit, die im Prinzip nicht die seine war, zu seinen Pflichten nicht zählte. Seine Mutter hatte es ihm oftmals gesagt, er hatte ein zu mitfühlendes Herz. Aber war nicht sie selbst es gewesen, die ihn zu eben diesem Mitleid erzogen hatte? Auch wenn er, als er auf dem Dünenkamm einen Moment innehielt, laut aufseufzen musste, tief in seinem Inneren wusste Rüdiger, dass er das Richtige tat. Er wischte sich den Schweiß von der Stirn und setzte seinen Weg fort.

5.

Am frühen Nachmittag hatte Armin Gebhard seine alten Eltern vom Inselflughafen abgeholt und war mit ihnen in einer Pferdekutsche ins Hotel gefahren. Als die kleine Maschine aus Emden sich der Insel genähert hatte und wie eine besoffene Libelle im Wind hin und her schwankte, bevor sie zur punktgenauen Landung ansetzte, hatte ihn ein Gefühl heftiger Rührung ergriffen, Mitleid mit den alten Leuten, die seine Eltern waren. Die brave, bescheidene Mutter, der preußisch korrekte Vater, der all seinem Perfektionismus zum Trotz nun schon so lange krank war, bei jedem Wiedersehen mehr vom Tode gezeichnet. Er war ein lebender Beweis dafür, dass im Leben nicht immer alles so perfekt funktionierte, wie man es sich erhoffte oder gar verdient zu haben meinte. Armin wusste, dass er seinen Fleiß, seinen Ehrgeiz, auch manche Pedanterie von seinen Eltern geerbt hatte. Er hoffte aber doch, etwas mehr Humor als sie entwickelt zu haben, etwas mehr Lebenslust. Die Leute mochten sagen, was sie wollten, beides verdankte er seiner Mary. Auch wenn es ihn manchmal zur Weißglut getrieben hatte, wie sie fünfe gerade sein ließ, so hatte er doch die Haltung „Leben und leben lassen“ von ihr übernommen. Aber natürlich war es leichter, dem Leben etwas mehr Spaß abzugewinnen, wenn man finanziell gut gestellt war.

Für seine Mutter hatte die Ehe mit einem kleinen Verwaltungsbeamten schon das Nonplusultra des gesellschaftlichen Aufstiegs bedeutet. In finanziellen Dingen waren seine Eltern immer etwas weltfremd gewesen, weswegen er, Armin, sich früh entschieden hatte, einen kaufmännischen Beruf zu ergreifen. Es war ihm ein Vergnügen gewesen, Marions ererbtes Vermögen noch zu vermehren und die Wittekindt'sche Klappbettenproduktion um ein Patent für Feldbetten zu erweitern, die ein Höchstmaß an Schlafkomfort boten, zugleich sekundenschnelles, idiotensicheres Zusammenklappen gewährleisteten und dabei nur minimalen Stauraum verlangten. Auch die Werbeslogans „Wie man sich bettet, so siegt man“ und

„Den Seinen kommt der Sieg im Schlaf" gingen auf sein Konto.

Leider hatte Marion die Affinität zum Produkt der väterlichen und später der eigenen Firma immer wieder unter Beweis stellen müssen, in einem fast schon manisch anmutenden Wiederholungszwang, der für so manche kuriose Begebenheit gesorgt hatte, denn ihr Abenteuergeist paarte sich mit einem fatalen Exhibitionismus, der sie wiederholt dazu trieb, anständige Leute in Verlegenheit zu bringen oder gar zu erschrecken. So mancher Azubi hatte sie mit einem der höheren Angestellten in der Produktionshalle oder im Ausstellungsraum erwischt, wie sie die neuesten Bettenmodelle einweihten und ausprobierten, wie belastbar sie waren. Und, dem Himmel sei's geklagt, auch die umgekehrte Variante war vorgekommen, auch mit dem einen oder anderen Azubi war sie gesehen worden. Hatten ihn früher seine beruflichen Erfolge über die Eskapaden seiner Frau hinwegtrösten müssen, so bereitete es ihm seit geraumer Zeit eine tiefe Genugtuung, dass er seinen Eltern einen geborgenen Lebensabend in einer Seniorenresidenz in Emden ermöglichen konnte. Mit seiner kleinen Beamtenpension hätte sich sein Vater, der seit dem zweiten Schlaganfall im Rollstuhl saß und auf Hilfe angewiesen war, die Unterbringung in diesem gepflegten Haus nicht leisten können.

Ganz nach Plan hatte er mit seinen Eltern einen späten Lunch im Hotel eingenommen. Die alten Leute hatten für ihre Verhältnisse mit gutem Appetit gegessen, ihm selbst war allerdings die in brauner Butter gebratene Nordseezunge „Müllerin", so köstlich sie auch schmecken mochte, fast im Hals stecken geblieben. Als er Oma Elfi und Opa Theo, wie seine Töchter die Großeltern nannten, auf ihr Zimmer brachte, musste er sich bremsen, seiner Mutter nicht an Ort und Stelle alle Probleme zu beichten, so groß war der Drang, sich jemandem anzuvertrauen. Aber er durfte jetzt nicht zum Kleinkind regredieren, schließlich hatte sich ihr Verhältnis längst gewandelt, er war es, der für die Eltern sorgte, und nicht umgekehrt. Er musste die Alten schonen.

Und seine Frau schonen musste er auch. Zwar hatte er sich immer redlich um Ausgleich bemüht, und Marion hatte es auf fast bewundernswerte Weise verstanden, sich aus allen Konflikten herauszuhalten. Aber es gab nichts zu beschönigen, seine Mutter hatte Marion nie gemocht. Vielleicht hätte sie ihr seltsames Ende gar nicht so schockierend gefunden? Letztlich also musste er sich selber schonen und sich verwahren vor ihren mitleidigen – oder vielmehr kritischen – Kommentaren.

Wohin nun aber mit Marion? Irgendwann, als sie sich einmal wieder dabei hatte erwischen lassen, wie sie mit einem jungen Firmenangestellten die Stabilität ihrer Feldbetten testete, hatte er ihr angedroht, er werde sie, sollte sie vor ihm sterben, auf einem echten Wittekindt-Feldbett bestatten. Nun fiel ihm diese Verwünschung siedend heiß wieder ein. Die Erinnerung war ihm peinlich, zugleich aber wurde ihm schmerzlich bewusst, dass ein Feldbett im Moment auch nichts nützte. Er brauchte ein geeignetes Transportmittel, um die Leiche aus dem Strandkorb zu schaffen. Ein Seesack, ein Bollerwagen oder etwas dergleichen musste her. Beinahe hätte er seinen Vater gefragt, ob er sich kurzfristig dessen Rollstuhl ausleihen dürfte, aber auch da konnte er sich gerade noch bremsen. Eine solche Frage hätte denn doch den Argwohn vor allem seiner Mutter erregt. Sie hatte ja immer noch diesen wissenden Blick, der ihm das Gefühl verlieh, dass sie ihn bis in die Tiefe seiner Seele durchschaute.

Nachdem sich seine Eltern auf ihr Zimmer zurückgezogen hatten, schlich er aus dem Haus. Er nahm den Seiteneingang und konnte nur hoffen, nicht irgendwelchen Zeugen, neugierigen Nichten, geschwätzigen Hochzeitsgästen zu begegnen. Aufs Geratewohl lief er die Herrenstrandstraße hinunter in Richtung Strand und hoffte darauf, irgendwo ein passendes Gefährt aufzutreiben, in dem er Marion transportieren könnte. Er war zu dem Entschluss gekommen, sie im Naturschutzgebiet westlich vom Hammersee zu begraben, unter wilden Brombeeren, Holunder und Hagebuttengesträuch. Das schien ihm – fürs Erste – eine zu ihr passende Stätte.

Wenn die Hochzeit vorbei war, würde man weitersehen.

Manchmal war es verhext, je verzweifelter man etwas brauchte und suchte, desto weniger fand man die Erfüllung seines Begehrens. Wie oft hatte er doch auf seinen Wegen auf der Insel Handkarren herumstehen sehen, am Straßenrand oder hinter den Häusern, in den Gärten oder neben den Hauseingängen. Jetzt aber, wo er so dringend eine Karre benötigte, war keine einzige in Sicht. Nachdem Armin mehrere Male den Häuserblock umrundet und zweimal den Januspark durchquert hatte, wo doch sonst hinter dem *Lütje Teehuus* immer ein Wägelchen stand, fand er sich vor einem Fahrradverleih wieder. Ohne groß darüber nachgedacht zu haben, hatte er bereits ein Fahrrad mit Bollerwagen als Anhänger im Visier. Nun würde es doch einen Zeugen geben, der aussagen könnte, dass Armin Gebhard sich am Freitagnachmittag ein Transportmittel ausgeliehen hatte. Aber er hatte keine Wahl, die Alternative – Marion im Strandkorb sitzen zu lassen – war schlimmer. Er musste nur sehen, dass er auf dem Anhänger möglichst keine Spuren hinterließ. Und dass ihn niemand beobachtete, als er das Fahrrad, anstatt es an der dafür vorgesehenen Stelle in den Dünen zu parken, weiterschob, im Schweiße seines Angesichts, hinunter zum Strand.

Als er seinen Strandkorb erreichte, erlebte Armin Gebhard einen Schock, der dem vom Vormittag in nichts nachstand. Hatte ihm am Morgen Marions aus dem Sand ragende Hand einen zuvor nicht gekannten Schrecken eingejagt, so versetzte ihn jetzt der Anblick des leeren Strandkorbs in Todesnöte. Sein Herzschlag setzte aus, ihm wurde schwarz vor Augen. Als er wieder zu sich kam, fand er sich auf dem Boden seiner Strandburg liegend wieder, den Mund voller Sand. Vielleicht hatte er schreien wollen, als er zu Boden glitt, aber soweit er sich erinnern konnte, war kein Laut aus ihm herausgekommen. Und dann hatte der Sand den Schrei gnädig erstickt.

6.

Nach dem Dünensingen beschlossen Eva, Franziska und Maike, ihren Fünfuhrtee auf der Terrasse des Hotels einzunehmen. Soeben wagte sich ein vorwitziger Sonnenstrahl zwischen den Wolken hervor. Den galt es auszunutzen. *Carpe diem*, es gab kein besseres Motto. Und aus diesem Grund bestellte sich Franziska als einzige der drei Freundinnen zum Tee auch noch ein Stück Torte, Erdbeer-Rhabarber-Baiser. Solange es etwas gratis gab, musste man sich satt essen und reinschaufeln, was man kriegen konnte. Verzichten, sparen und abnehmen, ja hungern, um ehrlich zu sein, all das konnte sie immer noch, wenn sie wieder zu Hause wäre.

„Ich halte es nicht mehr aus", platzte Maike heraus. „Was war denn nun letzte Nacht mit Corbet? Warst du da oder nicht?"

Zwar waren die drei den ganzen Tag, viele Stunden nun schon gemeinsam unterwegs, aber immer waren andere Leute in ihrer Nähe gewesen, so dass sie kein vertrauliches Wort hatten wechseln können. Und Eva hatte nur geheimnisvoll gelächelt und sich in Schweigen gehüllt. Kein Wunder, dass Maike und Franziska vor Neugierde schier platzten.

„Also, passt auf", begann Eva und senkte vertraulich die Stimme. „Ich hab's ja gleich gewusst. Dieser Corbet ist nicht die Bohne schwul. Im Gegenteil. Viel schlimmer als das. Lieber einen, der schwul ist wie drei Päpste zusammen, als so einen narzisstischen Motherfucker."

„Wie bitte?", fragte Franziska.

„Was meinst du damit?", wollte auch Maike wissen.

„Kinder, erspart es mir, das Wort ins Deutsche zu übersetzen. Ihr werdet doch wohl noch wissen, was Motherfucker bedeutet."

„Ist nicht in meinem Sprachschatz", wehrte Franziska ab.

„Bin noch mit keinem im Bett gewesen", betonte Maike.

„Das kannst du nicht mit Sicherheit wissen."

„Was meinst du mit narzisstisch?", lenkte Franziska das Gespräch in sichere Bahnen. „Wollte er's im Bad, vor dem Spiegel, treiben?"

Eva winkte müde ab. „Von wegen Spiegel. Oder sagen wir so. Der Spiegel war ich. Ich sollte er sein. Ich wette, ihr glaubt es nicht. Wer nicht dabei war, kann sich das vermutlich nicht vorstellen. 'Corbet, oh Corbet', so hat er mich angestöhnt. Dafür war er seine Mutter. Und ich durfte es der Mami besorgen, aber hallo, ich sage euch, da ging vielleicht die Post ab mit ihm. 'Oh, Corbet, gib's mir, my darling!' Also ehrlich, ich kann mir nicht denken, dass Claire auf so etwas steht."

„Ich fass es nicht. Du warst Corbet, und er war seine eigene Mutter?"

„Haargenau. Das war das Spiel. Bis die Mami anfing, das eigene Kind zu beschimpfen. Wie heißt noch der Spruch? 'Continental people have a sex life, the English have hot water bottles'? Von wegen!"

Sie griff nach ihrer Teetasse und gönnte sich einen großen Schluck, ohne darauf Rücksicht zu nehmen, dass der Tee noch zu heiß war. Im Bemühen, ihn nicht sofort wieder auszuspucken, verschluckte sie sich und musste erst recht prusten. Die beiden Freundinnen warteten ungeduldig ab, bis sie abgehustet hatte. Mit etwas zu viel Schwung knallte Eva die hübsche Teetasse wieder auf den Tisch.

„Aua, verdammt. Jetzt verbrenn ich mir auch noch die Kehle. Irgendjemand hat über die englischen Männer gesagt, 'Entweder sie sind blass und langweilig oder sie sind blass und pervers'. Sehr wahr. Claires Macker ist jedenfalls ein Perversling, wie er im Buche steht."

„Und wie hat er dich beschimpft?"

„Ach, vergiss es."

Sie würde hier nicht anfangen, von verfaulten Krabben zu reden. Dieses Detail, es hatte Eva in der Nacht noch mehrere Stunden vom Einschlafen abgehalten, so hatte es sie gewurmt, ging die Freundinnen nun wirklich nichts an.

„Es ist schon schrecklich genug, dass Corbet überhaupt fremdgeht", sinnierte Franziska. „Und dann auch noch so etwas …"

„Na ja, in gewisser Weise hält er Claire doch die Treue", meinte Maike pragmatisch. „Man kann ja nicht wirklich von Fremdgehen sprechen, wenn jemand an seinem Gegenüber so wenig Interesse hat. – Für dich auch nicht gerade ein tolles Kompliment, Eva."

Eva lächelte säuerlich. „Schwamm drüber. Lasst uns lieber über unseren Plan mit der Striptease-Tänzerin nachdenken", sagte sie. „Vielleicht finden wir eine, die sich als seine Mutter verkleiden kann?"

„Oder wir nehmen einen Mann, der als Corbet auftritt", kicherte Maike. „Dann können wir auch Claire etwas bieten."

„Und haben selbst unseren Spaß daran."

„Das ist gar keine so dumme Idee", meinte Eva.

Die Freundinnen steckten ihre Köpfe zusammen und tuschelten. Ab und an hörte man sie in Gelächter ausbrechen. Frank Stewart, der Vater des Bräutigams, der sein Fünfuhrbier ebenfalls auf der Terrasse einnahm, blickte gelegentlich von der Seite zu ihnen hinüber und freute sich an den drei Grazien, wie er das Grüppchen bei sich nannte. Ab und an fing er den Namen seines Sohnes auf, aber da er kein Deutsch verstand, wusste er nicht, worüber die jungen Frauen lachten. Er fühlte sich ausgeschlossen und auch ein wenig einsam, aber das war vielleicht nur die Müdigkeit von der Reise. Sein Sohn und dessen Braut hätten ihn ruhig von der Fähre abholen können, dachte er. Und wo waren die Schwiegereltern? Claires Vater, der Gastgeber, ging auf der Insel spazieren, so hatte man ihm an der Hotelrezeption freundlich mitgeteilt. Und ihre Mutter war angeblich noch gar nicht eingetroffen. Merkwürdige Manieren hatten diese Deutschen. Wenn seine Frau noch gelebt hätte, wäre sie die Seele der ganzen Party gewesen. Er musste Acht geben, dass er nicht zu wehmütig wurde. Aber es war schon so, zu früh starben immer die Falschen. Wie hätte sich Pat über die Hochzeit ihres einzigen Sohnes gefreut. Aus dem ja nun, allen mütterlichen Sorgen und väterlichen Flüchen zum Trotz, anscheinend doch noch was wurde.

Er bestellte sich noch ein Bier und atmete tief ein. Die Luft roch würzig und frisch, nach den Blumen und Kräutern, die im liebevoll angelegten Garten des Hauses wuchsen, nach Rosmarin, Lavendel und Rosen, aber auch nach frisch gemähtem Gras und den Schafen, die auf dem dahinterliegenden Deich grasten, dem das Hotel, wie man ihm erklärt hatte, seinen Namen verdankte. Und nach den Geräuschen, die sie erfüllten, roch die Luft auch, nach Möwengeschrei und dem unregelmäßigen Geklapper der Pferdehufe, in das sich ab und an das Schnauben eines Pferdes mischte. Nach seinem Bier roch die Luft und nach dem Wind, der freundliches Glockengeläut zu ihm herüberwehte. Ein helles, hohes, ein wenig blechernes Scheppern war es, in das sich nach einer Weile eine kräftigere, dunklere Klangfarbe mischte. Eine friedliche Stimmung ergriff von ihm Besitz. Er brauchte gar keinen Gesprächspartner und konnte auf den Smalltalk mit seinen Gastgebern gut und gerne verzichten. In Gedanken unterhielt er sich mit Pat, der er sich nicht groß zu erklären brauchte, alldieweil sie all seine Gedanken schon kannte und immer verstand. Und er hatte sein Bier. Mochten sie auch sonst barbarisch veranlagt sein, auf die Kunst, ein gepflegtes Bier zu brauen, verstanden sie sich immerhin.

7.

Eine gute Stunde später – die Hochzeitsgesellschaft nahm im Speisesaal des Hotels soeben ein fünfgängiges Abendmenü zu sich, bei dessen Höhepunkt, einem rosa gebratenen Lammrücken unter der Lavendelkruste in Rosmarinjus, den es als Alternative zum gedünsteten Angelschellfischfilet in Senfsaatsauce gab, sich Frank Stewart den Gürtel lockern und den obersten Knopf am Hosenbund öffnen musste – überquerte Pfarrer Clemens Horstkötter die Dünenstraße, die die katholische Kirche „Zu den heiligen Schutzengeln“ vom Pfarrhaus trennte. Es war zehn nach sieben. Die Eucharistiefeier war gut besucht gewesen, überhaupt erfreuten sich seine Abendandachten regen Zulaufs. Bei den Morgengottesdiensten, die er regelmäßig zum Sonnenaufgang unten am Strand anbot, war es gemischt, mal so, mal so, denn natürlich konnten die polnischen Stubenmädchen nicht morgens in aller Herrgottsfrühe in die Kirche kommen. Da mussten sie Frühstück servieren, Staub saugen und Betten machen. Also musste die Kirche ihnen entgegenkommen. Und das tat sie gern. Durch die Saisonarbeiterinnen hatte sich die Situation der katholischen Gemeinde auf der Insel verändert, man war eigentlich nicht mehr in der Diaspora, dachte er. Vielleicht würde es ihm gar nicht so schwer fallen, hier eine Weile zu bleiben.

Horstkötter war nicht freiwillig auf die Insel gekommen. Sein Bischof hatte ihn probeweise als Stellvertreter hierhin geschickt, damit er mit sich ins Reine käme. Sich Klarheit verschaffte, Frieden der Seele gewänne. Damit er zum Zölibat zurückfände, vor allem das. Seine Gefühle einer Prüfung unterziehen sollte er, die Gefühle für Sabine einerseits, und andererseits seine Loyalität gegenüber der Kirche. Natürlich hoffte der Bischof darauf, dass Sabines Attraktivität, genauer gesagt, Horstkötters Leidenschaft für die Grundschullehrerin im Laufe der Zeit verblasste. Dass sie an Einfluss verlöre rein durch die räumliche Trennung. Die Durchschaubarkeit des bischöflichen Plans hatte zunächst Clemens Horstkötters Trotz erweckt, und wie ein Jugendlicher, der gegen seine Mutter rebelliert, hatte er sein „Nun erst recht!“ mehrmals vor sich und Sabine geschworen. Aber allmählich begriff er, dass es so einfach nicht war. Er konnte hier so viel Gutes bewirken. Allmorgens erschien ihm die seelsorgerliche Arbeit auf wundersame Weise in frischem und neuem Licht, erfüllte ihn mit Zuversicht, machte ihm wieder Spaß. Während Sabines Mehlspeisen ihm schon ein wenig zum Hals heraushingen. Und diese beiden weichen Schenkel, die sich vor ihm aufgetan hatten – verlockend waren sie, ja gewiss waren sie das, aber doch – zu weich, dachte er. Zu weich und zu schlaff und vergänglich.

Den Spruch „God is myn Leidsman“ fest vor Augen, der auf dem Keramikschild neben der Tür des Pfarrhauses prangte, stieß Clemens Horstkötter, so sehr war er in Gedanken schon bei sich im Wohnzimmer im Lehnstuhl angelangt, mit dem rechten Oberschenkel gegen eine Handkarre, die irgendjemand aus irgendeinem Grund vor seiner Haustür abgestellt hatte.

„Pardon“, sagte er, als er die schwarzhaarige Dame erblickte, die anscheinend ihren Rausch in der Karre ausschlief.

Wie bitte? Was war das? Hatte er schon Halluzinationen? Oder lag da wirklich eine gut gekleidete Frau in einer Handkarre vor seiner Tür? Welcher Teufel hatte sie geritten, da hineinzuklettern und sich schlafen zu legen? Ausgerechnet vor seiner Tür? Sie trug einen teuren Regenmantel, der ihr wohl etwas zu groß war, war mit einer Wolldecke zugedeckt und schien ganz entspannt zu schlafen. Und sie war eine, soweit er es auf die Schnelle beurteilen konnte, recht passabel aussehende Frau.

„Oh, nein, Clemens“, dachte er, „nicht schon wieder.“

Es war noch nicht lange her, da war er schon einmal auf eine Frau hereingefallen, die vor seiner Tür seiner Hilfe bedurfte. Sabine hatte mit ihrem Fahrrad einen Platten direkt vor dem Pfarrhaus gehabt. Er war in den Keller geeilt, um das Flickzeug und seine Luftpumpe zu holen, und sodann war er ihr beim Flicken des Reifens behilflich gewesen. Hatte sich selbst die Finger schmutzig gemacht. Und ihr angeboten, sich in seinem Gäste-WC die Hände zu waschen. Eins hatte zum anderen geführt, es war alles ganz folgerichtig gewesen. Irgendwann hatte sie auf dem Besucherstuhl in seiner Bibliothek Platz genommen, ganz vorn auf der Stuhlkante hatte sie da gehockt, und schüchtern eine Tasse Pfefferminztee mit ihm getrunken. Aber bei ihrem nächsten Besuch, sie hatte sich mit selbstgebackenen Keksen für seine Hilfsbereitschaft bedankt, hatte sie schon auf dem Sofa gesessen.

Horstkötter atmete schwer. War es etwa nicht göttliche Fügung gewesen? Mit diesem Gedanken hatte er seine Bedenken beschwichtigt. Hätte der liebe Gott nicht gewollt, dass sie beide sich näher kamen, so hätte er ihr doch keinen platten Reifen direkt vor seiner Haustür geschickt. Und ihn befähigt, das Loch im Schlauch zu flicken.

Und nun? Wollte ihn der Herrgott erneut auf die Probe stellen? Oder war es gar der Teufel, der die schlummernde Dame vor seiner Tür abgestellt hatte? Und der jetzt irgendwo hier in der Nähe saß, im Gebüsch, hinter dem Heckenrosenstrauch lauerte und sich ins Fäustchen lachte?

„Oh, nein, nicht schon wieder. Mit mir nicht."

Schwachheit, dein Name ist – aber diesmal wäre er auf der Hut. Sein Geist war nicht nur willig, sondern entschlossen, diesmal auf der Seite des Bischofs zu bleiben. Ein grimmiges Lachen wollte in Clemens Horstkötter aufsteigen. Was man auf einer Nordseeinsel doch so alles erlebte. Zumal in seinem Beruf. Eine betrunkene Touristin, die sich in einer Handkarre schlafen gelegt hatte. Wer würde ihm das abnehmen, daheim, beim Weihnachtsbasar? So schnell, wie das Lachen ihn heimgesucht hatte, unterdrückte er es aber auch schon wieder. Wer weiß, was sich aus einer solchen Situation alles entspinnen mochte. Arglos nahm man die Frau in die Wohnstube mit, spritzte ihr Wasser ins Gesicht, flößte ihr heißen Tee ein. Öffnete die Knöpfe an ihrer Bluse, damit sie genug Luft schöpfen konnte. Und hinterher hieß es dann, man habe sie vergewaltigt. Die Situation ausgenützt. Oder wurde von der Dame erpresst, auf dass man sie wirklich flachlegte. Zwar schien sie, so passabel sie aussah, nicht mehr die Jüngste zu sein. Doch wie man wusste, schützte Alter ja nicht vor Schaden, und schon gar nicht vor den Teufelsmächten der Phantasie.

Horstkötter blickte sich um. Weit und breit kein Mensch auf der Straße, seine Kirchgänger waren längst in alle vier Himmelsrichtungen verschwunden. Was war zu tun? An sein Ohr drang das Glöckchen der evangelischen Pfarrkirche, das soeben die Viertelstunde läutete. Schon viertel nach sieben. Ob ihm jemals jemand würde erklären können, wie es kam, dass selbst das Viertelstundengebimmel bei den Protestanten immer noch kraftvoller und musikalischer klang als in seiner Kirche das gesamte Läuten zur Sonntagsmesse? Ob die Protestanten wirklich mehr Berufung zur Kirchenmusik hatten? Immerhin waren Mozart und Verdi katholisch gewesen, und er konnte auch Hildegard von Bingen – auch wenn sie eine Frau war – und die schönen gregorianischen Kirchengesänge in die Waagschale legen. Aber immer behielten sie Johann Sebastian Bach auf ihrer Seite, seine Kinder und Kindeskinder nicht mitgezählt.

Soweit er wusste, gab es in der evangelischen Kirche heute Abend ein Orgelkonzert, bei dem auch der Chor ihrer Gästekantorei singen würde. Auch da waren immer sehr schöne Stimmen dabei. Ja, diese Protestanten! Die hatten eben keine Probleme mit Frauen. Die ließen auch Pfarrerinnen zu, und heiraten durften sie, und inzwischen durften sie sich sogar wieder scheiden lassen, ohne dass auch nur ein Hahn danach krähte. Nach einem kleinen Techtelmechtel mit einer Grundschullehrerin hätte bei ihnen kein Bischof gefragt. Es war glühend ungerecht, wenn man es recht bedachte.

Und dann kam Horstkötter eine Idee. Sollte sich doch der Lutherische dieser Dame erbarmen. Sich dieser Sache annehmen, so dachte er. Ja, der alte Frerichsen wäre die richtige Adresse, zumal er selber ein Schluckspecht war, wie er im Buche stand, ein großer Trinker vor dem Herrn, der einen nicht unbedeutenden Teil seines Messweins regelmäßig selber verputzte, so munkelte man auf der Insel. Wenn der nicht wusste, wie man mit so einer – nun ja, Schnapsleiche verfuhr, dann wusste es keiner.

Und jetzt gönnte er sich doch ein Lachen, als er den Griff der Handkarre packte und sie mitsamt ihrer Last die Treppenstufe vor seiner Haustür hoch und zurück auf den Bürgersteig zog. Gleich hätte er sich dieser Versuchung entledigt. Beschwingt machte sich Clemens Horstkötter auf den Weg und schob seine Fuhre die Mittelstraße entlang hinüber zur evangelischen Kirche, deren Türen bereits sperrangelweit offen standen, um die Besucher des Abendkonzertes willkommen zu heißen.

8.

Max Regers großartige Fantasie und Fuge in d-Moll waren verklungen, die Konzertbesucher hatten die Kirche verlassen, nicht ohne ihren Obolus am Ausgang in den Klingelbeutel gesteckt zu haben und vom Pastor persönlich mit Handschlag verabschiedet worden zu sein. Gewöhnlich kannte Pastor Frerichsen bei solchen Anlässen die meisten Gesichter, viele der Gäste blieben ihrer Lieblingsinsel ja ein Leben lang treu und kamen jedes Jahr, manche sogar mehrmals im Jahr, wieder. Heute aber war viel unbekanntes junges Volk da gewesen, wohl Gäste der Hochzeitsfeier im *Achterdiek*. Morgen Nachmittag sollte er das junge Paar trauen, ein Anlass, dem er keineswegs mit freudiger Anteilnahme entgegensah. Er konnte sich nicht erinnern, wann der Prozess eingesetzt hatte, seit wann er schon so empfand, aber seit geraumer Zeit mochte Frerich Frerichsen Beerdigungen lieber als Trauungen. Sie waren ehrlicher, trotz so mancher Beschönigung, Beschwichtigung und Besänftigung, die er sich auch da noch abringen musste. Wenn er hingegen in diese naiven, jungen Gesichter blickte und dabei voraussah, wie sie erwartungsfroh in ihr Unglück rannten – allzu oft wurde am Traualtar der Auftakt für ein Trauerspiel besiegelt.

Inzwischen waren ihm Hochzeiten nur noch ein Greuel. Er verbuchte dies für sich als deutliches Zeichen des Alterns. So manchem jungen Pärchen hätte er das Vorhaben am liebsten ausgeredet, und tatsächlich versuchte er bei den vorhergehenden Traugesprächen des öfteren, die jungen Leute im Guten auseinander zu bringen. Mit dem Erfolg, dass sie empört zur Kollegin aufs Festland gingen oder gleich ganz auf Gottes Segen verzichteten. Und das durfte natürlich auch nicht das Ziel seiner Bemühungen sein. Was sollte er machen, mehr als ihnen ins Gewissen zu reden, ihnen ein bisschen gesunden Menschenverstand zu predigen, ihnen die möglichen Konsequenzen ihres Schrittes vor Augen zu halten, konnte er nicht für sie tun. Aber natürlich wies er sie auch in seiner Predigt noch einmal darauf hin, dass sie sich auf Gottes Beistand allein besser nicht verlassen sollten, in der Regel kam das Eheglück nicht von selbst.

Frerichsen zweifelte daran, dass Claire Gebhards Ehe glücklicher werden würde als die ihrer Eltern, über die er im Laufe der Jahre so manches pikante Detail erfahren hatte. Vermutlich wusste man auf der Insel besser Bescheid über die Familie als bei ihnen daheim, in ihrer Nachbarschaft in Porta Westfalica etwa, wo sie sich nicht so anonym wähnten und also nicht so gehen ließen wie hier. Im Alltagsleben pflegten die meisten Menschen eben doch mehr Wert auf den äußeren Schein zu legen. Beim Traugespräch, das er zwei Tage zuvor geführt hatte, war es nur die Braut, Claire Gebhard, gewesen, die ihre Fragen und Wünsche ernsthaft mit ihm hatte besprechen wollen. Corbet Stewart schien der Typ Mann zu sein, der zu allem erst einmal Ja und Amen sagte, aber nicht, weil er so unterwürfig oder kompromissbereit war, sondern weil er sich schlicht und ergreifend für die gemeinsamen Dinge nicht interessierte. Ein oberflächlicher, egozentrischer Charakter, dachte Frerichsen, und in moralischen Fragen für seinen Geschmack eindeutig zu lasch.

Aber durfte er den ersten Stein werfen? Hatten ihm sein Anstand und all seine Moral auch nur das Geringste genützt?

Er hatte die Kirchentür von innen hinter sich abgeschlossen und wollte die Kirche durch den Seitenausgang hinter der Sakristei verlassen. Plötzlich stutzte er. Da saß ja noch eine Frau in der letzten Reihe! Er hatte sie vorhin gar nicht bemerkt; offenbar war sie während des Konzerts eingeschlafen. Das kam des Öfteren vor, Seeluft machte bekanntlich nicht nur hungrig, sondern auch herrlich müde und sorgte für gesegneten Schlaf. Und es ging ja auch schon auf zehn Uhr; dem Licht nach zu urteilen, das durch die getönten Fensterscheiben fiel, war es kurz vor Sonnenuntergang. In der Regel wachten die Gottesdienstbesucher auf, sobald die Orgel verstummte, und die Konzertbesucher wurden durch den um sie herum aufbrandenden Applaus wieder geweckt. Diese Dame schien jedoch einen besonders robusten Schlaf zu haben.

Als er sich ihr bis auf ein, zwei Meter genähert hatte, bekam Frerichsen einen Schreck. Aber das war ja Marion Gebhard! Der Schwarm seiner jungen und der Traum seiner Mannesjahre. Und vielleicht noch immer die Sehnsucht des Alters? In jenem Sommer, als sie zur Miss Töwerland gekürt wurde, hatte er sie noch als Marion Wittekindt kennengelernt. Dreiunddreißig oder vierunddreißig Jahre mochte es wohl schon her sein, ein halbes Leben. Ein flotter, junger Pfarrvikar war er damals gewesen, und sie ein Rasseweib, eine echte Schönheit. Bis an ihr Lebensende war Gertrud immer ein wenig eifersüchtig auf sie und sein Erlebnis mit ihr gewesen, obwohl gar nichts weiter passiert war in jener Nacht. Aber vielleicht gerade deshalb. Mit der unbekümmerten Kraft und dem Überschwang ihrer Jugend hatten sie eine Nacht lang durchgetanzt und am Morgen gemeinsam den Sonnenaufgang am Meer bewundert, und in seiner Phantasie war das vielleicht wirklich ein ganzes Leben gewesen. Hatte er nicht ein Leben lang von dem Versprechen, das in dieser Nacht lag, gezehrt? Und zugegeben, schon bald darauf hatte er zutiefst bereut, dass er nicht mehr aus der Situation gemacht, die Verhältnisse nicht eindeutig für sich entschieden hatte. Man war eben als junger Mensch zu schüchtern gewesen, zu romantisch und zu verklemmt. Und im Nachhinein nützte es einem rein gar nichts, dass man seine Verklemmtheit gern als moralische Überlegenheit vor sich selber – und seinen Mitmenschen – verbrämte. Denn später, als man die verflixte Scheu hätte überwinden oder zumindest überspielen können, da war man verheiratet gewesen. Und jetzt, Frerichsen seufzte, jetzt war man zu alt.

Ein Trottel war er gewesen mit seinem Zaudern und Zögern. Denn im selben Sommer, nur wenige Wochen später, war Marion dann Armin Gebhard begegnet, der sie herausfordernd Mary nannte und den sie bald darauf heiratete.

Aber Gertruds Eifersucht war dennoch völlig unbegründet gewesen und überflüssig dazu. Im Laufe der Jahre hatte er mehrmals Gelegenheit gehabt, darüber nachzudenken, wie heilfroh er sein konnte, dass nicht er Marion Wittekindt zur Frau genommen oder bekommen hatte. Als Pfarrersfrau hätte sie, weiß Gott!, nicht getaugt. Nein, sie war der Typ Frau, den man besser nicht heiratete. Es sei denn, man hatte Armin Gebhards Geduld. Oder hätte wie er Interesse gehabt an der Leitung eines eigenen Unternehmens.

Sie war der Typ für ein Abenteuer. Einen kleinen Freudentaumel, eine Affäre, einen betörenden Rausch. Eine Fata Morgana. Denn ob man die Liebe nur geträumt oder tatsächlich ausgelebt hatte, war doch gar nicht die entscheidende Frage. War es nicht viel mehr so, dass man es hinterher immer bereute, ganz egal, was geschah? Die einen schlugen sich damit herum, dass sie sich zu Dingen hatten hinreißen lassen, die besser ungeschehen geblieben wären, und die anderen wurden von der Erinnerung an verpasste Gelegenheiten und der Trauer um versäumte Sünden geplagt. Im Grunde war es herzlich egal, was man – oder ob man überhaupt etwas – erlebte. Wie sagte Schopenhauer so treffend? Man hätte letztlich davon doch nur die dürre Mumie einer Erinnerung.

All dies wusste Frerichsen ganz genau, er hatte sich oft mit diesen Gedanken getröstet. Trotzdem versetzte ihm Marions unerwarteter Anblick den altbekannten Stich. Es konnte doch nicht angehen, dass er diese Frau nach all den vielen Jahren – und den vielen Jahren mit Gertrud!, das bedeutete es schließlich für ihn – noch immer wie damals begehrte?

„He, Marion, aufwachen“, raunte er und berührte die in sich zusammengesunkene Frau vorsichtig an der Schulter.

Sie rührte sich nicht. Frerichsen schüttelte sie leicht, mit einer Zurückhaltung und Behutsamkeit, die man dem jovial wirkenden Kirchenmann mit seinem schwerfälligen Körper und seiner sonst so zupackenden, polternden Art nicht unbedingt zugetraut hätte.

„Marion? Frau Gebhard? Aufwachen, das Konzert ist vorbei!“

Er legte seine rechte Hand mit dem Handrücken an ihre Wange und zuckte sogleich wieder zurück. Dass sich die sonst so heißblütige Frau so kalt anfühlen konnte! Unglaublich!

„Was zum – Marion! Hörst du!“

Unwillkürlich griff er nach ihrer Hand, um ihr aufzuhelfen

und sie zu sich heranzuziehen, und plötzlich hielt er etwas Undefinierbares in seiner Hand. Einen Handschuh. Oh nein, ach du Schreck, es war gar kein Handschuh. Angewidert ließ er das seltsame Gebilde sogleich wieder fallen und wich einen Schritt zurück. Konnte es sein, dass es die Haut ihrer Hand war, die sich wie ein Handschuh von ihr gelöst hatte? Angestrengt starrte Frerichsen durch die Dämmerung auf seine Jugendliebe.

Frerichsen hatte einige Tote in seinem Leben gesehen, hatte sie berührt und ihnen mit dem Daumen ein Kreuz auf die Stirn gezeichnet. Als Gertrud, seine Frau, vor drei Jahren gestorben war, hatte er sie sogar innig zum Abschied geküsst und gestreichelt. Aber dies hier war etwas völlig anderes, etwas, das einem einen Schauder über den Rücken jagte. Von wegen, dürre Mumie! War das wirklich Marion Wittekindt? Oder – war das – nein, Frerichsen glaubte nicht an den Teufel, auch wenn er ihn regelmäßig verfluchte, mit klassischen Zitaten zumeist. Manchmal war er sich nicht einmal mehr sicher, ob er noch an Gott glauben sollte. Vielleicht hätte er fester an ihn geglaubt, hätte er auch Gott den Herrn gelegentlich verfluchen können. Konnte es sein, dass es am Alkohol lag? Dass er schon halluzinierte? Noch einmal näherte er sich und streckte die Hand nach der Frau in der Kirchenbank aus. Kein Zweifel! Da saß sie und sah aus wie Marion Gebhard, geborene Wittekindt; na ja, etwas bescheidener als die Marion, die man sonst gekannt hatte. Und war mausetot.

Er musste die Erkenntnis mehrere Male in seinem Kopf wiederholen, bis er sie wirklich begriffen hatte. Marion Gebhard, der Schwarm seiner Jugend, war tot. Wie war sie hierher gekommen? Jemand musste sie zu ihm in die Kirche gebracht haben, denn dass sie nicht erst während des Orgelkonzerts gestorben war, war Frerichsen mit einem Schlag klar, auch wenn in diesem Moment in seinen Ohren nur noch ein Rauschen war und sich schwarze Schleier vor seine Augen legten. Er stützte sich mit beiden Händen auf die Rückenlehne der Kirchenbank und atmete mehrmals tief durch. Nicht, dass seine Beine gleich nachgaben und er hier vor Aufregung noch kollabierte.

Nachdem er den ärgsten Schwindel abgewartet hatte, hatte sich der nächste Gedanke sehr schnell in seinem Kopf festgesetzt. Eine Eingebung war es, ein Befehl, ein Auftrag seines im Falle der Verweigerung gleich den Dienst versagenden Körpers. Er brauchte dringend einen kräftigen Schluck. Alles andere würde zu gegebener Zeit folgen.

Frerichsen schlurfte hinüber zur Sakristei, wuchtete die Kiste mit dem Abendmahlswein aus dem Regal und entnahm ihr eine bereits geöffnete und zur Hälfte geleerte Flasche. Der größte Vorrat an Wein – und neuerdings verstärkt leider auch Traubensaft für die Abstinenzler und Heuchler unter den Abendmahlsgängern – wurde zwar im Keller unter dem Kirchenschiff aufbewahrt, aber er hatte hier sein eigenes kleines Lager, über das der Küster und er einträchtig Stillschweigen bewahrten. Daraus gönnte er sich, wenn Gefahr im Verzug war, gern einen Schluck. Und jetzt war Gefahr im Verzuge. Die Schatten der Nacht griffen nach ihm, wollten ihn haschen und packen. Er durfte nicht zulassen, dass sie seine Seele in ihre Fänge bekämen. Mit zitternden Fingern zog Frerichsen den Korken aus der Flasche und setzte sie direkt an den Mund.

„Hebe dich weg von mir, Satan“ sagte er laut. Seine Stimme klang ein wenig brüchig und rau, er gönnte sich einen weiteren Schluck und wiederholte dann die Worte, die ihm in den schweren Momenten des Lebens stets weiterhalfen. Manchmal kamen sie ihm auch auf griechisch oder lateinisch in den Sinn, aber das machte nichts, man durfte wohl voraussetzen, dass der Teufel, so es ihn gab, sie auch in den klassischen Sprachen verstand – und befolgen musste.

„Apage, Satana! Vade, vade…“

Diesmal hatte seine Stimme wieder fester geklungen, fast schon wie sonst, wenn er auf die Kanzel trat und Gottes Segen verkündete. Mit der Flasche in der Hand wankte Frerichsen zu Marion Gebhard zurück, die in dem unheimlichen Dämmerlicht, das das Kirchenschiff inzwischen ganz ausfüllte, geduldig auf ihn gewartet hatte, und setzte sich neben sie in die Bank.

„Wie kann das angehen, Marion. So sieht man sich wieder? Dabei haben wir doch eben erst noch das Tanzbein geschwungen. Weißt du noch? Ist noch gar nicht so lange her. Tja, und nun kommst du mich endlich doch einmal besuchen. Hättest ruhig eher zu mir kommen können. In den Gottesdienst, meine ich."

Er setzte die Flasche an und genoss es, wie warm und weich der Wein durch seine Kehle rann, ihn mit jedem Schluck ein wenig mehr stärkte und wärmte, ihn mit Ruhe und Trost erfüllte.

„Hätte dir auch nicht geschadet. Stattdessen hat sich dein guter Mann so manches Mal meine Sonntagspredigten anhören müssen, wenn er mit seinen Eltern in den Gottesdienst kam. Du sollst nicht begehren deines nächsten Weib, Knecht, Vieh, Haus, Hof und Kinder, noch alles, was sein ist. Hat er alles brav über sich ergehen lassen und geschwiegen und sich, so nehme ich an, dabei sein Teil gedacht. Wer hätte das aber damals geglaubt, Marion, dass wir einmal so enden würden? Du so – und ich so. Prost, Marion, Gottes Segen."

Frerichsen merkte, dass seine Zunge schon schwerer wurde. Er vertrug nicht mehr so viel wie in seinen besten Zeiten. Das war ein Vorteil und ein Nachteil zugleich. Die Sucht konnte dadurch preiswerter befriedigt werden, und das war wichtig, bald kam der Ruhestand. Viele Insulaner bezogen ihr Altenteil auf dem Festland, weil sie sich das Leben auf der Insel als Rentner irgendwann nicht mehr leisten konnten. Auf keinen Fall aber wollte er nach Norden ins Altersheim. Er wollte hier, bei seinen Erinnerungen, bleiben. Und bei Gertrud, die auf dem Dünenfriedhof beigesetzt war und an deren Grab er regelmäßig Zwiesprache mit ihr führte. Fast konnte er sich jetzt besser mit ihr unterhalten als früher. Was würde sie aber sagen, wenn sie wüsste, oder was hätte sie früher dazu gesagt, dass Marion Gebhard ihr so bald schon im Tode nachfolgen würde? Und dann auf eine so seltsame Art und Weise, kurz vor der Trauung ihrer ältesten Tochter.

Marion war doch immer der Typ gewesen, der ewig jung zu bleiben schien, der irgendwie ewig lebte. Und nun saß sie, selbst als Tote noch Aufmerksamkeit heischend, in seiner Kirchenbank.

Ein Satz aus Oscar Wilde's Stück „Salome“ fiel ihm ein, Worte, die der Dichter König Herodes in den Mund gelegt hatte und die, als er sie vor Jahren im Stadttheater von Oldenburg gehört hatte, so großen Eindruck auf ihn machten, dass er einen ganzen Predigttext darum herum aufgebaut hatte. Seitdem waren sie ihm im Gedächtnis geblieben, fast besser als so manches Bibelzitat.

„Wasser in Wein verwandeln, Aussätzige und Blinde heilen, das kann er alles machen. Dagegen habe ich nichts einzuwenden. Aber ich erlaube nicht, dass er die Toten wiedererweckt. Es wäre schrecklich, wenn die Toten wiederkämen.“

Auch ihm persönlich wäre natürlich das Verwandeln von Wasser in Wein das angenehmere Wunder gewesen, zu gern hätte er es selber – und nicht nur einmal – bei sich zu Hause erlebt. Aber – „es wäre schrecklich, wenn die Toten wiederkämen“? Man sollte doch denken, im Gegenteil! Wie oft hatte er sich seit Gertruds Tod danach gesehnt, dass sie bei ihm wäre. Wenn er ehrlich war, viel öfter und stärker als zu den Zeiten, als sie noch gelebt – und er sich gelegentlich auch von ihr fortgesehnt hatte. Aber das war wohl in jeder Ehe so, es war normal, und es gab keinen Grund, sich deswegen zu schämen und mit Gewissensbissen zu plagen. Wie sollte man sich schließlich auch nach jemandem sehnen, der – oder die – ständig anwesend war? Kein Wunder also, dass man die verstorbene Frau stärker herbeiwünschte als die noch lebende.

Aber durfte er seine Sehnsucht im Nachhinein als Beweis für eine glückliche Ehe anführen? Nein, eigentlich nicht. Gewiss, sie waren gut zueinander gewesen und hatten sich nicht betrogen, jedenfalls nicht, soweit er es beurteilen konnte und soweit es ihn persönlich betraf. Und die Vorstellung, dass Gertrud ihm hätte untreu werden können, war allerdings gar zu absurd; daran hatte Frerichsen bis zu diesem Moment auch nicht einen einzigen klitzekleinen Nebengedanken verschwendet.

Gertrud hatte sich sehnlichst Kinder gewünscht, die er ihr zwar nicht verweigert, aber auch nicht hatte schenken können. Die Kinderlosigkeit ihrer Ehe lag an ihm, daran bestand laut Auskunft der Ärzte kein Zweifel. Er hätte also ruhig in jener Nacht mit Marion etwas anfangen können; Konsequenzen in dieser Hinsicht hätte ein voreheliches Techtelmechtel für ihn – und sie – nicht gehabt. Wäre es aber nicht besser gewesen, Gertrud und er hätten sich rechtzeitig getrennt, und Gertrud wäre mit einem anderen Mann, in einem anderen Leben, mit dessen Kindern und inzwischen vielleicht auch schon Kindeskindern glücklich und zufrieden geworden? Vielleicht lebte sie dann sogar immer noch, *happily ever after*? Irgendwo hatte er einmal gelesen, dass Frauen, die Kinder gestillt hatten, seltener an Brustkrebs erkrankten als Frauen, die kinderlos blieben. Weswegen Nonnen in ihrer Keuschheit zwar öfter an Brustkrebs, aber zum gerechten Ausgleich wiederum seltener an Gebärmutterhalskrebs erkrankten, der offenbar, rein statistisch betrachtet, vor allem durch Verkehr mit ungewaschenen Männern zustande kam.

Seltsam, was für ein Wissen man so im Laufe der Jahre anhäufte.

Vielleicht wäre er nicht zum Trinker geworden, hätten ihn nicht ein Leben lang Schuldgefühle und Versagensängste geplagt.

Und Sehnsucht. Nach Marion, einerseits. Aber andererseits auch danach, mit Gertrud anders zu leben. Zum Beispiel hätte er liebend gern einen Tanzkurs mit ihr absolviert, aber ausgerechnet er, der so gerne tanzte, war an eine Frau geraten, die absolut kein Taktgefühl hatte, im musikalischen Sinne, versteht sich; sonst war sie ja ausgesprochen zart besaitet gewesen. Aus Gesellschaftstanz machte sie sich nichts. Auch die Mitglieder der Volkstanzgruppe der Insel, die den Herrn Pastor gern für sich gewonnen hätten, hatten vergeblich versucht, sie zum Mitmachen zu bewegen. Bei den meisten Ehepaaren war es doch umgekehrt, meist waren die Frauen diejenigen, die gerne das Tanzbein geschwungen hätten, wären ihre Männer nicht solche Stoffel gewesen. Nur Gertrud war die Ausnahme von der Regel. Vielleicht hatte sie ihn mit ihrer Weigerung unbewusst auch bestraft für jene eine, jene einzige durchtanzte Nacht.

„Oh Mensch, lerne tanzen, sonst wissen die Engel im Himmel mit dir nichts anzufangen."

Frerichsen hatte die Worte des großen Aurelius Augustinus auf den Weihnachtsgutschein für einen Tanzkursus geschrieben, den er Gertrud vor vielen Jahren geschenkt hatte. Sie war tödlich beleidigt, und es war das scheußlichste Weihnachtsfest ihrer Ehe gewesen. Und jetzt? Was fingen die Englein im Himmel jetzt mit Gertrud an? Und was hatte sie ihnen zu bieten? Frerichsen nahm einen Schluck und spülte damit seinen Mund aus, ehe er ihn herunterschluckte. Selbst im Himmel empfanden sie vermutlich mehr Begeisterung und Freude darüber, dass Marion, die einstige Miss Töwerland, jetzt zu ihnen kam, als Gertrud je in ihnen ausgelöst hatte.

„Ach, Marion, du schöne, du schreckliche Frau. Bist du es wirklich, oder bist du nur ein Wunschprodukt meiner Träume? Und warum kommst du ausgerechnet zu mir? Sicher gibt es noch andere, die sich ein Leben lang in Sehnsucht nach dir verzehrt haben …"

Er verschluckte sich am Wein, als er bemerkte, dass sich die Flasche gleich leerte. Allerdings war der letzte Rest, den er in seiner Gier zu hastig und in einem Schluck hinunterkippen wollte, dann doch noch größer als gedacht, so dass ihm ein kleines, rotes Rinnsal zu allem Überfluss auch noch aus dem Mund lief und auf seine Hose tropfte. Ihm fiel ein, dass er ein Gebet für die Verstorbene sprechen sollte. Aber erst musste er Nachschub holen. In letzter Zeit ließ sein Gedächtnis stark nach, er war sich nicht immer sicher, wirklich noch die korrekten Texte zu sprechen. Mochte Gott in seiner Güte aufs Herz schauen, die falschen Worte überhören und die fehlenden Worte ergänzen. Auf jeden Fall ließe es sich mit einer neuen Flasche Wein vor sich auf der Kirchenbank wesentlich leichter beten.

„Herr, im Lichte deiner Wahrheit bekenne ich, dass ich gesündigt habe in Gedanken, Worten und Werken", nuschelte er, als er wieder zurück war. „Ich bekenne, dass ich weiter sündigen werde. Und weiter trinken. Verzeih mir, lieber Herr Jesus."

Ihm war, als ob sich Marion Gebhard vertrauensvoll an ihn schmiegte.

„Dich soll ich über alles lieben, meinen Gott, aber ich habe mich selber mehr geliebt als dich."

Frerichsen verstummte. Stimmte das eigentlich? Nein, er hatte höchstens die Erinnerung an die fremde Frau, das Trugbild dieser Dame über Gebühr geliebt und auf jeden Fall mehr, als für sein Seelenheil gut war. Es hatte Tage und Stunden gegeben, da war er verrückt vor nachträglicher Sehnsucht gewesen, und ja, zugegeben, er hatte sie wohl mehr begehrt, als er Gott je begehrt hatte. Ha, insofern stimmte es also doch, was man da betete. Wenn man nur lange genug über diese Feinheiten nachdachte, glichen sich die Sünden einander an. Ob man jemand anderen liebte oder nicht, alles, alles lief in der Tat immer wieder auf zu viel Selbstliebe hinaus.

„Wohlsein, Marion. Prost, lieber Gott. Du hast mich in deinen Dienst gerufen; aber ich habe mein Amt mehr als einmal verflucht und die Zeit vertan, die du mir anvertraut hast. Besser nutzen müssen hätte ich die kurze uns bemessene Zeitspanne, besser nutzen müssen jenen Abend, jene Nacht, als ich dich in meinen Armen halten durfte, Marion, du meine grausame Liebe. Wie konnte ich nur so dumm sein? Eine solche Gelegenheit verstreichen zu lassen. In den Hintern könnte ich mich immer noch treten. Aber andererseits – hinterher jahrelang deswegen zu hadern, das war erst recht vergeudete und vertane Zeit. Vielleicht, dass Gott mir deswegen keine Kinder geschenkt hat. Verschwendete Manneskraft."

Um die Flasche an den Mund zu heben, machte er eine heftige Armbewegung, mit der er Marion von sich stieß, so dass sie auf die andere Seite sackte. Eine Weile verging, die Frerichsen mit Trinken und Grübeln zubrachte, ohne dass er genau hätte sagen können, worüber er im Einzelnen nachgedacht hatte. Er musste sich inzwischen gewaltig anstrengen, um sich auf die Worte, die er sprechen wollte, zu konzentrieren.

„Du hast mir meinen Nächsten gegeben, ihn zu lieben wie mich selbst: Aber ich erkenne, wie ich versagt habe vor dir", lallte er.

Ja, er hatte gründlich versagt. Vor Gott. Und vor sich selber. Vor Marion mit ihren blitzenden Augen. Und vor Gertrud. Wenn man jung war, dachte man nicht daran, wie schnell alles vorbei sein konnte. Selbst wenn man älter war, begriff man es eigentlich nicht. Und selbst wenn es zu spät war, hoffte man immer noch, im Nachhinein etwas ändern zu können. Redete sich die Dinge schön, besah sie in milderem Lichte.

„Darum komme ich zu dir und bekenne meine Schuld. Ach was, Schuld. Es war ja gar nichts. Das ist doch der Fehler mit uns beiden bei dieser ganzen Sache gewesen. Hätte ich doch wenigstens etwas getan, was ich bereuen müsste! Die Schuld, ewig der Nicht-Schuld hinterherzujammern, erscheint mir um so vieles größer als alles, was man damals hätte anstellen können. Richte mich, aber verwirf mich nicht, Herr. Ich weiß keine andere Zuflucht als dein unergründliches Erbarmen."

Er verstummte und nahm noch einmal Zuflucht beim Wein, der ihm zuverlässiger, zumindest unmittelbarer Trost zu spenden schien als alle göttliche Hilfe.

„Richte mich, Gott, aber verwirf mich nicht."

Die Weinflasche zwischen die Knie geklemmt, die Hände um den Flaschenhals herum gefaltet, wiederholte er die Worte und murmelte sie immer wieder halblaut vor sich hin. In der Stille der Kirche klang es wie eine jener alten Schallplatten, bei denen die Nadel an einer bestimmten Stelle in der Rille hängen geblieben war. So blieb er noch eine Weile sitzen und starrte vor sich hin in die Dunkelheit, umgeben von schwarzen Schatten. Sie tanzten und wisperten, und wenn er genau hinhörte, lachten sie über ihn. Im Kirchenschiff war es mittlerweile völlig dunkel geworden. Dass Marion Gebhard, der Traum all seiner Mannesjahre, neben ihm saß, hatte er längst vergessen.

9.

Der kleine Teufel lehnte sich betont entspannt zurück. Das rechte Bein, das in einen wohlgeformten Huf mündete, baumelte lässig herab, den linken Fuß hatte er forsch auf die Kante des Granitwürfels gestellt, auf dem er Position bezogen und die Pose eines grübelnden Intellektuellen eingenommen hatte. Ja, man konnte ihn für einen Melancholiker halten, mit seiner Denkerstirn und diesem kleinen Spitzbart, der seine Entsprechung in einem vorwitzigen Spitzbäuchlein gefunden hatte. Sein schlaff herabhängendes Gemächt verriet, dass er mit der Rolle des draufgängerischen Verführers längst abgeschlossen hatte. Auch seinen Dreizack würde er nicht mehr benötigen. Dieses Requisit, das er immerhin noch mit sich führte, war nur noch dekorativen Zwecken geschuldet. Der kleine Teufel schaute seinem Gegenüber direkt in die Augen und unterwarf sich seine Opfer mit einem einzigen spöttischen Blick. Und doch schaute er, wie nur ein blinder Seher es konnte, auch an ihnen allen vorbei, die sie sich durstig um ihn scharten und Trost und Labsal bei ihm suchten. Dass er an ihnen vorbei und durch sie hindurch in tiefere Dimensionen schaute, bemerkte man freilich nur, wenn man sein feines Profil betrachtete und ihm von der Seite her auf die Schliche kam. Ihrer aller Zukunft hätte er spielend voraussagen können.

Die unmittelbare Zukunft: „Wenn du so weitermachst, erwachst du morgen früh mit einem Kater im fremden Bett."

Und auch die fernere Zukunft: „Wenn du so weitermachst, kriegst du bald Probleme an Magen, Leber und Bauchspeicheldrüse."

Aber er tat es nicht. Lauschte nur stillvergnügt, wenn sie Zwiesprache mit ihm führten und ihm ihre Sorgen klagten. Oder hörte lächelnd zu, wenn sie sich, ohne ihn weiter zu beachten, ihre intimsten Geheimnisse offenbarten und die Geschichte ihres Lebens erzählten.

Und so war es auch heute Abend. Es war kurz nach Mitternacht. Seit einer guten Stunde nun schon leistete der kleine

Teufel Corbet und Frank Stewart Gesellschaft, die an der Theke der Hotelbar, die er mit seiner anmutigen Skulptur zierte, ein echtes Männergespräch führten. Vater und Sohn hatten sich zuletzt vor anderthalb Jahren gesehen, und Frank zeigte sich deutlich beeindruckt, wie sich sein Sohn in der Zwischenzeit entwickelt hatte. Aber er war nicht nur beeindruckt, er war vor allem verblüfft.

„Wie viel, sagtest du? Unglaublich. Und das alles gehört ihr schon jetzt?“

Corbet nickte. „Yep.“

„Dann bist du also bald ein reicher Mann, mein Junge. Legst dich ins gemachte Bett. Meinen Segen hast du. Wenn das deine Mutter wüsste. Wie wäre sie stolz auf dich.“

Eine Weile versanken die beiden in Schweigen, und der kleine Teufel sah ihnen dabei zu. Wie ähnlich sich Vater und Sohn sahen, in ihrem gemeinsamen Gedenken an Corbets Mutter, die leider zu früh gestorben war, um den späten Erfolg ihres Sohnes noch mitzuerleben und sich daran erfreuen zu können, dass dieser Leistungsverweigerer und Schulversager, der ihr so viele Sorgen bereitet hatte, es doch noch zu etwas brachte.

„Und wenn ihre Eltern sterben? Ich wette, dann erbt sie noch mal einen schönen Batzen.“

Corbet nickte. „Sie und Ivonne, ihre Schwester. Zu gleichen Teilen, vermute ich.“

„Flotter Käfer, übrigens, diese Ivonne“, bemerkte Frank Stewart.

Jetzt schaute Corbet seinen Vater verblüfft an. „Untersteh dich, Dad, meine Schwägerin anzubaggern!“

„Wieso nicht?“, fragte sein Vater. „Sie ist doch genau im richtigen Alter für mich. Und jetzt, wo sich Cynthia aus dem Staub gemacht hat, bin ich wieder Single. Im Unterschied zu dir, Junge, hehe.“

Er lachte gutmütig, und es fehlte nur noch, dass er sich auf die Schenkel geklopft hätte, dachte Corbet, der sich ein gequältes Lächeln abrang. Er gab dem Kellner ein Zeichen, ihnen noch zwei Whisky zu bringen.

Seinem Vater war Corbets gelindes Entsetzen nicht entgangen. Ist er also vielleicht doch nicht schwul, dachte er. Insgeheim hatte er sich während des Abendessens schon ein wenig über Corbets Brautwahl gewundert, denn Claire, so nett sie auch sein mochte, schien für seinen Geschmack doch recht langweilig und blass. Was für Gründe sollte Corbet haben, sie zu ehelichen, wenn daneben eine solche Schwester herumlief? Die, bei allem, was recht war, das gleiche Geld erben würde. Die alte Sorge, sein Sohn könne in Wahrheit homosexuell sein, hatte ihn wieder ergriffen. Corbets Interesse an Ivonne, bei jedem anderen Bräutigam sicher verwerflich zu finden, beruhigte ihn außerordentlich. Blieben ihm weibliche Reize also doch nicht verborgen, war ihm das weibliche Element bei der Eheschließung doch nicht völlig egal. Vielleicht war es clever, die langweiligere Schwester zu nehmen. Es beugte sicher so manchem Stress und vor allem der Eifersucht vor. *Pater semper incertus*, hieß es nicht so? Der Vater konnte sich seiner Vaterschaft niemals sicher sein, es sei denn, man hatte Glück und geriet an eine so treue Seele wie er damals mit Pat. Oder wie jetzt eben – hoffentlich – Corbet mit seiner Claire. Anscheinend wollte sie bei diesem Klinik-Projekt, das er plante, sogar den ganzen Betrieb führen. Das war echte Partnerschaft. Vielleicht war Corbet doch nicht so dumm, wie sein Vater manchmal befürchtet hatte.

Inzwischen hatte ihnen der Barkeeper zwei neue Whisky gebracht.

„Auf dich und die weibliche Schönheit, Junge."

„Super, dass du gekommen bist, Dad."

„Sag mal, dieser Barkeeper da, täusche ich mich, oder macht dir der Kerl schöne Augen?"

Corbet verzog sein Gesicht. Auch ihm war Anton Rosinkes Interesse an seiner Person nicht verborgen geblieben.

„Mach dir keine Sorgen, Dad, ich war es nicht, der ihn so zerkratzt hat."

„Hat sich wohl beim Rasieren geschnitten."

„Oder versucht, eine Katze in den Shaker zu stecken."

Sie lachten. Es tat gut, so einträchtig bei einem Whisky zu sitzen. Seit Corbets frühester Kinderzeit hatten sie nicht mehr so entspannt nebeneinander gesessen. Ein Zeichen, dass sein Sohn wirklich erwachsen wurde, dachte Frank Stewart erstaunt. Und vielleicht wurde er selbst altersweise. Wer hätte das je gedacht. Er gab seinem Sohn einen vertraulichen Klaps auf den Oberschenkel.

„Sag mal, Junge, kannst du mir vielleicht tausend Pfund leihen?“, fragte er geradeheraus. „Cynthia hat den Fernseher und die Stereoanlage mitgenommen, als sie ihren Abgang gemacht hat. Wäre doch schad, wenn ich keine Krimis mehr gucken könnte. Und keine Musik mehr hören.“

„Scheint ja eine reizende Person gewesen zu sein, diese Cynthia.“ Corbet rückte mit dem Bein ein wenig zur Seite. Zum zweiten Mal an diesem Abend wunderte nun wiederum er sich über seinen Vater. War es die Möglichkeit? Sein alter Dad, der ihm jahrelang mit Vorträgen über Bescheidenheit in den Ohren gelegen und ihm seine Jugend mit seinem Sparsamkeitsfimmel vergällt hatte, pumpte ihn an?

„Vielleicht solltest du dein Glück doch bei Ivonne Gebhard versuchen. Da läufst du wenigstens nicht Gefahr, um deine bescheidenen Reichtümer gebracht zu werden.“

„Sie ist wirklich eine Bombe, findest du nicht? Ich wette, ihre Mutter ist auch nicht ohne.“

Während sein Vater noch sprach, verschluckte sich Corbet am Whisky. Frank Stewart klopfte ihm liebevoll auf den Rücken und schaute seinen Sohn aufmerksam an.

„Das darf nicht wahr sein, Junge! Du hast doch nicht etwa auch noch mit der Mutter was laufen!“

Corbet schüttelte den Kopf, wich aber den prüfenden Blicken seines Vaters aus und schaute zur Seite. Dabei fiel sein Blick auf den kleinen Teufel, der in diesem Moment ein Auge zukniff und ihm zuzwinkerte. Vorsichtshalber richtete Corbet den Blick auf sein leeres Glas.

„Mit der Mutter läuft nichts“, sagte er matt.

Dann gab er Anton Rosinke ein Zeichen und bestellte für seinen Vater und sich zwei allerletzte Gläser Whisky. Er leerte seinen *Nightcap* jedoch nur noch zur Hälfte.

10.

Nachdem Corbet Stewart und sein Vater die Bar verlassen hatten und Anton Rosinke lange genug wehmütig hinter ihnen hergestarrt hatte, ging er daran, ihre Gläser wegzuräumen. Die beiden waren die letzten Gäste gewesen, er war allein. Gleich könnte er endlich Feierabend machen. Doch er hatte es nicht eilig. Als er Corbets Whiskyglas ergriff, stellte er fest, dass seine Hand vor Aufregung zitterte. Aus diesem Glas hatte eben noch Corbet getrunken, diese weiche, bernsteinfarbene Flüssigkeit wäre fast durch seine Kehle geflossen. So nah hatte er sich seinem Liebling, seit er in dessen Bett auf ihn gewartet hatte, nicht mehr gefühlt. Aber er wollte sich ihm noch weiter nähern, wollte, wie jeder Liebende, mit dem Gegenstand seines Begehrens verschmelzen. Mit klopfendem Herzen führte Anton Rosinke das Glas an den Mund. Er achtete darauf, dass seine Lippen es an derselben Stelle berührten, an der auch Corbet daraus getrunken hatte. Ein erster, zarter Kuss. Ein berauschender Kuss. Während sein Herz für ein paar Schläge aussetzte und die Welt den Atem anhielt, leerte er das Glas bis zur Neige. Er war sich durchaus der Gefahr bewusst, dass er, wenn ihn jemand beobachtete, wahrscheinlich seine Stellung verlöre. Aber der Drang, sich mit Corbet Stewart wenigstens ansatzweise zu vereinigen, überwog jede Vernunft. Mit der Zunge schleckte er das Glas aus, hob es empor und ließ den letzten Tropfen Malt daraus auf seine Zunge tropfen. Corbet! Corbet! Erregter hätte er nicht sein können, wenn Corbet vor ihm gestanden hätte.

Als er wieder zu sich kam, hatte er nur ein vages Bewusstsein davon, dass er völlig weggetreten gewesen war.

„Und wenn der ganze Schnee verbrennt, was uns bleibt, ist die Asche."

Langsam, traumverloren flüsterte er seinen Trinkspruch vor sich hin. Er hatte ihn auf einem Zettelchen gelesen, das jemand in den originellen Kronleuchter gesteckt hatte, der in der Bar hing. Von allen Sprüchen, die auf kleinen, im Leuchter befestigten Zetteln geschrieben standen, mochte Anton diese Worte am liebsten. Sie waren so herrlich geheimnisvoll. Doppelbödig. Man wusste nicht, ob sie poetisch gemeint waren oder reinem Kokserpragmatismus geschuldet. Mit Corbet hätte er gerne im dichterischen Sinne Schnee zu Asche verbrannt. Aber er würde sich wohl an eine andere Weisheit halten müssen, die hier als chinesisches Sprichwort gehandelt wurde; Anton hatte denselben Rat vor Jahren als indianische Spruchweisheit kennengelernt.

„Wenn du jemanden liebst, lass ihn los. Kommt er zurück, ist er dein. Wenn nicht, hat er dir nie gehört."

Es war bitter, aber wahr. Corbet gehörte ihm nicht. Ein Trost war nur, dass niemand je einem anderen Menschen gehörte. Weswegen ein kluger Mitmensch den Leser seiner Ermahnung auch daran erinnerte, dass sein Herz frei sei:

„Du brauchst bloß den Mut, ihm zu folgen."

Wenn's weiter nichts ist. Den Mut hätte ich, dachte Anton Rosinke. Bislang hat es nur keiner bemerkt. Und es kümmert auch keinen. Selbst Corbet schert sich nicht drum. Ob ich ihn liebe oder nicht, mich nach ihm verzehre oder ihn zum Teufel jage, ist ihm völlig egal. Deshalb fuhr man mit praktischen Hinweisen wie „Alles, alles ist vergänglich, nur der Durst bleibt lebenslänglich" im Grunde noch immer am besten. Diesen Satz hatte ein sehr weiser Mensch in den Leuchter gehängt. Eigentlich könnte er selber auch einmal einen Spruch aufschreiben und in den Leuchter schmuggeln, dachte Anton. Er würde es wagen, bei nächster Gelegenheit. Er musste sich nur noch etwas Passendes einfallen lassen.

Erst einmal aber würde er heute Nacht darauf verzichten, sich die Zähne zu putzen, schließlich wollte er den betörenden Geschmack seines heimlichen Kusses nicht vorzeitig von seinen Lippen verbannen.

Im selben Moment, als Anton Rosinke das Licht in der Bar ausschaltete, schreckte Pastor Frerichsen aus seinen Träumen auf.

Was war los?

Wer war er?

Und wo –

Er tastete nach dem Lichtschalter und stellte beruhigt fest, dass er in seinem Bett lag. Vielleicht war also doch alles in Ordnung. Hatte er nur geträumt? Er versuchte, die Erinnerungen zu sortieren, die Dinge auf die Reihe zu bekommen. Was für ein wirres Zeug –

Aber ach, er lag quer über seinem Bett, und nicht, wie es sich gehörte, ordentlich unter der Decke. Und er war noch angezogen, trug den guten Anzug, den er zum Kirchenkonzert angehabt hatte. Stimmte es also doch, was ihm jetzt mit unbarmherziger Klarheit durch den Kopf schoss? Hatte er in der Kirche die sterbliche Hülle seiner Jugendliebe Marion Gebhard gefunden? Und hatte er mit ihr eine Flasche vom Roten getrunken, oder auch zwei?

Und dann? Hatte er sich davongemacht und war in sein Bett gekrochen.

Und Marion? Die hatte er sitzen gelassen. So etwas war ihr zu Lebzeiten wohl kaum je widerfahren.

Und jetzt? Saß sie etwa immer noch da?

Starr vor Schreck richtete sich Frerichsen senkrecht im Bett auf. Er musste etwas unternehmen, er konnte sie doch nicht einfach da in der Kirchenbank lassen. Aber was war zu tun? Die ansatzweise Klarheit, die ihn eben noch erfüllt hatte, löste sich auf, seine Gedanken zerbröselten, alles verschwamm. Um ihn herum drehte sich alles, Schatten tanzten an der Wand und die Möbel und das Kruzifix und die Bilder wollten davonfliegen, sein ganzes Schlafzimmer wurde ein einziges Karussell. Frerichsen schloss die Augen und sackte auf sein Kissen zurück. Wenn nur dieser elende Durst nicht wäre. Der verging und verging einfach nicht. Egal, wie viel er auch trinken mochte, er löschte ihn nicht.

Frerichsen bat seinen Gott nicht um Hilfe. Hiermit musste er allein fertig werden. Nachdem er eine Weile abgewartet hatte, bis die ärgste Schwindelattacke vorbei war, gelang es ihm, in die Küche zu kriechen und sich ein Glas Wasser zu füllen. In kleinen Schlucken trank er es dankbar aus und füllte es gleich wieder aufs Neue. Dann sackte er auf die Küchenbank, stellte das Glas mit zitternden Händen auf der Tischplatte ab und barg seinen Kopf in den Händen. Er musste nachdenken. Was war zu tun?

Ab und an nippte Frerichsen an der köstlichen Flüssigkeit. Wenn er diese Nacht überlebte, wollte er nur noch Wasser trinken, für den Rest seines Lebens.

Fürs Erste würde allerdings zusätzlich ein kleiner Schnaps nicht schaden, um den Kreislauf wieder in Gang zu bringen. Wie harmonisch sich doch beides ergänzte. Wasser. Und Feuerwasser.

Nach dem zweiten Klaren kam ihm die rettende Idee.

Samstag, 14. Juni

1.

Es war ein klarer, sonniger Morgen. Die Sonne lächelte verheißungsvoll von einem strahlend blauen Himmel herab, ein mildes Lüftchen wehte, vielleicht wollte es nun doch Sommer werden. Im Moment nützte es ihm freilich wenig, als er die Stufen zu seiner Kneipe hinabstieg und die Tür zur *Kaschemme* aufschloss, der Stamm- und Kultkneipe der Insel, die „sechsundzwanzig Stunden am Tag geöffnet", seit dem frühen Morgen aber doch für kurze Zeit geschlossen gewesen war. Auch ein Kneipenwirt und seine Mitarbeiter mussten schließlich irgendwann einmal schlafen.

Im Inneren der *Kaschemme* war es noch Nacht. Dicke Rauchschwaden hingen in der Luft, in die sich der Geruch von Bier, Schnaps und Wein mischte, nicht zu vergessen die Ausdünstungen des Nachtvölkchens, das hier gelacht und gefeiert, sich angenähert oder entzweit hatte. Es herrschte die typische Katerstimmung einer verlassenen Kneipe. Fredi, der Wirt, den es aus dem Westfälischen auf die Insel verschlagen hatte, verschwand hinter der Theke und setzte die Kaffeemaschine in Gang. Während er darauf wartete, dass der Kaffee durchlief, zündete er sich eine Zigarette an. Schließlich musste wieder Leben in die Bude kommen, und frisches Nikotin war das beste Gegenmittel gegen abgestandenen Tabaksqualm. Er inhalierte gierig und blies einige Rauchringe aus, denen er nachdenklich hinterherblickte. In was für eine schräge Sache war er da nur geraten? Nicht genug damit, dass er schon in mehreren Kriminalromanen und Kurzgeschichten bedichtet worden war und dass ihm dieser Krimiautor aus dem Ruhrgebiet, der sich wohlweislich hinter einem Pseudonym versteckte, schon zu Lebzeiten ein literarisches Denkmal gesetzt hatte. Nun war er wirklich in einen Krimi geraten. Eine unglaubliche Räuberpistole. Wenn ihm das ein Gast zu später Stunde an der Theke erzählt hätte, hätte er alles für wildes Seemannsgarn gehalten. Aber die Ereignisse der Nacht waren nicht geträumt, und es war auch kein Kriminalroman, was er jetzt erlebte. Der Beweis lag da hinten, in seiner eigenen Kneipe. Er konnte sich jederzeit davon überzeugen und würde dies auch gleich tun, wollte es sich aber im Moment noch nicht zumuten. Nicht ohne einen starken Kaffee im Magen.

Fredi goss sich einen Becher Kaffee ein und gab reichlich Zucker hinzu. Während er umrührte und auf den Kaffeespiegel starrte, war ihm fast so, als sähe er ein Gesicht in den schwarzen Wirbeln, Mary Gebhards Gesicht, das aus dem Dunkel auftauchte, ihn angrinste und sich unter seinem entsetzten Blick wieder auflöste und verschwamm. Hatte ihn wirklich nachts um drei Pfarrer Frerichsen angerufen und etwas von einem Notfall gefaselt? Er hatte zunächst geglaubt, Frerichsen deliriere, so wirr hatte der Pfarrer geredet. Jeder auf der Insel wusste ja, dass der evangelische Pastor ein munterer Trinker war, und das nicht erst seit dem Tod seiner Frau vor drei Jahren. Man fragte sich manchmal, was wohl eher da gewesen sein mochte, die Schwermut der Pfarrfrau oder der Suff ihres Ehemannes. Aber vermutlich war das eine müßige Frage, ähnlich der Frage nach der Henne und dem Ei. Wahrscheinlich hatten sich beide Problemlagen gemeinsam entwickelt und gegenseitig befördert. Was ihn anging, so hegte er mehr Sympathie für Pfarrer Frerichsens Neigung zum guten Tropfen, und nicht nur aus geschäftlichen Gründen. Gertrud Frerichsen hatte etwas an sich gehabt, das einem in ihrer Gegenwart auf Anhieb ein schlechtes Gewissen bescherte. Das war nicht nur ihm so ergangen. Aber nun war sie schon seit geraumer Zeit tot, und über die Toten sollte man ja nichts Böses sagen. Oder denken. Also Schwamm drüber, dachte Fredi. Und musste sofort wieder an die andere Tote denken, die nun ausgerechnet bei ihm in der Kühlkammer aufgebahrt lag, nur wenige Schritte entfernt von seiner Theke.

Er hatte gerade dichtmachen wollen, da hatte ihn Frerichsen angerufen. Unverständliches Zeug hatte der Alte von sich gegeben, dem Fredi immerhin entnahm, das der Pfarrer dringend seine Hilfe benötigte. Und kurze Zeit später hatte Frerichsen vor seiner Tür gestanden, mit einer Schnapsfahne, die dem Gestank in jeder Kneipe Konkurrenz machen konnte, und hatte ihn so lange am T-Shirt gezogen, bis er ihm in die Kirche gefolgt war. Und da hatte sie dann gesessen, Mary Gebhard, die Mutter der schönen Ivonne, die zu Fredis Stammgästen zählte. Auch Ivonnes Eltern kannte Fredi natürlich, Mary mehr als Herrn Gebhard, denn sie schaute, vor allem in der Wintersaison, immer mal bei ihm herein, um den neuesten Inselklatsch zu hören, ein Bierchen zu trinken oder sich an einem steifen Grog aufzuwärmen. So mancher Gast hatte sie mehr als nur sympathisch gefunden. Das Beste an ihr aber war in Fredis Augen, dass sie jeden jungen Mann, der ihre Tochter Ivonne anbaggern wollte, vor eine Prüfung stellte, wenn auch, in diesem Punkt wenigstens, unbewusst. Wer Mary Gebhard sah, konnte klare Anhaltspunkte darüber entwickeln, wie Ivonne altern würde – und mochte dies als rechtzeitige Warnung verstehen. Auch wenn er persönlich keine Angst davor hatte, so war diese vor Vitalität strotzende Weiblichkeit denn doch nicht jedermanns Sache. Mehrere Männer schon hatten Fredi zu später Stunde mit lallender Zunge anvertraut, dass die Mutter sie vor weiterem Anbändeln mit Ivonne bewahrt und quasi in die Flucht geschlagen hatte. „Da kann man ja gleich die Alte nehmen, verstehst du …"

Aber gut gehalten hatte sich die Dame, trotz – oder wegen – ihres lebenslustigen, trinkfesten Naturells. Respekt.

Es verstand sich von selbst, dass man sie nicht dort in der Kirche hatte sitzen lassen können, und es war auch offensichtlich, dass sie keinen Arzt mehr gebraucht hatte. Nicht klar war allerdings, wie sie dorthin gekommen war und was Frerichsen mit der Sache, beziehungsweise der Dame, zu tun hatte. Aber das herauszufinden hatte Zeit bis morgen, in diesem Punkt war Fredi mit dem Pfarrer einer Meinung gewesen. Es bestand keine Fluchtgefahr; in dem Zustand, in dem Frerichsen sich befand, würde er sich schwerlich aus dem Staube machen. Oder von der Sandbank, genauer gesagt. Und warum sollte man den Inselpolizisten Manfred Arning um seinen wohlverdienten Nachtschlaf bringen? Mit den Ermittlungen hatte es Zeit bis morgen früh; auch mit Verstärkung vom Festland war erst im Laufe des Tages zu rechnen. Mit diesen Überlegungen im Hinterkopf hatte sich Fredi von Frerichsen erweichen lassen und ihm erlaubt, Mary Gebhard in den Kühlraum der *Kaschemme* zu bringen. Ja, mehr noch, er hatte es ihm nicht nur erlaubt, sondern war dem alten Herrn behilflich gewesen, als es darum ging, die Leiche hinüberzutragen.

Und da lag sie nun.

Es sei denn, er hatte alles doch nur geträumt.

Entschlossen stellte Fredi den Kaffeebecher auf die Theke und schob sich die drei Schritte zum Kühlraum hinüber. Wie oft hatte er sich vor seinen Gästen, vor allem den auf der Insel schnell heimisch werdenden Krimiautoren, mit diesem Allerheiligsten seiner Kneipe gebrüstet. Von der Sitzbank da drüben aus glichen die Schließfachtüren zum Kühlraum hinter seiner Theke tatsächlich den Schubladen eines Leichenschauhauses im Fernsehkrimi. Es gab mehrere Reihen solcher praktischer Klappen, die sich einzeln öffnen ließen, um die dahinter in ihren Regalen stehenden Flaschen oder Gläser mit einem einzigen Handgriff hervorholen zu können. Multivitamin-, O-Saft oder Tomatensaft, kleine Feigen zum Wodka, Gewürzgürkchen oder Oliven, was immer man gerade brauchte, hatte man auf diese Art und Weise schnell und bequem zur Hand. Offenbar hatte sich auch Frerichsen an die originelle Kühlkammer in der *Kaschemme* erinnert. Und war daher auf die Idee gekommen, sein Problem nachts um drei bei ihm abzuladen. Kommet her zu mir alle, dachte Fredi. Als wäre man nicht selber mühselig und beladen.

Mit einem entschlossenen Ruck öffnete er die Tür zu der Kammer. Und verschloss sie genauso schnell. Tatsächlich, da lag die Schöne. Ob Frerichsen sie auf dem Gewissen hatte? Irgendetwas war ihm an den Reden des Pfarrers merkwürdig vorgekommen. Oder deckte der Pastor jemanden, den er kannte? Gab es bei den Protestanten eigentlich ein Beichtgeheimnis, so wie bei den Kneipenwirten? Und was sollte er, Fredi, jetzt tun? Hier konnte die Dame nicht bleiben. Das war einfach – unappetitlich, dachte Fredi. Auch wenn die Gurken- und Feigengläser verschlossen waren. Und der Tabaksqualm im Inneren der Kneipe sicher ein Übriges tat.

Sollte er Ivonne alarmieren? Es ging schließlich um ihre Mutter. Aber vielleicht hatte sie selbst mit der Geschichte zu tun. Dann würde er sie nur warnen. Oder der Polizei ausliefern, je nachdem.

Wie auch immer, sie war zu bedauern, die Arme!

Aber vermutlich war es doch die Untat des Pfarrers gewesen. Er musste Frerichsen dringend erreichen. Der Pfarrer musste sich stellen, andernfalls wäre ja er, Fredi, derjenige, der ihn bei der Kripo verpfiff. Das war keine Rolle, die ihm behagte.

Herrje, wie man es auch drehte und wendete, es war eine scheußliche Geschichte. Nur eines stand absolut fest: Die Leiche musste so schnell wie möglich aus seinem Kühlkeller heraus. Andernfalls machte er sich womöglich mitschuldig. Vertuschung einer Straftat, Unterschlagung von Beweismitteln, wer weiß, was man ihm alles anhängen konnte.

Fredi ergriff das Telefon und wählte Frerichsens Nummer. Er ließ es lange schellen, aber niemand antwortete. Wahrscheinlich lag Frerichsen in seinem Bett und schlief den Schlaf, nein, nicht den Schlaf der Gerechten. Den Schlaf desjenigen, der vergessen wollte. Und der am Vorabend eindeutig zu tief ins Glas geguckt hatte. Am besten, er suchte ihn persönlich auf und konfrontierte ihn direkt mit seinem Verbrechen. Bis zum Pfarrhaus in der Wilhelmstraße war es schließlich nicht weit. Mal sehen, wie Frerichsen reagierte.

Bevor er die *Kaschemme* verließ, warf Fredi einen misstrauischen Blick nach oben, auf den Kurplatz und die kleine Straßenkreuzung vor seiner Kneipe, dann verschloss er sorgfältig die Tür. Auch wenn er sich bislang gar nichts hatte zuschulden kommen lassen – ihn beschlich dennoch ein unangenehmes Gefühl. Wieso hatte Frerichsen aber auch ausgerechnet bei ihm Zuflucht gesucht? Wieso war er nicht in diesen seligen Zeiten der Ökumene zu seinem katholischen Kollegen gegangen?

Auf dem kurzen Weg zum Pfarrhaus hielt Fredi den Blick

stur aufs Pflaster gesenkt und schaute weder zur rechten noch zur linken Seite. Bloß jetzt nicht von irgendjemandem gegrüßt oder gar angesprochen werden, bloß nicht noch ein paar höfliche Worte wechseln müssen. Er hatte das Gefühl, als stünde es ihm auf die Stirn geschrieben, dass in seiner Kühlkammer die tote Marion Gebhard lag. Was, wenn der Pfarrer in seinem Suff vergessen hatte, dass er es gewesen war, der die Leiche bei ihm abgeliefert hatte? Eine solche Demenz war ja durchaus denkbar; der brachte es fertig und stritt womöglich jede Beteiligung ab. Und dann konnte er, Fredi, zusehen, wie er der Polizei alles erklärte.

Mit bangen Gedanken und Gefühlen klingelte Fredi an Frerichsens Tür. Im Pfarrhaus rührte sich nichts, niemand öffnete. Fredi versuchte es ein zweites und auch ein drittes Mal. Keine Antwort.

„Mensch, Frerich, wach doch auf."

Beherzt drückte Fredi die Türklinke herunter, öffnete die Tür und spähte in den Hausflur. Auf der Insel wurden die Häuser und Türen nicht verschlossen, Zimmer zusperren, das taten nur die Touristen. Trotzdem hätte er normalerweise natürlich nicht so einfach das Haus und gar noch das Schlafzimmer des Pfarrers betreten. Aber was blieb ihm im Moment anderes übrig, als sich in die Höhle des Löwen zu wagen? Für den Fall, dass Frerichsen ihn jetzt doch hörte, pfiff Fredi betont munter vor sich hin. Schließlich wollte er niemanden erschrecken, und schon gar nicht wollte er als neugieriger Schnüffler oder gar Einbrecher dastehen. Mit festem Schritt stieg er die schmale Treppe zum oberen Stockwerk hoch.

„Frerich? Zeit aufzu–"

An der Tür zum Schlafzimmer hielt Fredi inne. Unwillkürlich musste er sich am Türrahmen festhalten. Die Worte, die er hatte rufen wollen, wurden von einem Fluch abgelöst. Aus Frerichsens Schlafzimmer schlug ihm ein muffiger Altmännergeruch entgegen, eine dreieinige Mischung aus Stockflecken, Angstschweiß und kalter Asche. Aber der Geruch täuschte die Anwesenheit des Bewohners nur vor. Frerichsens Bett war leer, der Pfarrer war ausgeflogen.

2.

„Ich verspreche es dir, Liebe, es wird ein ruhiges Wochenende. Garantiert."

Manfred Arning drückte seine Frau fest an sich und gab ihr einen innigen Kuss. Natürlich ahnte er, dass es kein ruhiges Wochenende würde, und sie ahnte es auch. Und er wusste, was er ihr abverlangte. Sein Beruf als Inselpolizist ließ keinen großen Spielraum für ein erfülltes Ehe- und Familienleben. Die meiste Zeit des Jahres war er hier auf der Insel der alleinige Hüter von Einigkeit und Recht und Freiheit sowie Ordnung und Sicherheit. Und wenn auch die Feriengäste dem Glauben anhingen, auf diesem Stückchen Erde das Paradies gefunden zu haben, eine Idylle, in der Frieden und Freude herrschten, so wusste er es doch besser. Hier war keine heile Welt. Die Touristen selbst sorgten schon dafür, dass alles, wovor sie für kurze Zeit flohen, auch auf der Insel stattfand. Wer daheim in Wattenscheid gern seine Frau verprügelte, hörte damit im Urlaub nicht auf. Und fand sich dann zur eigenen Überraschung in seinem Gewahrsam wieder, was für den Herrn aus Wattenscheid zwar unangenehm war, für Arning aber nicht minder. Denn mit seiner eigenen Nachtruhe war es auf jeden Fall vorbei, wenn er einen Feriengast in Obhut hatte. Stündlich musste er nachsehen, ob die Herrschaften noch lebten oder ob sie diesen oder jenen Extrawunsch hatten, etwa einen Spucknapf brauchten oder austreten mussten. In der kleinen, weißgetünchten Zelle der Polizeistation war weder eine Toilettenschüssel noch ein Waschbecken untergebracht. Manche konnten nicht schlafen und steckten deshalb spaßeshalber die Matratze in Brand, ach, es gab allerlei Möglichkeiten für Scherze, mit denen sie sich und ihm zu später Stunde die kostbare Zeit vertrieben.

Zugegeben, manchmal waren es auch die Insulaner, die ihn auf Trab hielten. Etwa wenn sie im Siegestaumel über ein gewonnenes Fußballspiel ihrer Mannschaft schier aus dem Häuschen gerieten und so lange randalierten, bis das gesamte Mobiliar ihrer Kneipe zu Bruch ging, der eigenen Kneipe, versteht sich. Ein paar begeisterte Italiener hatten das im vorigen Sommer nach dem WM-Sieg fertiggebracht. „Wegen Inventarmangel geschlossen“, hatte am nächsten Tag an der Tür gestanden. Das Tollste aber, was die Insulaner ihm je geboten hatten, war jener Vormittag gewesen, an dem man ihn mit abgefeimten Ablenkungsmanövern auf der Wilhelmstraße hingehalten und mal das Sohnemännchen, mal die Schwiegermutter vorgeschickt hatte, um ihn in ein Gespräch zu verwickeln, während alle anderen Familienmitglieder in Windeseile die angelandeten Adidas-Turnschuhe vom Strand geklaubt hatten, Strandgut, das in der Nacht bei schwerer See über Bord gespült worden war, mitsamt dem Container, in dem das Zeug von China nach Hamburg hatte transportiert werden sollen. Und als er dann endlich Wind von der Sache bekommen hatte und an den Strand geeilt war, hatten sie längst wieder daheim gesessen und es fertig gebracht, hinter seinem Rücken munter weiterzutelefonieren.

„Hast du einen linken Schuh mit roten Streifen in Größe 37 übrig?“ – „Tausche einen rechten blauen in 43 dagegen ...“

Oh ja, er kannte seine Pappenheimer und die Unschuldsmienen, die sie aufsetzen konnten. Aber alles, was sie unternahmen, war trotz allem immer noch harmlos gegen das, was die Touris verzapften. Manche von denen reisten dreist mit Schiffen oder auch Flugzeugen an, die nirgendwo gemeldet, für die nirgendwo Steuern gezahlt waren. Ein paar unversteuerte Zigarettenstangen fanden sich dann in der Regel auch noch an Bord, fielen aber, was die Höhe der unterschlagenen Steuern für den Fiskus anbelangte, kaum mehr ins Gewicht.

Arning drückte seine Frau noch einmal fest an sich. Ach, es wäre so schön gewesen ... Aber er müsste wohl schon einen Pakt mit dem Teufel schließen, um einmal in den Genuss eines ruhigen Wochenendes zu kommen.

Und tatsächlich, seine Befürchtungen sollten sich alsbald bewahrheiten. Noch während er sie sich gerade eingestand, nahm er aus dem Augenwinkel wahr, dass sich jemand seinem Haus näherte und energisch ans Küchenfenster klopfte.

„Erst noch zu Ende küssen“, hätte jetzt sicher der sympathische Kommissar im Fernsehen gesagt, dachte Manfred Arning.

„Erst noch zu Ende küssen“, sagte daher der sympathische Inselpolizist und ließ seinen Freund, den Kneipenwirt, einen Moment lang draußen warten.

Dann hörte er sich geduldig dessen hanebüchene Geschichte an. Und dann zog er seine Uniformjacke über, setzte die Mütze auf und begab sich mit Fredi zum Pfarrhaus.

„Warum sollte Frerich Frerichsen diese Frau ermordet haben?“, überlegte Arning, als die beiden an der Tür des Schlafzimmers im Pfarrhaus standen und gemeinsam das leere Bett betrachteten. „Der Mann ist Witwer – der hat doch nichts zu befürchten. In solchen Fällen räumt man höchstens den Ehemann aus dem Weg.“

„Ein evangelischer Pfarrer.“ Fredi zuckte mit den Schultern. „Die haben ihre eigenen Wertmaßstäbe. Jede Menge Schuldgefühle. Und jede Menge Marotten.“

„Ja, ja“, sagte Arning. „Aber gleich ein Mord?“

„Im Affekt? Wie hieß noch dieser Pfarrer – du weißt doch – da bei Braunschweig irgendwo – der seine Frau mit einer großen Messkerze erschlug.“

„Geyer, glaube ich. Mit einer Messkerze, sagst du? Wie kommst du darauf? Soweit ich mich erinnere, hat man die Tatwaffe nie gefunden.“

„Na, logisch. Die ist ja auch längst abgebrannt. Nämlich bei ihm in der Kirche.“

Fredi erinnerte sich jetzt wieder genau, es war einer dieser Fälle, die sie am Stammtisch aufgeklärt hatten, und zwar besser, als die Polizei es vermochte.

Arning zuckte mit den Achseln. „Wie gesagt, Frerichsen ist Witwer. Die Parallele mit Pastor Geyer zieht daher nicht.“

„Im Grunde glaube ich ja auch nicht, dass es Frerich war, der sie auf dem Gewissen hat“, beschwichtigte Fredi.

Da hätte er besser vor Jahren seine Olle umgebracht, fügte er in Gedanken hinzu. Aber diese Überlegung behielt er für sich. Auch wenn Arning ein noch so umgänglicher Zeitgenosse war, bei der Polizei wusste man schließlich nie, ob nicht eines Tages eine völlig unschuldige Äußerung doch noch gegen einen verwendet wurde.

„Es hat keinen Sinn, hier auf Frerich zu warten", meinte Arning. „Lass uns erst einmal in deine Kühlkammer gehen. Wer weiß, vielleicht ist sie ja auch eines ganz natürlichen Todes gestorben."

„Wieso hat man sie aber dann in der evangelischen Kirche ausgesetzt? Das allein ist doch mehr als verdächtig."

Insgeheim dachte Fredi, wie schade es war, dass sich die im Fernsehkrimi herrschende Emanzipation noch nicht auf der Insel durchgesetzt hatte. Im Fernsehen schickten sie zur Ermittlung immer die schicksten Frauen ins Rennen. „Lass uns in deine Kühlkammer gehen", was für ein Satz, würde eine vollbusige Blondine ihn äußern. Hingegen bot die Aussicht, sich mit Manfred Arning in die Kühlkammer zu begeben, nur das halbe Samstagvormittagsvergnügen. Aber umgekehrt, aus Arnings Perspektive, galt das sicherlich auch.

Kurz darauf hatten sie die *Kaschemme* am Kurplatz erreicht. Auf den Steinstufen, die hinab zur Kneipentür führten, wartete jemand auf sie. Friedlich saß er da, scheinbar in die Lektüre der *Ostfriesen-Zeitung* vertieft, und schaute erst auf, als Arning und Fredi direkt hinter ihm stehen blieben.

„Na endlich", sagte Frerichsen und faltete die Zeitung zusammen. „Ich habe mir schon Sorgen gemacht. Mein lieber Fredi, wo hast du denn so lange gesteckt?"

Ächzend erhob er sich, anscheinend war sein linkes Bein eingeschlafen, und streckte dem Polizisten von unten die Hand entgegen. Im Bruchteil einer Sekunde hatte er sich jedoch aufgerichtet und wirkte wieder überlegen und hoheitsvoll, als erteile er seinen Schäfchen von oben herab den allfälligen Sonntagssegen.

„Moin, Manfred."

„Moin, Frerich."

Manfred Arning sah aufmerksam ins Gesicht des evangelischen Pfarrers. Sicher, seine Augen waren arg gerötet, und die Tränensäcke darunter verrieten die zu kurze Nacht sowie eine nicht unbedingt gesund zu nennende Lebensweise. Ansonsten aber zeigte sich Frerich Frerichsen in einer bewundernswerten Verfassung. Man sah ihm die Aufregungen, die ihn zu dieser Vormittagsstunde vor die Tür der *Kaschemme* getrieben hatten, nicht an. Sein Händedruck war fest und entschlossen, die ganze Haltung bemerkenswert unaufgeregt.

Absolut keine Parallele zu Pastor Geyer, dachte Arning erleichtert. Es wäre ja nicht auszudenken, wenn der Mörder ausgerechnet der Pfarrer wäre. Er hatte vorhin nicht ernstlich an dessen Unschuld gezweifelt, aber so, wie Frerichsen jetzt vor ihnen stand, legte er für ihn beinahe seine Hand ins Feuer. Und auch sonst konnte er sich keinen Insulaner vorstellen, der hier seine Finger im Spiel hatte. Auch wenn er natürlich nach außen hin für alle Eventualitäten gewappnet sein musste und niemanden und nichts vorschnell aus seinen Überlegungen entlassen durfte – keiner von ihnen hätte doch wohl die Dreistigkeit besessen, die Leiche der schönen Brautmutter am hellen Tag oder auch Abend auf eine Bank in der evangelischen Kirche zu setzen. Das war doch unerhört! Eine derartige Unverfrorenheit, eine solche Blasphemie traute er keinem zu. Nein, dieser Fall war anders als alles, was er je gesehen und erlebt hatte. So einen Fall, das wusste Arning, bekam man nur einmal im Leben. Und entweder man löste ihn. Oder man vermasselte ihn. Eine zweite Chance würde man nicht bekommen.

Mit einem Gefühl gespannter Neugier folgte er den beiden anderen Männern ins Innere der Kneipe hinein.

3.

Zu viert saßen sie am Stammtisch in der *Kaschemme*, tranken mehr Kaffee, als gut für sie war und verdünnten ihn deshalb mit Cognac, rauchten, diskutierten, verwarfen, rauchten wieder und überlegten noch einmal alles von vorn. Zu Polizist, Pfarrer und Kneipenwirt hatte sich noch der Bestatter der Insel gesellt, Habbo Schwips, ein gut aussehender junger Mann mit vollem Haar, das er in einem Pferdeschwanz trug, und einem Piratenohrring im Ohr. In seinem zweiten Beruf war er Chef des Lebensretterteams am Badestrand. Es war diese doppelte berufliche Kompetenz, die Arning nach kurzer Beratung mit den beiden anderen Männern bewogen hatte, auch ihn einzuweihen und zu ihrer Besprechung hinzuzubitten.

„Eine denkbar schlechte PR für die Insel", sagte Habbo gerade. „Aber ich weigere mich zu denken, dass das ein Badeunfall gewesen sein könnte. So ein Fehler wäre meinen Mädchen und Jungs nicht unterlaufen. No way."

„Shark attack?", grinste Fredi.

„Wie bitte?", fragte Frerichsen.

„Ein weißer Hai wäre auch nicht gerade eine gute PR für die Insel", gab Arning zu bedenken.

„Jedenfalls keine Badetote", wiederholte Habbo.

„Reg dich ab", sagte Fredi. „Niemand hat dir die Schuld gegeben. Wir wollen nur ermitteln –"

Manfred Arning räusperte sich –

„Wir helfen nur Manfred dabei, herauszufinden, was mit Mary Gebhard geschehen ist. Du sagst, bei dir ist sie nicht schwimmen gegangen?"

„Ich kenn die Mary doch. Und die Mary kennt mich. Wenn die auf der Insel ankommt, schaut sie erst mal am Badeturm vorbei und sagt guten Tag. Aber sie war noch nicht angekommen."

„Angekommen ist sie, Herr Schwips", sagte Frerichsen ernst. „Nur ohne guten Tag zu sagen."

„Verdammte Kiste", sagte Fredi. „Das ist einfach ungerecht. Ausgerechnet diese lebenslustige Frau. Da hätte es mal besser ihre dröge Tochter erwisch –"

Ein warnender Blick des Pfarrers ließ ihn verstummen. Er begnügte sich damit, ein leises „Ist doch wahr …" vor sich hin zu brummeln. Dann konzentrierte er sich auf seinen Kaffeebecher und pustete missmutig über die Oberfläche der heißen Flüssigkeit.

„Offiziell war sie noch nicht auf der Insel", nahm Habbo Schwips den Faden wieder auf. „Von meinen Life-Guards hat sie niemand gesehen, ich hab, als ich euren Anruf erhielt, mit allen telefoniert. Und ich kann euch versichern, dass sie nur zu den Badezeiten schwimmen ging. Und zwar am Hauptbadestrand. Das war eine, die wollte gesehen werden, die hat sich nicht heimlich, still und leise im Dunkeln bei Ebbe ins Wasser gemacht."

„War sie selbstmordgefährdet?", fragte Manfred Arning.

„Die doch nicht", sagte Fredi.

„Ich glaube es auch nicht", meinte Frerichsen. „Dazu scheint sie mir nicht der Typ gewesen zu sein. Zumal so kurz vor der Hochzeit der ältesten Tochter."

„Vielleicht gerade da", insistierte Arning. „Deutlicher kann man der Mutter nicht zeigen, dass sie zum alten Eisen gehört."

„Papperlapapp", sagte Fredi. „Die Marion war kein altes Eisen. Selbst jetzt noch nicht – schau sie dir doch bloß mal an …"

„Wirklich faszinierend", bestätigte Habbo, der es von Berufs wegen ja wissen musste. „Im Mittelalter hätte man sie für eine Heilige gehalten, so wie sie sich gehalten hat. Die heilige Marion, Schutzpatronin aller Wasserleichen! – Entschuldigung, Herr Pfarrer, ich wollte nicht pietätlos sein", fügte er mit einem Blick auf Frerichsen hinzu. „Übrigens, noch etwas spricht gegen die Selbstmordthese. Diese Kandidaten werden in der Regel vermisst. Von der Familie oder sonst jemandem. Allein die Tatsache, dass noch niemand sie vermisst gemeldet hat, spricht an sich doch schon Bände."

„Seh ich auch so", bestätigte Arning. „Wie wir es auch drehen und wenden, wir müssen wohl von einem Verbrechen ausgehen. Von Vorsatz. Und von Mord. Ich kann jetzt aber nicht hingehen und aufs Geratewohl Herrn Gebhard oder eine der Töchter verhaften. Oder den Schwiegersohn. Was immer ich mache – sobald ich offiziell anfange zu ermitteln, ist der Mörder gewarnt und geht wahrscheinlich in Deckung. Und abgesehen davon haben wir hier auf der Insel ein großes Problem. Die Frage ist, ob wir in diesem Fall nicht besser zu einer anderen Methode greifen."

Erst einmal griff er zu einer neuen Zigarette und gönnte sich einen tiefen Zug.

„Und die wäre?", fragten Frerichsen und Fredi gleichzeitig.

„Ich meine eine ungewöhnliche, alle verblüffende Methode, mit der der Täter nicht rechnet und durch die er sich daher verrät. Irgendetwas wollte er doch bezwecken, als er sie zu dir in die Kirche brachte, Frerich. Aber wir werden ihm einen Strich durch die Rechnung machen."

Manfred Arning machte eine wirkungsvolle Pause. Als müsse er erst noch abwägen, was er in diesem Fall preisgeben und ob er sie einweihen dürfte. Aber dann erzählte er der Runde mit gedämpfter Stimme von seinem letzten Lehrgang in Aurich, bei dem ein pensionierter Kriminalhauptkommissar sie mit seinen höchst unkonventionellen Ermittlungsmethoden verblüfft und unterhalten hatte. Für einen Mordfall auf dem Gelände einer Autofirma hatte er vor Jahren spontan ein Partyzelt erstanden und über der Leiche errichtet, zu einer Zeit, als solche Zelte noch als extravagant und teuer gegolten hatten. Aber die weise Vorausschau sollte sich lohnen. Schon am Nachmittag hatte sich die Investition amortisiert, als eine Schlechtwetterfront über Ostfriesland hinwegzog. Ohne das Zelt hätten die Regenschauer alle Spuren verwischt und gewiss auch den Abdruck des Autoreifens mit sich fortgespült, der sich quer über der Brust des Ermordeten abgezeichnet hatte. Mit Hilfe des Zeltes aber hatte die Mordkommission die Spuren sichern, den Reifentyp recherchieren und schließlich den Fahrzeughalter des Mordautos – und somit den Mörder – ermitteln können.

„Ein Partyzelt würde in unserem Fall aber gar nichts nützen, Manfred“, monierte Frerichsen. „Das brauchen sie höchstens heute Nachmittag im Garten vom *Achterdiek*, sollte das Hochzeitswetter nicht halten.“

„Was sagst du da, Frerich? Das bringt mich eventuell auf eine Idee“, sagte Arning. Bereits seit einer Stunde trug er sich mit dem Gedanken, den pensionierten Kollegen in Aurich anzurufen und telefonisch um Rat zu bitten. Aber plötzlich war ihm, als würde ihm auch ohne dessen Hilfe etwas einfallen. Er spürte, dass er ganz kurz davor war, den rettenden Einfall zu haben. „Lasst uns erst einmal unsere Ergebnisse resümieren“, schlug er vor.

„Wir gehen davon aus, dass Marion Gebhard ermordet wurde.“

„Und dass der Mörder sich unter den Gästen befindet.“

„Wollen wir's hoffen“, seufzte der Inselpolizist.

„Vielleicht ist der Mörder aber auch zu Hause geblieben?“, überlegte Habbo.

„Wie soll das angehen, wenn die Leiche hier auf der Insel ist?“, fragte Frerichsen.

„Er kann sie von einem Schiff aus über Bord geworfen haben.“

„Ja, Habbo hat recht, sie kann sonstwo ins Meer geworfen worden sein, diese Möglichkeit müssen wir in Betracht ziehen.“

„Gestern muss er auf der Insel gewesen sein, sie ist schließlich nicht alleine in die Kirche gekrochen.“

„Oder er hat einen Komplizen.“

„Die Rede ist hier immer von einem *Er*“, kritisierte Frerichsen. „Seit sogar die Bibel in politisch korrekter Übersetzung auf dem Markt ist und der liebe Gott möglicherweise eine Frau, müssen wir uns daran gewöhnen, dass es sich beim Täter auch um eine *Sie* handeln kann.“

„Er oder sie – egal, auf jeden Fall glauben wir nicht, dass einer von uns dahintersteckt.“

„Warum sollten wir unsere Gäste ermorden?“

„Na, dafür gäb's schon den einen oder anderen Grund.“

Alle lachten. Fredi schenkte Cognac nach.

„Ich mein, ist doch nicht mehr feierlich, was die uns manchmal zumuten. Wohl bekomm's."

„Manchmal verspüre ich einen richtigen Ekel", gab Arning zu. „Allein diese ganzen Krimiautoren, die hier auf der Insel wildern. *Tatort Töwerland*, wenn ich das nur schon höre."

„Na ja, denen fällt eben bei ihnen daheim nichts mehr ein."

„So einen schönen Namen wie Habbo Schwips findet keiner von denen im Telefonbuch."

„'Du sollst aus deinem Herzen keine Mördergrube machen', so steht es geschrieben. Ich sollte darüber einmal eine Predigt halten."

„Gute Idee. Und aus unseren Dünen sollen sie keine Müllgrube machen, oder aus unserem Badestrand. Darauf könnten Sie die bei der Gelegenheit dann auch einmal hinweisen."

„Ist echt eine Sauerei, wie sie ihren Dreck bei uns abladen."

„Und ihren Seelenmüll! Ewig müssen sie uns mit ihren Problemen belatschern. Egal, ob in Clemens Horstkötters Beichtstuhl oder bei dir im Pfarrhaus oder bei mir hier am Tresen."

„Und nun sollen wir uns auch noch mit ihren Leichen herumschlagen? Nee, nee, so läuft das nicht. Wohlsein, Männer!"

Sie klickten ihre Gläser aneinander und tranken.

„Sollen die ihre Entsorgungsprobleme doch selber lösen."

„Wie man liest, sind die Bestattungskosten auf dem Festland drastisch gestiegen."

„Die anonymen Begräbnisse nehmen zu."

„Hähä, du meinst, das war einfach nur eine anonyme Seebestattung, um Geld zu sparen? Klingt ja bannig romantisch."

„Und denn ganz ohne kirchlichen Segen."

„Nu mach aber mal halblang, Frerich. Welcher Mörder bittet schon den Pfarrer hinzu, um noch einen Segen zu spenden?"

Frerichsen guckte den Polizisten mit leichtem Silberblick an. Der Alkohol entfaltete seine Wirkung.

„Was ist nun mit deiner ungewöhnlichen Ermittlungsmethode, Manni?", flüsterte er.

„Schenk erst noch mal nach, Fredi. Und dann passt mal auf."

Sie steckten ihre Köpfe zusammen und lauschten dem ungewöhnlichen Vorschlag, den Manfred Arning ihnen unterbreitete. Ab und an brachen sie gemeinsam in Gelächter aus, hie und da äußerte einer von ihnen Bedenken.

„Aber, das geht doch –", stammelte Frerich Frerichsen; das „nicht" war ihm im Hals stecken geblieben.

4.

Nach dem Frühstück hatte sich Claire wieder einmal auf die Schönheitsetage des Hotels zurückgezogen. Sie bedurfte dringend einer Maniküre, um zu retten, was noch zu retten war. Zwar hatte sie sich als Kind vor den künstlichen Fingernägeln ihrer Mutter, diesen blutroten Krallen, für die man einen Waffenschein brauchte, immer ein wenig gefürchtet, und später war die Furcht, von Mamas Krallen gekratzt oder sonstwie verletzt zu werden, einem allgemeinen Ekel gewichen. Aber angesichts ihrer abgeknabberten und abgefeilten Fingerspitzen schien ihr ein bisschen Künstlichkeit nun doch das kleinere Übel zu sein. Und wenn alles um sie herum zusammenbrach, so wollte sie erst recht die Fassung bewahren.

Ihre Stimmung entsprach so gar nicht der Idee, dass heute der glücklichste Tag ihres Lebens sein sollte. In dieser Feier steckte der Wurm, es half nichts, sich darüber weiter etwas vorzumachen und die eigene Verwirrung, ja Verzweiflung zu leugnen. Und vielleicht war das allgemeine Chaos nur ein Hinweis darauf, dass auch in der speziellen Verbindung mit Corbet ein Konstruktionsfehler steckte. Lange genug hatte sie verdrängt, dass sie dem Mann, in dessen Hände sie ihr Lebensglück legen wollte, misstraute und allen Ernstes ein Techtelmechtel ihres Verlobten mit Ivonne – ihrer eigenen Schwester! – befürchtete; offenbar war sie genauso eine Meisterin im Verdrängen – sie nannte es freilich Haltung – wie Papa, der seit Jahren die Augen vor den zahllosen Affären seiner Frau verschlossen hatte.

Und nun musste sie Corbet darüber hinaus noch einer ganz anderen Untat verdächtigen, einer so ungeheuerlichen Tat, dass jedes Anbandeln mit Ivonne dagegen sogar noch verblasste.

Während sich die Kosmetikerin ihrer verwahrlosten Hände annahm, wäre Claire mehrmals beinahe in Tränen ausgebrochen. Wie liebevoll die junge Frau ihre Hände massierte. Es tat so gut – und machte ihr zugleich ihre Einsamkeit noch schmerzlicher deutlich. Am liebsten hätte sie der anderen ihr Herz ausgeschüttet, sich alle Sorgen und Ängste von der Seele geredet. Aber es gelang ihr, sich zurückzuhalten und die Tränen hinunterzuschlucken. Es hatte keinen Stil, die Mitmenschen mit den eigenen Kümmernissen zu behelligen. Bestimmte Dinge im Leben musste man mit sich alleine abmachen. Wie üblich würde sie sich ein Vorbild an ihrem Vater nehmen, den man auch nicht fragte, woher er die Kraft nahm, wenn er kein Wort über seine Gefühle – oder auch nur die offenkundigen Tatsachen – verlor.

Welche andere Möglichkeit bliebe ihr denn auch? Jede normale Frau hätte sich zu ihrer Mutter geflüchtet, wenn der Partner Anzeichen für Untreue aufwies. Aber Mama war nie für sie da gewesen, hatte ihr nie mit Rat und Tat zur Seite gestanden. Sie war eben nicht der mütterliche Typ, der einem das Herz wärmte und Trost spendete und ihre Mädchen fürsorglich unter ihre Fittiche nahm; die Möglichkeit, sich mit ihrer Eifersucht an die Mutter zu wenden, hätte nie bestanden, auch nicht unter normalen Umständen, daran bestand kein Zweifel. Und die andere wohl allgemein übliche Alternative, nämlich Zuflucht bei der Schwester zu suchen, kam in ihrem Fall erst recht nicht in Betracht.

Andere, glücklichere Frauen hätten in solch einer ausweglosen Situation wenigstens noch Trost bei ihren Freundinnen gefunden. Aber Claire hatte sich mit ihren alten Schulfreundinnen rein gar nichts mehr zu sagen. Wenn sie das Kleeblatt nur sah, wurde ihr schon schlecht. Dieses alberne Getue. Ihre neidischen Blicke. Eher würde sie sich die Zunge abbeißen, als dass sie Eva, Franziska oder Maike ihre intimen Sorgen erzählte. Diese Freundschaften hatten sich überlebt. Den Triumph, dass die drei sich über ihren Kummer, ihr Versagen das Maul zerreißen konnten, wollte sie ihnen nicht gönnen. Und deshalb würde sie es ihrem Vater gleichtun, die Zähne zusammenbeißen und die Dinge mit sich alleine abmachen. Und nicht nur ihre Eifersucht und die Kränkungen, die das Eheleben noch mit sich bringen würde, wollte sie tapfer überspielen. Sie würde auch so tun, als hätte sie ihre Mutter nie im Leben hier auf der Insel gesehen, weder gestern Nachmittag am Strand noch beim Abendkonzert in der Kirche.

Es war nicht nur der Stolz, der sie bewog, sich weiterhin so zu geben, als wäre alles in Ordnung. Es war auch die Unsicherheit über das, was geschehen war. Wie sollte sie diese absonderlichen Vorkommnisse denn auch interpretieren? Was war mit Mama geschehen? Sie war tot, das war das Einzige, was wohl eindeutig feststand. Aber aus für Claire unerfindlichen Gründen spukte sie auf der Insel herum. Tauchte mal im Strandkorb, mal in der Kirchenbank auf. Claire hatte vor Schrecken die Luft angehalten, als sie beim Verlassen der Kirche am gestrigen Abend plötzlich ihre Mutter dort sitzen gesehen hatte. Sie hatte gestutzt, gezögert, nicht gewusst, wie sie sich verhalten und ob sie zu ihr hinübergehen sollte. Aber bevor sie sich dazu überwinden oder überhaupt zu einem Entschluss aufraffen konnte, hatte Corbet ihren Arm ergriffen und sie zielstrebig an der Kirchenbank vorüber und hinaus aus der Kirche geführt. Einen halbherzigen Ansatz, sich von ihm loszumachen und zurück zu ihrer Mutter zu laufen, hatte sie zwar noch unternommen, aber entweder hatte Corbet das nicht bemerkt, oder er hatte ihren Versuch absichtlich ignoriert. Zielstrebig hatte er sie hinter sich hergezogen und war mit ihr auf schnellstem Wege ins Hotel zurückgekehrt. Nach so viel „Organspiel", so hatte er sich in seinem putzigen Deutsch ausgedrückt, brauche er unbedingt einen Drink.

Claire hatte nicht widersprochen und ausnahmsweise auch nicht sein fehlerhaftes Deutsch korrigiert. Ein andermal würde sie das gewiss nachholen und ihn auf den Unterschied zwischen einem Organ und einer Orgel hinweisen, was auf englisch ja beides „organ" hieß. „Organspiel" war missverständlich. Gestern aber war sie ihm nur zutiefst dankbar für seine Entschlossenheit gewesen, von der Kirche aus sofort an die nächste Whiskybar zu stürmen, mochte das Verhalten zunächst auch gefühllos erscheinen. Sie selbst hatte einen doppelten Scotch dringend nötig gehabt. Aber sie hatte auch nicht gewagt, Corbet auf die Erscheinung hin anzusprechen. Daher wusste sie nicht einmal, ob er ihre Mutter überhaupt gesehen hatte. Hatte er sie mit Absicht an der Mutter vorbei aus der Kirche gelotst, und wenn ja, aus welchen Gründen? Oder war er völlig unwissend gewesen, hatte die gruselige Erscheinung in der letzten Reihe nicht wahrgenommen? Letzteres würde bedeuten, dass er an den seltsamen Vorgängen unschuldig war.

Claire wusste nicht, ob sie das wirklich hoffen wollte.

Denn seine Unschuld konnte eine andere, schlimmere Wahrheit bedeuten. Irgendjemand hatte ihre tote Mutter erst in den Strandkorb und dann auch noch in die Kirche gesetzt. Und wenn es nicht Corbet gewesen war, wer war es dann, der dieses makabres Spiel mit ihnen – und Mama – trieb?

Wie und woran und vor allem, warum ihre Mutter gestorben war, daran wollte Claire jetzt nicht denken. So weit reichte ihre Kraft zur Zeit nicht, es gab da einen Punkt, an dem ihr Verstand die Mitarbeit versagte und ihr Vorstellungsvermögen streikte. Allein sich auszumalen, auf welche Art und Weise ihre Mutter vom Strandkorb ins Kirchenkonzert gekommen war, überforderte sie. Und dass sie alle nichts ahnend dort gesessen, der Musik gelauscht und keine Notiz von der Gastgeberin in der letzten Reihe genommen hatten! Aber was wusste sie, der eine oder andere hatte vielleicht doch Notiz genommen. Vielleicht war nur sie es, die mit ihren Gedanken ganz woanders gewesen war. Ihre heimlichen Ängste hatten sie während des Konzerts fest im Griff gehalten.

Warum aber rief niemand die Polizei? Papa musste doch endlich einmal eine Initiative ergreifen! Dass ihr Vater es bislang nicht getan hatte, war völlig unverständlich für Claire.

Es sei denn, er hatte selbst mit dem Tod oder dem Erscheinen ihrer toten Mutter zu tun! Aber konnte Papa in eine derart makabre Geschichte verstrickt sein?

Ach, es waren Fragen über Fragen, Sorgen über Sorgen, mit denen Claire sich gequält und die sie in der vergangenen Nacht wachgehalten hatten. Ihre Mutter hatte ja nicht in irgendeinem Strandkorb, sondern in dem der Eltern gesessen. War das nicht ein Indiz dafür, dass ihr Vater hinter allem stecken musste? Die Möglichkeit, dass er an diesem Schrecken beteiligt war, bot den Hauptgrund für Claires Entschluss, dass sie selber Stillschweigen bewahren wollte. Wenn es hart auf hart käme, würde sie für Corbet vielleicht nicht immer und unbedingt die Hand ins Feuer legen – ein schreckliches Eingeständnis in der Nacht vor der kirchlichen Trauung, über dessen Hintergründe und weitreichende Konsequenzen sie im Moment lieber nicht nachdenken wollte. Aber ihren heiß geliebten Vater konnte sie nicht verraten. Niemals. Auch wenn sie seine Beweggründe nicht verstand. Ihm würde sie die Treue halten, bis zum bitteren Ende, ganz egal, was geschah.

Und deshalb hatte sie sich gestern von Corbet mitziehen lassen und sich bald darauf an der Hotelbar im *Achterdiek* wiedergefunden. Corbet hatte zwei doppelte Whiskys für sie beide bestellt. Nach kurzer Zeit hatten sich weitere Gäste zu ihnen gesellt, so dass sich nicht mehr die Gelegenheit ergeben hatte, auf Mama – oder auch nur auf Corbets mögliches Verhältnis zu Ivonne – zu sprechen zu kommen. Es war seltsam, wie auf geheime Absprache hin hatten sich sämtliche Gäste so verhalten, als wäre überhaupt nichts Außergewöhnliches vorgefallen, so dass der Anblick ihrer Mutter in der Kirche im Laufe des Abends immer unwirklicher geworden war. Zunächst hatte Claire in der Erwartung geschwebt, ihre Mutter könnte plötzlich, einen giftgrünen Drink in der Hand, neben ihnen an der Bar sitzen, mit ihren aufgeplusterten Lippen am Strohhalm nuckeln und die ganze Gesellschaft schockieren. Mit jedem Schluck Whisky, den sie trank, hatte die Vorstellung an Bedrohlichkeit verloren, und später am Abend hatte sie beinahe schon gehofft, dass Mama plötzlich neben ihr säße. So nah hatte sie sich ihrer Mutter schon lange nicht mehr gefühlt.

Aber wenn die Phantasie sich wie Realität anfühlte, war die Realität vielleicht gar nicht wahr? Heute Morgen, in ihrem übermüdeten Zustand, musste sie erst recht an ihrer Wahrnehmung zweifeln. Hatte sie sich vielleicht nur eingebildet, dass sie Mama gesehen hatte? War in Wahrheit gar nichts passiert? Waren es nur ihre überreizten Nerven gewesen, die ihr einen Streich gespielt hatten?

Wie sie es auch drehte und wendete, sie kehrte immer wieder zur selben Ausgangsüberlegung zurück. Wenn sie doch nur jemanden hätte, mit dem sie sich austauschen könnte! Pro und

Contra erwägen, die Wahrnehmung überprüfen! Sie könnte auf Mutter und Schwester und alle Freundinnen zusammen gut verzichten, wenn nur ihr Großvater noch für sie ansprechbar wäre! Mit ihm hatte sie sich früher so gut verstanden, fast besser sogar noch als mit Papa. Aber seit seinem Schlaganfall war Opa Theo nicht mehr derselbe. Sicher, sie konnte ihm immer noch erzählen, was sie bewegte, konnte seine Hand halten und bei ihm sitzen, und sie spürte auch, dass er an ihr Anteil nahm, dass er sie liebte und durchaus verstand, auch wenn er stumm blieb, ja, stumm bleiben musste. Er war nicht aus Interesselosigkeit oder Gleichgültigkeit stumm. Aber trotzdem, das war das Problem, er selbst konnte sich nicht mehr verständlich machen, war in seinem Körper gefangen, und so war alle Kommunikation mit ihm zu einer Einbahnstraße verdammt. Und ihre Großmutter war leider keine Hilfe und konnte das Gespräch mit ihm nicht erleichtern, geschweige denn ersetzen. Im Gegenteil. Sie vermittelte nicht zwischen ihnen, sondern schirmte ihn ab und überwachte mit Argusaugen, dass man ihm nicht zu nahe kam, ihn nicht überforderte, wie sie sagte. Ach, Papas Mutter war eine starke, aber leider doch recht verbitterte alte Frau. Man musste nur aufpassen, dass man nicht auch so wurde. Es war Claires größte Angst. Hatte sie sich bislang damit getröstet, dass sie mehr nach den Männern in ihrer Familie kam, mehr ihrem Vater und Großvater ähnelte, so stand zu befürchten, dass die Ereignisse der letzten Tage sie ihrer Großmutter ein Stück näher gebracht beziehungsweise ähnlicher gemacht hatten, als sie sich wünschen konnte.

Aber immerhin waren Papas Eltern rechtzeitig auf der Insel eingetroffen. Gestern hatte sie kaum Gelegenheit gehabt, mit ihnen ein paar ruhige Worte zu wechseln. Gleich, sobald sie hier fertig war, wollte sie sich etwas Zeit für ihren Großvater nehmen. Vielleicht konnte sie ihn unter dem Vorwand, Oma Elfi entlasten zu wollen, in seinem Rollstuhl auf die Terrasse des Hauses schieben und vor dem Mittagessen noch ein halbes Stündchen dort mit ihm in der Sonne sitzen und plaudern. Und auch, wenn er zum Gespräch nichts beitrug, allein die

Nähe des alten Mannes würde sie beruhigen und ihre Durchhaltekraft stärken. Solange Mama nicht unversehens wieder irgendwo auftauchte, war alles gut. Und wenn es geschah, würde man weitersehen.

Claire blickte auf ihre Hände herab, die im Glanze neuer, silbrig lackierter Nägel prangten. Für den Bruchteil einer Sekunde schob sich ihr das Bild ihrer Hände, die mit Handschellen aneinandergefesselt waren, vor Augen. Noch während sie erschrak, dachte sie, dass die Farbe des Nagellacks hervorragend zum silbergrauen Metallicglanz der Handschellen passte. Dann riss sie sich zusammen und wünschte der Kosmetikerin noch einen schönen Tag.

5.

Auch Ivonne widmete die Stunden des Vormittags der Veränderung ihres Aussehens; allerdings war es ihr nicht, wie ihrer Schwester, um die Verbesserung desselben zu tun, sondern um eine drastische Verschlechterung mit allen momentan zu Gebote stehenden Mitteln. Nur durch eine radikale Abkehr von allem, was bislang schön und wichtig gewesen war, würde sie den Aufruhr ihrer Gefühle eventuell in den Griff bekommen und ihrer Unruhe, so hoffte sie, Herr werden können. Nun thronte sie auf dem Frisierstuhl in *Haar's Salon* und beobachtete mit grimmigem Triumph, wie ihr der Kopf rasiert wurde. Es hatte sie eine geraume Zeit und all ihre Durchsetzungskraft gekostet, bis sie die entsetzte Chefin des Salons davon überzeugt hatte, dass sie es ernst meinte.

„Aber das geht doch nicht! Das schöne Haar! Wollen wir nicht lieber …?“

Doch alle konstruktiven Vorschläge für Frisuren, die vorteilhafter aussahen als die von Ivonne geforderte Glatze, waren an Ivonnes Sturheit gescheitert. Es gab kein Pardon, die Haare mussten ab! Alle frühere Ähnlichkeit mit ihrer Mutter musste vernichtet und der schwarzseidenen Fülle und Lockenpracht der Garaus gemacht werden, erst mit einer Schere und dann mit dem Rasierapparat. Warum sie es so haben wollte, wusste Ivonne nicht genau. Sie fühlte nur, dass es sein musste und absolut richtig war. Vielleicht bedeutete es die Weigerung, in Zukunft weiterhin die Rolle der jungen, schönen, begehrenswerten Marion einzunehmen. Vielleicht wollte sie aber auch die hässliche alte noch übertrumpfen.

Noch hatte sich Ivonne nicht erholt vom Anblick ihrer Mutter am Vorabend beim Kirchenkonzert. Es war der Schock ihres Lebens gewesen. Und sie hatte sie doch gesehen, oder nicht? Oder war es nur ein Trugbild, eine Täuschung gewesen? Beim Aufwachen am Morgen hätte sie zu gerne geglaubt, sich alles nur einzubilden. Wie ein Spuk war Mama wohl ihnen allen erschienen. Aber das war eben typisch für diese Egozentrikerin; so schienen die Gäste zu denken. Erst ließ sie sich tagelang nicht blicken, ging rücksichtslos ihren eigenen Interessen nach, obwohl sie als Brautmutter doch gewisse Verpflichtungen hatte. Und dann spielte sie ihrer Familie einen derartigen Streich. Saß da, scheinbar bescheiden, ganz untypisch für sie, in der letzten Reihe beim Kirchenkonzert, ohne sich vorher zu melden, ohne irgendjemandem guten Tag gesagt zu haben, ja ohne auch nur irgendjemanden nach dem Konzert zu begrüßen, und das in einer Aufmachung, die jeder Beschreibung spottete. Wie würden sich die lieben Verwandten darüber noch die Mäuler zerreißen. Das pikierte Tuscheln hinter ihrem Rücken war gestern Abend nicht zu überhören gewesen. Aus dem zu schließen, was Ivonne aufgeschnappt hatte, dachten die meisten, dass Mama bei ihrem Shopping-Bummel in London oder Paris nicht fündig geworden war und endlich einsah, dass sie ihren Töchtern nicht ewig die Schau als die Schönste im ganzen Land stehlen durfte. Oder noch stehlen konnte. Und dass sie deshalb die Flucht nach vorn angetreten und beschlossen hatte, sich künstlich hässlich zu machen. Sie war ja fast nicht wiederzuerkennen gewesen, so verunstaltet sah sie aus. Abstoßend geradezu. Mein Gott, war das peinlich. Wie konnte die schöne Marion sich so gehen lassen!

Ivonne hatte deutlich die Verachtung in den Augen der anderen gelesen, als sie teils besorgte, teils entrüstete, aber immer diskrete Blicke gewechselt hatten. Natürlich war es eine anerkannte Tatsache, dass alle Schönheit vergänglich war. Aber doch nicht in dieser übertriebenen Weise! Seit dem letzten Familientreffen musste Mary sich ja völlig der Verwahrlosung anheim gegeben haben. Welche Unverfrorenheit, sich in einem solchen Zustand vor allen Leuten blicken zu lassen. Wäre sie in ihrem Suff doch besser zu Hause geblieben. Seine Frau hatte dem armen Armin und seinen Töchtern im Laufe ihres Lebens ja schon einiges zugemutet, aber dieser Auftritt gestern Abend setzte allem die Krone auf. Die Frau kannte einfach kein Maß.

Und dazu noch dieser schier unglaubliche Duft. Das ganze Konzert über hatte man sich ja schon über den Moddergeruch gewundert, der in der Luft lag, erst beim Verlassen der Kirche aber hatten die meisten gemerkt, aus welcher Ecke er stammte. Ausgerechnet Marion, die nun wirklich am Eau de Toilette nicht sparen musste und genügend Kleingeld für große Flaschen Chanel No. 5 zur Verfügung hatte, hatte gestunken wie – nun ja, mit Verlaub, wie ein ganzes verfluchtes pubertierendes Pfadfinderlager; auf diesen Begriff hatte Onkel Ernst es gebracht.

Ivonne war es gelungen, ihrem ersten Impuls zu widerstehen und nicht zur Mutter zu laufen und ihr gründlich die Leviten zu lesen. Oder ihr den Kopf zu waschen, wie sie jetzt kichernd dachte. Dazu ließe sie sich vor Zeugen doch nicht herab, und erst recht nicht in einer Kirche. Stattdessen war sie – in gebührendem Sicherheitsabstand, versteht sich – Corbet und Claire in die Hotelbar gefolgt, wo sie mit den Schulfreundinnen ihrer Schwester an einer Sitzecke am Fenster Platz genommen und gemeinsam mit ihnen ausgerechnet eine *Bloody Mary* hinuntergekippt hatte. War diese Bestellung eigentlich Franziskas oder Maikes Idee gewesen? Egal, nach wenigen Schlucken schon hatte sie den Alkohol gespürt und war nach einem weiteren Glas reichlich angetrunken gewesen. Den Rest des Abends hatte sie in der Furcht verbracht, Mama könne in ihrer neuen Rolle als Nachtgespenst jeden Moment in der Bar auftauchen. Nicht auszudenken! Sie konnte bekanntlich ganz schön herumpöbeln, wenn sie besoffen war oder sonstwie in Fahrt kam. Aber ihre Mutter hatte wohl selbst eingesehen, dass sie ins Bett gehörte – diese freundliche Bemerkung hatte Claires Freundin Eva ihr nicht erspart. Oder hatte sich der Brautvater seiner Frau erbarmt und seine Mary heimlich, still und leise auf ihr Zimmer gebracht? Vielleicht mit Unterstützung seiner praktisch veranlagten und, wie jeder sah, immer noch recht beherzten und rüstigen Mutter? Sie musste mit dem Großvater ja sowieso den ebenerdig gelegenen Lieferanteneingang an der Seite des Hauses benutzen und ihn in seinem Rollstuhl hinten über die Terrasse durch den Speisesaal in die Hotelhalle schieben; hatte man sich vielleicht Großvater Theos Rollstuhl für seine besoffene Schwiegertochter geborgt?

„Wer weiß, welche liebe Not – ach nein, lieb ist ihm diese Not gewiss nicht – welche Not dein Vater heute Nacht noch mit seiner Frau haben wird, welche Szenen einer Ehe sie ihm womöglich noch liefert?“

So hatte Eva mit spitzer Zunge gelästert. Und Franziskas Bemühen um tröstliche Worte war auch nicht besser gewesen.

„Vielleicht ist ja noch alles zu retten. Man kann wohl davon ausgehen, dass sich die Brautmutter morgen zusammenreißt. Man muss sie nur in Ruhe ihren Rausch ausschlafen lassen.“

Ach, der arme Papa! Gleich, wenn sie hier fertig war, wollte Ivonne ihn aufsuchen und ihm ihre Hilfe anbieten. Allerdings stand zu befürchten, dass er bei ihrem Anblick einen noch größeren Schock erlitt als beim Anblick seiner Frau am gestrigen Abend. Im Spiegel blickte ihr aus großen, dunkel umschatteten Augen ein fremdes Wesen entgegen. Als fühlte sie sich durch ihren eigenen prüfenden Blick ertappt und bis auf den Grund ihrer Seele durchschaut, senkte Ivonne den Kopf und starrte auf den Boden, auf dem sich ihre abgeschnittenen Haare in üppigen Kringeln häuften.

„Wollen wir nicht wenigstens den Rest hier an der Seite stehen lassen?“, flehte die Friseurin, die Ivonnes Augen gefolgt war. „Das wäre doch wenigstens ein Blickfang. Und ein Anfang fürs Wachsenlassen.“

Mit beiden Händen raffte sie eine letzte Haarsträhne über dem Ohr zusammen und hielt sie geschickt hoch.

„Solche asymmetrischen Frisuren waren vor ein paar Jahren der letzte Schrei. Erinnern Sie sich noch? Irgendwann kommt die Mode wieder. Ein paar Ihrer Partygäste machen es Ihnen vielleicht bald schon nach.“

„Nein, ich sagte doch, ich will's runter haben!“, bestimmte Ivonne. „Ritsch-ratsch, ratz-fatz! Alles!“

Nachdem sie dies mit Nachdruck erklärt hatte, lehnte sie sich zurück und schloss erschöpft die Augen. Sie würde sie erst wieder öffnen, wenn die Chefin mit ihrem Werk fertig war, das schwor sie sich, denn wenn sie auch im Moment die Coole herauskehrte – sie hatte eine Heidenangst vor dem, was sie im Spiegel sah.

6.

Nachdem sie *Haar's Friseursalon* in der Wilhelmstraße verlassen hatte, wollte Ivonne eigentlich an den Strand gehen. Sich den Kopf vom Wind gründlich durchpusten lassen, um sich auch innerlich von allen störenden Gedanken und den Altlasten ihrer Familiengeschichte ein für allemal zu befreien. Nicht nur Claires Leben sollte sich mit diesem Wochenende gründlich ändern. Auch sie würde sich rundum erneuern. Aber das leichte Jucken im Nacken, das von den vielen kleinen abgeschnittenen Härchen herrührte, die trotz des Frisierumhangs in den Ausschnitt ihres T-Shirts geraten waren, sowie die befremdliche Kühle am Kopf ließen sie ihren Entschluss kurzfristig ändern. Zudem hatte sie immer noch den Geruch der Enthaarungscreme in der Nase, mit der man ihren Kopf zu guter Letzt behandelt hatte. Eine frische Dusche und eine Runde im Hotelschwimmbad würden ihr Erneuerungswerk unterstützen. Sie machte kehrt Richtung Hotel und lief auf dem kurzen Stück hinüber zum *Achterdiek* prompt ihren Großeltern in die Arme. Zielstrebig schob Elfi ihren Theo im Rollstuhl die Wilhelmstraße entlang, um das Stündchen vor dem Mittagessen mit ihm beim Kurkonzert zu verbringen. Die Alte erkannte ihre Enkeltochter zunächst gar nicht. Ivonne musste sich ihr direkt in den Weg stellen und sie mehrmals mit lauter Stimme anrufen: „Ich bin's doch, Großmama!", bis Elfi Gebhard zögernd zu erkennen gab, dass dieses außerirdische, glatzköpfige Wesen sie vage an jemanden erinnerte, den sie kannte.

„Marion?", fragte sie mit zittriger Stimme. „Bist du das? Was ist mit deinen Haaren passiert?"

Die Fragen waren allerdings rhetorisch gemeint, denn Elfi setzte ihren Weg fort, ohne eine Antwort abzuwarten. Nach dem gestrigen Abend glaubte offenbar auch sie, an Halluzinationen zu leiden. Ivonne bemerkte, wie ihr Großvater versuchte, auf sich aufmerksam zu machen und seine Frau mit kraftlosen Gesten und unartikulierten Lauten zum Anhalten und, nachdem sie sich einige Schritte von Ivonne entfernt hatten, auch zum Umkehren zu bewegen. Aber entweder bemerkte sie seine hilflosen Zeichen nicht, oder sie wollte sie nicht bemerken. Was für eine schreckliche Situation, dachte Ivonne. Das musste doch die Hölle auf Erden sein. Derart abhängig zu sein von der Gunst und dem Verständnis anderer Leute! Der arme Mann! Und die arme Frau, nicht zu vergessen, die schließlich auch nicht mehr die Jüngste war und deren ganzes Leben sich nun in der Fürsorge für ihren Mann erschöpfte, deren restliche Lebenskraft sich in aufopferungsvoller Pflege verbrauchte! Die Vorstellung allein, dachte Ivonne, war doch schon Grund genug, nicht zu heiraten. Schrecklich, wenn man, bloß weil man anno dunnemals in einen passablen Jüngling verliebt gewesen war, sechzig Jahre später einem schlecht gelaunten alten Sack den Hintern abputzen sollte. Nein, solche Mühe und Plackerei würde sie sich ersparen.

Aber dennoch – oder gerade deswegen – konnte sie sich einstweilen in der Ausübung von ein bisschen Nächstenliebe gefallen.

„Warte doch, Oma Elfi“, rief sie ihrer Großmutter hinterher. „Soll ich dir schieben helfen?“

Elfi setzte ihren Weg unbeirrt fort und tat, als ob sie Ivonnes Rufen nicht gehört hätte.

„Auf deine Hilfe kann ich wohl verzichten, Marion“, murmelte sie leise vor sich hin. „Du täuschst mich nicht mit deiner Freundlichkeit. Ist doch alles von Grund auf verlogen. In Wahrheit willst du dich an Theo ranmachen. Aber ich habe dich seit langem durchschaut.“

Der arme Armin war ja nun einmal auf diese Person hereingefallen. Schlimm genug. Aber ihren Theo würde sie vor deren Klauen beschützen, so wahr sie Elfriede Gebhard war und solange sie es vermochte. Aber seltsam, warum hatte Marion sich die Haare kupiert? Oder war sie in Wahrheit seit Jahren mit einer Perücke herumgelaufen? Hatte der Wind die Lockenpracht, die sie immer so stolz zur Schau getragen hatte, schon an der Hafenmole ins Wasser geweht? Oder hatte Ekke Nekkepen, der Gott der Nordsee, ihr beim Plantschen im Meer die Perücke geklaut?

Gekaufte Locken, dachte Elfi verächtlich. Sie selbst hatte feines, silbrigweißes Haar, das mit den Jahren immer dünner wurde. Seit einiger Zeit war sie daher dazu übergegangen, ein künstliches Haarteil im Nacken zu tragen, einen kleinen, adretten Dutt, um den sie wickelte und sodann mit Nadeln befestigte, was noch an eigenem Haar verblieben war. Er verlieh ihr das Aussehen einer typischen Bilderbuchoma. Zwar war sie eine Freundin natürlicher Anmut und hatte ordinäre Ersatzteillager-Schönheit stets abgelehnt. Aber einmal im Leben durfte man wohl eine kleine Ausnahme machen. Und was war ein bescheidener Dutt, nur mal so als Beispiel genommen, gegen zwei angeberische Brüste aus Silikon?

„Nicht wahr, Theo, wir brauchen sie nicht. Ich kann dich noch gut alleine schieben."

„I –wo – iwnnn –"

Mit ein bisschen gutem Willen war es selbst für einen Außenstehenden nicht allzu schwer zu verstehen, was Theo Gebhard ihr mitteilen wollte. Und an gutem Willen mangelte es auch Elfi ja nicht. Aber auch sie war mit den Jahren etwas schwerhörig geworden. Und deshalb schritt sie weiter Richtung Kurplatz voran, ohne innezuhalten. Und ohne darauf zu achten, was ihr ehemals so schneidiger Mann, der früher im Freundeskreis der Gepard genannt worden war, ihr dringend mitteilen wollte.

7.

Seit dem Frühstück lungerte Rüdiger in der Nähe des Hotels *Achterdiek* herum. Mehrmals schlenderte er, um sich den Anschein des müßigen Spaziergängers zu geben, die Wilhelmstraße in beide Richtungen herauf und herunter und machte auch hin und wieder eine Runde um den Häuserblock, nur um alsbald wieder in die Nähe des Hauses zu gelangen und von außen sehnsüchtige Blicke durch Fenster und Tür in die Eingangshalle zu werfen. Aber das Glück war nicht auf seiner – oder, so musste man es wohl auch sehen, Claires – Seite; von seiner Angebeteten weit und breit keine Spur. Ansonsten herrschte ein reges Kommen und Gehen, die Sonne lockte die Hochzeitsgäste an den Strand, aber der eine oder andere musste zwischendurch auch wieder aufs Zimmer laufen, um sich der Witterung gemäßer anzuziehen oder ein vergessenes Requisit für den Strand zu holen, ein Handtuch, die Badehose, die Bocciakugeln, Speckbretter und Bälle für muntere Spiele am Strand.

Nach einer Weile sah er eine alte Frau, wohl Claires Großmutter, die das Haus durch den seitlich gelegenen Lieferanteneingang verließ. Sie schob einen Greis im Rollstuhl vor sich her, dessen scharf geschnittene Gesichtszüge ihn sofort als Armin Gebhards alten Vater auswiesen. Und auch die Verwandtschaft mit Claire, die ihrem Vater ja wie aus dem Gesicht geschnitten ähnlich sah, war nicht zu verkennen.

Rüdiger beschloss, sich zur Abwechslung den alten Leuten an die Fersen zu heften. Es wäre zu auffällig, wenn er stundenlang vor dem Hotel herumhing. Vielleicht ergab sich eine Gelegenheit, um unverfänglich Kontakt zu Claires Großeltern zu knüpfen, und er käme auf diesem Wege näher an sie heran. Die junge Frau brauchte dringend Hilfe, und wer sollte sie ihr geben, wenn nicht er? Von ihrem windigen Bräutigam würde sie die Unterstützung, derer die arme Seele bedurfte, ganz gewiss nicht bekommen. Der hatte genug mit seinen eigenen Machenschaften zu tun.

Während er so seinen Gedanken nachhing, wäre Rüdiger beinahe mit einer Passantin, die ihm entgegen kam, zusammengestoßen. Er schreckte aus seinen Überlegungen hoch und sah sich mit einer grotesken Erscheinung konfrontiert, die aus dem Nichts auftauchend plötzlich direkt vor ihm stand und ihm den Weg versperrte. Der Anblick der Medusa mit ihren sich um ihr Haupt ringelnden Schlangenhaaren hätte ihn in keine größere Angststarre versetzen können als dieses kahlköpfige Wesen. Zwar wies dessen Figur durchaus eine gewisse weibliche Anziehungskraft auf, der völlige Mangel an weiblicher, Geborgenheit und Schutz verheißender Haarfülle und -tracht aber war dazu angetan, jeden noch so wohlmeinenden Betrachter in die Flucht zu schlagen. Das Schlimmste aber war, dass ihn das Gesicht dieses gynomorphen Geschöpfs fatal an das der toten Marion Gebhard erinnerte. Rüdiger erstarrte. Hier war die Strafe für all seine Sünden. Der Teufel suchte ihn heim. Gleich würde er in Frauengestalt versuchen, ihn für sich zu gewinnen. Wie würde der Böse es anstellen, wie ihn zu täuschen versuchen?

Während er sich unter Herzklopfen gegen die teuflische Überredungskunst zu wappnen versuchte, hatte sich der Glatzkopf längst von ihm abgewandt – wenn er ihn denn überhaupt eines Blickes gewürdigt hatte – und sich nach der alten Frau, Claires Großmutter, umgedreht. Er rief ihr etwas hinterher, unflätige, obszöne Worte vermutlich, von denen Rüdiger allerdings in seiner Aufregung kein einziges verstand. Er sah nur, wie die tapfere alte Dame ihre Schultern straffte und den Rollstuhl zielstrebig weiter in Richtung Kurplatz schob. Aber der dumme Tattergreis versuchte, sie daran zu hindern. Und wenn er auch mit einem Fuß, oder besser gesagt, mit einem Rad seines Rollstuhls im Grabe stand, dachte Rüdiger, Mann blieb Mann. Das hatte seine Mutter auch immer gesagt. Sein Geschlecht ließ sich einfach zu leicht in Versuchung führen. Nur gut, wenn man genügend innere Festigkeit und Stärke entwickelt hatte. Die schien dem alten Herrn allerdings zu fehlen. Unter sichtlicher Aufbietung all seiner Kräfte versuchte er mehrmals, die Hand zu heben, was ihm aber nur millimeterweise gelang. So schaffte er es nicht, den Rollstuhl zu stoppen und seine Frau zur Umkehr zu bewegen, zum Glück, denn das hätte die beiden direkt in die Arme des Versuchers geführt.

Auf der Stelle schloss Rüdiger die alte Frau vertrauensvoll in sein Herz. In ihr hatte er eine Verbündete im Kampf gegen das Böse gefunden. Endlich! Wieso hatte er nicht sogleich an die Großmutter gedacht? Sicher würde sie sich gemeinsam mit ihm ihrer Enkeltochter, dieser armen Sünderin, erbarmen? Rüdiger musste nur herausfinden, wo die tote Mutter, Marion Gebhard, inzwischen war. Ob Pfarrer Horstkötter gleich gestern Abend die Polizei alarmiert hatte? Oder vertraute er auf Gottes weisen Ratschluss und wartete ab, bis sich der oder die Schuldige stellte?

Noch einmal rief das monströse Geschöpf der alten Dame eine Drohung hinterher. Es klang wie „Wart nur, dir werd ich helfen!"

Rüdiger ballte die Rechte zur Faust, auch wenn ihm klar war, dass man den Teufel nicht mit primitiver Gewalt besiegte. Aber die von Herzen kommende Geste, Symbol männlicher Standfestigkeit, verfehlte nicht ihre Wirkung: Das Wesen, was oder wer immer es war, ließ von ihnen ab und blieb zurück, während er sich darum bemühte, von ihm fortzukommen und mit Großmutter Gebhards schnellem Tempo Schritt zu halten versuchte. Nur der unverständige Alte, der die Gefahr nicht erkannt hatte, sondern sich wie jeder dumme Junge zu ihr hingezogen fühlte, nuschelte immer noch unverständliches Zeug vor sich hin. Es hörte sich an wie „Wonne, oh Wonne".

Seine Mutter hatte wirklich recht gehabt. Dem alten Adam war nicht zu helfen. Immer wieder sah man es, dass Alter vor Torheit nicht schützte.

Keine fünf Minuten später hatten sie den Kurplatz erreicht. Mit zittrigen Beinen ließ sich Rüdiger auf einer Bank schräg hinter Großmutter Gebhard nieder, die für ihren Mann und sich einen Platz in den vorderen Reihen gewählt hatte, mit guter Sicht auf die Muschel, in der das Kurorchester aufspielte. Sein Herz klopfte wie wild, er musste die Augen schließen, tief ein- und ausatmen und zusehen, dass er sich irgendwie wieder beruhigte. Aber als er sich halbwegs wieder gesammelt hatte und seinen Blick auf das Kurorchester richtete, das die Zuhörer mit einem flotten Tango erfreute, tat sein Herz erneut einen Sprung. Da war sie, die schöne Unbekannte, der er beim Fronleichnamszug bis zur Hugo-Droste-Straße gefolgt war. Und er hatte ihr zu Höherem berufenes Wesen richtig erkannt, weder war sie ein Stubenmädchen noch als Souvenir- oder Eisverkäuferin tätig. Denn da stand sie, die zarte Blonde, die Geige anmutig unters Kinn geklemmt und mit dem gesamten schlanken Körper ihrem Spiel hingegeben. Eine Musikerin! Stehgeigerin zwar, aber das war vielleicht nur eine Übergangslösung, ein Job in den Sommerferien, eine Möglichkeit, falls sie noch in der Ausbildung war, um auf anständige Weise Geld zu verdienen. Natürlich konnte man nicht sogleich bei den Wiener oder Berliner Philharmonikern starten. Trotzdem, die Frau brauchte jemanden, der sich um sie kümmerte, das sah man ihr deutlich an, wie sie da auf der kleinen Bühne stand, schutzlos den Blicken des Publikums preisgegeben.

Sobald er mit Claire Gebhard fertig war, sie in der Obhut des Pfarrers – oder der Gerichtsbarkeit – wusste, würde er in Kontakt mit der tapferen Musikerin treten. Dass er sich zunächst noch um Claire zu kümmern hatte, verstand sich freilich von selbst. Das war er ihr – und sich selber – schuldig. Es entsprach nicht seiner Art, seine Christenpflicht zu vergessen und jemanden, der hilfsbedürftig war und dem vielleicht nur er helfen konnte, einfach im Stich zu lassen. Trotzdem spürte Rüdiger, wie sich in seinem Hinterkopf ein ungewohnter Gedanke formte. Ein kleines, vorwitziges Gefühl bemächtigte sich seiner, machte sich schon in ihm breit. Er wusste ja, dass er schon einige Seelenverwandte in seinem Leben erkannt hatte. Aber nun kam es ihm mit einem Mal so vor, als wäre er zum ersten Mal in seinem Leben wirklich verliebt.

Gebannt lauschte er dem Konzert. Die beiden alten Leute in der Reihe vor ihm hatte er bald vergessen.

8.

„Haben Sie gesehen? Das waren eben die alten Gebhards auf der anderen Straßenseite."

Normalerweise hätte Frerich Frerichsen die Straßenseite gewechselt und wäre zu dem alten Ehepaar hinübergegangen, um die beiden alten Leutchen, die er seit vielen Jahren als treue Kirchgänger kannte und schätzte, herzlich zu begrüßen und sich nach ihrem Befinden zu erkundigen. Aber entgegen seiner sonstigen Gewohnheit nickte er heute nur einen flüchtigen Gruß zu ihnen hinüber, ohne seine Schritte zu verlangsamen. Eine nähere Begegnung wäre ihm unangenehm gewesen. Nicht nur, weil Habbo Schwips und ihm im Moment sämtliche Hochzeitsgäste im *Achterdiek* suspekt und sämtliche Mitglieder der Familie Gebhard in höchstem Maße verdächtig sein mussten. Er hätte einfach nicht gewusst, was er Unverfängliches hätte sagen, was er mit der alten Frau hätte reden sollen. Und schön tun, lügen – oder oberflächliche Betrachtungen zum Wetter von sich geben – mochte er nicht.

„Wie lange sitzt der Alte nun schon in seinem Rollstuhl und muss von seiner Frau gepflegt werden! Das sind doch schon ein paar Jahre? Kein leichtes Schicksal", bemerkte Habbo Schwips, der Marion Gebhards Schwiegereltern ebenfalls vom Sehen kannte. Nachdem Manfred Arning ihnen und Fredi seinen Plan erläutert und die Männer die anstehenden Aufgaben unter sich aufgeteilt hatten, sollte nun die Umsetzung von Phase Eins erfolgen; deshalb begleitete Habbo Schwips den Pfarrer zu dessen Haus.

„Ja, sie ist eine tapfere Frau. Als er den ersten Schlaganfall hatte, lebte meine Gertrud noch."

„Und er ist ein tapferer Mann. Ich weiß nicht, ob ich die Geduld zu solch einem Dasein aufbrächte."

„Wenn es so weit ist, wird einem nichts anderes übrig bleiben, fürchte ich."

Schweigend setzten die beiden Männer ihren Weg fort. Kurz darauf fanden sie sich in Frerichsens Schlafzimmer wieder.

„Hier ist Gertruds Hälfte“, sagte der Pfarrer, während er eine Tür des noch aus Vorkriegszeiten stammenden, wuchtigen Kleiderschrankes öffnete. „Ich wollte ihre Sachen schon ein paarmal in die Altkleidersammlung geben, aber dann habe ich mich doch nicht dazu aufraffen können. Gucken Sie doch mal, ob Sie etwas Passendes finden.“

Er wandte sich ab, denn er wollte nicht, dass der andere seine Erregung bemerkte. Und er wollte auch nicht im Beisein des anderen den zarten Duft von verschwitzter Seide und verstaubten Lavendelkissen einatmen, der ihnen aus Gertruds Schrankhälfte entgegendrang. Wie oft hatte er schon hier gestanden und seinen Kopf in Gertruds Schutz geborgen, hatte sich immer tiefer hineingewühlt und geflüchtet in das Vergessen, das sie ihm hier immer noch gewährte. Was für eine Ironie des Schicksals aber, das Gertrud nun ausgerechnet ihrer Widersacherin, und war es auch nur ihre vermeintliche Widersacherin gewesen, diesen letzten Dienst erweisen sollte. Zwar hätte sie selbst wohl kaum darüber gelacht. Aber sie konnte nun auch nicht mehr gegen ihr Vorhaben protestieren.

„Dieses scheint mir ganz hübsch“, sagte der Bestatter vorsichtig.

„Nehmen Sie, was Sie brauchen“, bekräftigte Frerichsen.

Die Arme auf dem Rücken verschränkt, war er ans Fenster getreten und starrte hinaus.

Habbo Schwips zögerte, bevor er das in Frage stehende Kleid mitsamt dem Bügel aus dem Schrank nahm. Tellergroße rosa und violette Tupfen auf beige-geblümtem Untergrund waren vermutlich nicht unbedingt nach Marion Gebhards Geschmack gewesen. Aber ein blauer Faltenrock mit weißer Spitzenbluse erst recht nicht. Und auch nicht dieser grob gewebte, graumelierte Wollumhang, mit dem die Pfarrfrau an kühlen Herbstabenden dem Sturmwind getrotzt hatte. Habbo erinnerte sich mit leichtem Gruseln an die Pfarrfrau, eine düstere, verhärmte Gestalt mit einem verkniffenen Gesichtsausdruck und zusammengepressten Lippen. Bei ihrem Anblick, so hatte er manchmal gedacht, konnte sich jeder katholische Pfarrer freuen, dass er im Zölibat leben durfte.

Schnell schob er ein paar weitere Kleiderbügel zur Seite.

„Oder dies hier? Das könnte auch passen."

Er war auf ein schwarzes Seidenkleid gestoßen, das der verstorbenen Gertrud Frerichsen auf unzähligen Beerdigungen treue Dienste geleistet hatte und in Verbindung mit einem großen, bestickten Schal gelegentlich zu einem Abendkleid aufgepeppt worden war.

„Vielleicht, wenn wir noch eine Jacke dazu finden –"

„Da hatte sie so eine Art Stola dazu", bemerkte Frerichsen, der sich nun doch umgewandt und zu ihm hinübergeschaut hatte. „Die müsste da unten in der Schublade liegen. Und eine Handtasche findet sich vielleicht auch."

Habbo Schwips förderte einen schilfgrünen Schal zutage, an dessen Rändern sich ein hübsches Blumenmuster rankte, ähnlich den Tüchern, die die Insulanerinnen beim Volkstanz zu ihrer Tracht trugen. Glücklicherweise war es jedoch nicht mit den Initialen seiner Trägerin versehen, so dass sie es für ihren Zweck durchaus verwenden konnten.

„Und Sie sind sicher, Herr Pfarrer, dass Ihnen das Tuch nicht zu schade ist für unseren Sch – Schabernack?", fragte er.

„Nein, nein, nehmen Sie es nur, mein Lieber. Was soll ich damit noch anfangen? Ich habe ja weder eine Tochter noch eine Schwiegertochter, die ich damit beglücken könnte."

Und eine Geliebte erst recht nicht, wollte er noch ergänzen, verkniff sich die Bemerkung allerdings. Die Leute waren solche Scherze von ihm nicht gewohnt. Auch vorhin hatten sich die anderen Männer durchaus darüber gewundert, wie schnell und vorbehaltlos er Manfred Arnings Plan zugestimmt hatte. Das Erstaunen, dass der Pfarrer keine religiösen oder moralischen Bedenken geäußert hatte, war ihnen auf die Stirn geschrieben gewesen. Aber alles, was zur Aufklärung dieser schrecklichen Geschichte beitrug, musste erlaubt sein, und das hatte er ihnen auch deutlich gesagt. Aus dem gleichen Grund war es gut, wenn Gertruds Tuch noch diesem so wichtigen Zweck dienen konnte. Es stimmte ihn froh. Und doppelt froh sogar, weil es die schöne Marion war, die das Tuch auf diese Weise bekam. Im Übrigen würde ihr die Farbe viel besser stehen als seiner Gertrud, die doch immer zu einem blässlichen Teint geneigt hatte und eigentlich überhaupt kein so kräftiges Grün hätte tragen sollen.

„Ach, noch etwas." Habbo zögerte. „Ist von Gertrud möglicherweise irgendwo ein bisschen Make-up übrig geblieben, das wir verwenden könnten?"

Als Manfred Arning ihn beauftragt hatte, bei der schönen Marion zu retten, was noch zu retten war, hatte Habbo Schwips zunächst protestiert. „Wir sind hier doch nicht in Amerika!" Er war schließlich Bestatter und kein Maskenbildner. Und die Insulaner waren aufrechte, ehrliche Leute, die weder zu Lebzeiten noch im Tod irgendwelchen Schnickschnack mochten oder nötig hatten. Aber dann hatte Manfred Arning ihn überzeugt. Der Plan des Inselpolizisten war einleuchtend, und ein bisschen Spaß durfte auch einmal sein auf ihrem Eiland, zumal, wenn er einer guten Sache und der Gerechtigkeit diente. Also her mit dem Rouge, her mit der Wimperntusche! Die Frage, ob Gertrud Frerichsen ihnen etwas dergleichen hinterlassen hatte, erübrigte sich allerdings. Die Pfarrfrau mit ihrer praktischen Kurzhaarfrisur war eine auf Schlichtheit bedachte, brave deutsche Hausfrau gewesen, und als solche hatte sie weder geraucht noch sich geschminkt. Nicht einmal an einen dezenten Lippenstift konnte Frerichsen sich erinnern.

„Wir könnten Thomas Koch anrufen. Es geht auf Mittag, aber wenn wir Glück haben, erwischen wir ihn noch, ehe er seinen Laden dichtmacht. Sagen Sie ihm, er möge den Schminkkasten von seiner Theatergruppe auftreiben und so schnell wie möglich zu Fredi bringen. Und – zum Teufel mit dem Aberglauben, Habbo – aber geben Sie der Toten auch ein Sträußchen Rosmarin und eine Zitrone in die Hand. Bisschen Abwehrzauber kann schließlich nicht schaden."

Habbo nickte. Inzwischen wunderte er sich schon über gar nichts mehr.

„Geht in Ordnung, Herr Pfarrer. Und was soll ich Thomas Koch sagen, wenn er fragt, wofür wir die Schminke brauchen? Darf ich ihm die Geschichte verraten?"

„Nein, nein, lieber nicht. Je weniger Eingeweihte, desto mehr sind wir auf der sicheren Seite, dass unser Vorhaben auch gelingt. Und wer weiß, wer da zufällig gerade noch in der Buchhandlung steht und die Ohren aufklappt."

„Ist es nicht traurig? Da verkauft der gute Thomas Koch all diese Kriminalromane, die wer weiß wo spielen, in Hamburg oder Chicago, und ahnt nicht, dass sich einer direkt vor seiner Nase abspielt, ja, dass er selber in einem mitwirken kann."

„Tja, so ist das Leben, Habbo."

Frerichsen guckte den jungen Mann nachdenklich, aber auch ein wenig verschmitzt und erwartungsfroh an. Er wunderte sich über sich selbst, denn in dem Moment, als er dessen Vornamen aussprach, wurde ihm bewusst, dass er plötzlich nicht mehr das geringste Gefühl von Trauer in sich verspürte. Zum ersten Mal seit Jahren nicht mehr. Er fühlte sich wundersam leicht. Sobald der Bestatter mit Gertruds Sachen gegangen war, würde er sich eine Flasche Messwein aus dem Keller holen. Die letzte, dachte er, bevor er eine Fastenzeit einlegen würde. Und außerdem würde er eine große Plastiktüte holen und dann endlich daran gehen, Gertruds Schrank auszumisten. Es war an der Zeit.

Habbos nächste Frage riss ihn unsanft aus seinen Überlegungen, aber das störte ihn nicht.

„... welche Schuhgröße Gertrud hatte?"

Frerichsen hatte keine Ahnung, aber sie hatte sehr hübsche, zierliche Füße gehabt. Tanzfüße eigentlich. Und er konnte sich an ein paar entzückende Schnürstiefelchen erinnern, die hätten jedem Hochzeitsball alle Ehre gemacht. Habbo Schwips beobachtete ihn argwöhnisch, als befürchtete er, der Pfarrer werde gleich in ein hysterisches Kichern ausbrechen, aber Frerichsen tänzelte an ihm vorbei und lief die Treppe hinunter zum Schuhschrank, der sich unten auf der Diele befand. Er klappte das oberste Fach auf und zog zielsicher ein Paar Schuhe daraus hervor.

„Ruckediguh!", rief er begeistert und hielt dem anderen Mann die leicht ausgetretenen, dunkelbraunen Stiefeletten entgegen. „Notfalls müssen wir sie etwas aufschneiden, falls Marion nicht auf Anhieb hineinpassen sollte. Und wenn alles nichts hilft, können wir immer noch auf meine alten Gummistiefel zurückgreifen."

Habbo nickte skeptisch. Auch wenn die Füße der Pfarrfrau bei genauerem Hinsehen doch nicht so klein und zierlich gewesen waren, wie Frerichsen sie in Erinnerung hatte, würden die Stiefeletten Marion in ihrem jetzigen Zustand wohl kaum passen. Nun ja, auch er hatte noch ein Paar alter Moonboots im Keller stehen, auf die er zurückgreifen konnte. Feinsliebchen Marion Gebhard würde gewiss nicht barfuß zur Hochzeit gehen.

9.

„Guckt mal, der schmucke Erzengel! Ist er nicht süß, wie er so unermüdlich den Drachen besiegt? Hat ein bisschen Ähnlichkeit mit unserem Corbet, findet ihr nicht?"

Eva zeigte hinüber zur Vitrine, in der sich die Skulptur eines Heiligen Georg im Kampf mit dem Drachen befand. Nachdem sie am Vormittag getrennte Wege gegangen waren, hatten sich die Freundinnen vor dem Mittagessen zum Aperitif im Clubraum neben der Hotelbar eingefunden.

„Prost, ihr Lieben. Wer Freiheit liebt und Einigkeit, der trinkt auch mal 'ne Kleinigkeit!", zitierte Maike einen der Sprüche, die sie im Kronleuchter in der Bar auf einem Zettelchen entdeckt hatten. „Oh je, ich fürchte, wenn Richard gleich kommt, erkennt er mich nicht wieder. Ich passe schon gar nicht mehr in meine Hose hinein."

„Selber schuld. Warum wolltest du heute Morgen auch nicht zum Power Walking mitkommen!", sagte Eva. „Ich für mein Teil habe einen strammen Marsch zur Wilhelmshöhe gemacht und brauche für den Rest des Tages keine Kalorien zu zählen."

Sie reckte sich und tätschelte ihr Bäuchlein, das stramm war wie eh und je.

„Und, hat der Wirt dich auch gefragt, ob die Schorle bei ihm besser schmeckt als auf der Bill?"

„Dafür war kein Anlass, ich hab nur ein Wasser getrunken. Aber ratet mal, wen ich auf dem Weg dorthin getroffen habe."

„Claires Mutter", schlug Franziska vor und bereute die unbedachten Worte im selben Moment. Über Claires Mutter wollte sie wirklich nicht sprechen. Gestern Abend hatten sie schon viel zu viel über Marion Gebhard getratscht. Beruhigt stellte sie fest, dass es den Freundinnen genauso erging wie ihr.

„Etwas Besseres!", meinte Eva kühl. „Denn so, wie Marion gestern aussah, wollen wir sie wohl kaum bitten, einen Striptease aus der Hochzeitstorte hinzulegen."

„Sag bloß, du bist am FKK-Strand gewesen und hast dort Talente gesucht?"

„Oder – lass mich raten. Hast du etwa Corbet Stewart getroffen und ihn hinterm Goldfischteich noch einmal verführt?"

Allmählich ging es Maike auf die Nerven, wie sich Eva permanent aufspielen musste. Längst glaubte sie der Freundin nicht mehr alles, was sie ihnen erzählte. Aber genauso anstrengend war die Naivität, mit der Franziska alles, was Eva sagte und tat, nicht nur unhinterfragt hinnahm, sondern kritiklos bewunderte. Sobald sie Richard vom Schiff abgeholt hatte, würde sie auf Abstand zu ihren alten Freundinnen gehen. Merkwürdig, wie so ein Wochenende, auf das man sich gefreut hatte und zu dem man angetreten war in dem Gedanken, die alte Freundschaft wieder aufleben zu lassen, im Gegenteil gerade die Trennung besiegelte. Sie hoffte nur, dass sich noch einmal eine Gelegenheit fände, mit Claire unter vier Augen zu sprechen. Aber sie war sich nicht sicher, ob – und wie – sie das bewerkstelligen konnte. Claire lebte im Moment ja ganz in ihrer eigenen Welt, war fast nicht zurechnungsfähig. Nein, Claire mit ihrer so furchtbar verlebt aussehenden Mutter und diesem windigen – oder besser gesagt, sandigen – Bräutigam interessierte sie auch nicht mehr.

„Also passt auf, mir lief auf dem Hinweg zur Wilhelmshöhe am frühen Morgen eine gewisse Danuta über den Weg. Ihr erinnert euch an diese hübsche, junge Frau, die uns vorgestern bei der Fronleichnamsprozession auffiel? Als wir im Café im Januspark unseren Tee tranken, und sie lief draußen vor dem Fenster vorbei? Ich habe sie spontan für heute Nachmittag angeheuert, und sie hat zugesagt."

„Wie, du hast sie einfach angesprochen, und sie war gleich bereit, nackt aus der Torte zu hüpfen?"

Franziska war zugleich beeindruckt und gelinde entsetzt.

„Ja. Nein. Viel besser! Ich habe sie für ein Geigenständchen engagiert. Sie ist nämlich Musikerin. Spielt hier im Kurorchester. Und sie hat von *God save the Queen* und *Dat du min Leevsten bist* über die *Donauwellen* und *Wo die Nordseewellen trecken an den Strand* bis hin zum klassischen Hochzeitsmarsch alle wesentlichen Evergreens drauf. *I can't get no satisfaction* und *When I'm sixty-four* haben wir auch noch verabredet. Ein Potpourri eben. Die Kleiderfrage habe ich gar nicht angesprochen."

Eva lehnte sich entspannt zurück und genoss die Anerkennung der beiden anderen Frauen. Sie musste ihnen ja nicht auf die Nase binden, dass die patente Geigerin von sich aus auf die Kleiderfrage zu sprechen gekommen war und den Vorschlag gemacht hatte, für einen Hunderter mehr statt im kleinen Schwarzen in Jeans und BH zu spielen. Was sollte man Leuten schenken, die schon alles hatten? Oder sich alles kaufen konnten, was das Herz begehrte? Ein besseres Geschenk als einen solchen einmaligen Auftritt konnten sie Corbet und Claire nicht machen. Es sei denn, sie sangen selbst.

„Das ist wirklich eine schöne Idee", lobte Maike.

Ihr fiel ein Stein vom Herzen. Insgeheim hatte sie schon befürchtet, Eva und Franziska könnten ein hochnotpeinliches Projekt für die Feier aushecken, weiterhin an ihrer „Drei-Grazien"-Vorstellung festhalten, selber singen oder tanzen wollen und von ihr erwarten, dabei mitzutun. Eine Stehgeigerin schien demgegenüber einigermaßen harmlos zu sein.

„Und wie teuer ist diese Danuta? Ich meine, ist das als Geschenk nur von uns dreien nicht vielleicht ein bisschen übertrieben?", wollte Franziska wissen.

„Mach dir keine Sorgen wegen der Kosten", sagte Maike schnell. Jetzt bloß nicht wieder auf die billigere und selbstgemachte Variante zurückfallen! „Eva zahlt ein Drittel dessen, was sie verabredet hat, du gibst dazu, was du dir leisten kannst, und den Rest übernehmen Richard und ich."

„So machen wir es", stimmte Eva zu. „Schließlich ziehst du unsere zukünftigen Rentenzahler mit groß, Franzi. Dass es nicht mal deine eigenen Gören sind, macht die Sache nur umso härter."

„Ihr seid wirklich süß", sagte Franziska.

Maike atmete auf. Damit war das Problem mit dem Hochzeitsgeschenk ja bestens geregelt.

„Übrigens habe ich auch nicht auf der faulen Haut gelegen

heute Morgen“, sagte Franziska. „Ich war in diesem herrlichen Haushaltsladen und habe jede Menge Juister Brötchensägen gekauft. Seid vorsichtig, sie sollen superscharf sein und hervorragend schneiden. *Scharf wie die Insel*, heißt es. Jede bekommt eine von mir zur Erinnerung. Claire natürlich auch, für ihren neuen Hausstand.“

Franziska kramte in ihrer Handtasche und zog eine kleine Tüte daraus hervor, der sie vier handliche Messer mit verschiedenfarbigen Griffen entnahm, deren Schneiden in durchsichtigen Plastikhüllen steckten. Freudestrahlend legte sie vor jede der beiden Freundinnen ein Messer auf den Tisch.

„Bist du verrückt?“, fauchte Eva. „Du kannst uns doch keine Messer schenken. Das zerschneidet die Freundschaft.“

„Wie bitte?“

„Weißt du das etwa nicht? Da kannst du dich ja mit Ludwig zusammentun. Der wusste auch nicht, dass man keine Schuhe verschenkt – es sei denn, man will riskieren, dass einem die Frau davonläuft. Und man verschenkt auch keine Messer oder Scheren. Und erst recht keine Brötchensägen.“

Maike lachte.

„Aber das ist doch nur ein dummer Aberglaube, Eva. Ich freu mich darüber. Danke, Franziska. Eine nette Erinnerung.“

Sie nahm das vor ihr liegende Messer in die Hand, streifte die Hülle ab und fuhr mit dem Zeigefinger prüfend über die geriffelte Schneide. Was für ein seltsamer Zufall, dass Franziska ausgerechnet an dem Tag, in der Stunde, in dem Moment, als sich die Freundschaft der alten Schulfreundinnen ihrer Meinung nach endgültig überlebt hatte, mit einem solchen Geschenk aufwartete. Sie würde die Brötchensäge in Ehren halten als Symbol eines Abschieds, Andenken an das Ende ihrer Freundschaft. Fast konnte man glauben, Franziska hätte ihr Souvenir ganz bewusst ausgesucht. Gab es ein besseres Symbol für abgelebte Jungmädchenträume als ein Messer, das ausgerechnet zum Aufschneiden harmloser Frühstücksbrötchen diente? Aber Maike wollte nicht weiter über Franziskas Beweggründe nachdenken, sie wusste ja, die alte Schulfreundin war keine Frau mit Hintergedanken.

Unterdes hatte Eva ihre Geldbörse hervorgezogen und ihr ein paar Münzen entnommen, die sie vor Franziska auf den Tisch kullern ließ. Franziska, die von dem Geld natürlich nichts wissen wollte, schob das Häufchen entrüstet mit der Handkante zu Eva zurück. Aber Eva protestierte.

„Hör zu, Franziska, ich kauf dir die Brötchensäge ab. Nimm es bitte, das Geld ist ja nur symbolisch gemeint."

Scheinbar widerwillig klaubte Franziska die Münzen zusammen.

„Tut mir leid", sagte sie. „Ich hab es wirklich nicht böse gemeint. Im Leben hab ich noch nichts von diesem Aberglauben gehört."

„Nun entschuldige dich doch nicht auch noch", sagte Maike. „Jeder weiß, wie lieb du es meinst. Aber sag mal, Eva, könnte es nicht auch Unglück bringen, eine *Steh*geigerin zu engagieren? Ich meine, wenn Corbet hinterher bei Claire keinen mehr hochkriegt –"

„ – ist die Frau mit dem behaarten Bogen daran schuld? Es sei denn, Claire macht vorher von ihrer Brötchensäge Gebrauch."

„Ihr seid wirklich ungezogen."

Franziska kicherte. Sie war den lieben langen Vormittag so glücklich über ihren Einkauf gewesen, dass ihr nichts mehr die Laune verderben konnte, auch wenn ihre kleine Aufmerksamkeit nicht so gewürdigt wurde, wie sie es sich ausgemalt hatte. Und sie war ihren Freundinnen ja keine Rechenschaft darüber schuldig, dass sie am Vormittag den gesamten Vorrat an Juister Brötchensägen aufgekauft hatte. Die verschiedenfarbigen Messer, sie waren bereits sicher in der Seitentasche ihres Koffers verstaut, würden den Grundstock ihrer diesjährigen Weihnachtsgeschenke bilden. Sie waren preiswert, praktisch und originell, passten in jeden Nikolausstiefel oder Briefumschlag, man konnte sie an Strohsterne oder auf Adventskränze binden. Wer so mit dem Cent rechnen musste wie sie, der konnte auf irgendeinen abergläubischen Quatsch keine Rücksicht nehmen. Das würden alle einsehen, die sie kannten und mochten. Und wenn die Beschenkten ihr die Messer abkaufen wollten und ihr freiwillig Geld dafür gaben, und wenn es auch nur ein paar Cent waren, umso besser für sie. Wie hieß noch der andere Spruch, den Maike und sie vorhin auf einem der Zettel im Kronleuchter gelesen hatten? In der heutigen Zeit musste man sehr schnell laufen, um dort zu bleiben, wo man gerade stand.

Ein ähnlicher Gedanke, nur auf polnisch, ging im selben Moment Danuta Przybylski durch den Kopf. Sie hockte in ihrem Dachstübchen in der Hugo-Droste-Straße auf der Bettkante und zählte ihr Geld. Da ein Teil davon weder auf legalem Wege verdient noch ordentlich versteuert worden war, bewahrte sie ihre Ersparnisse im Innenfach ihres Geigenkastens auf, gut getarnt und verborgen unter dem Kolophonium, den Ersatzsaiten, dem Dämpfer und einem angeknabberten Bleistift. Knapp viertausendachthundert Euro. Ein schönes Sümmchen, einerseits. Aber andererseits noch lange nicht genug. Noch war sie weit davon entfernt, sich den Nachbau der Guarneri del Gesú leisten zu können, das Modell, auf das sie nun schon so lange sparte. Über zwölftausend Euro sollte das Instrument ihrer Sehnsucht kosten, und sie hatte noch nicht einmal die Hälfte davon zusammengekratzt, obwohl sie seit geraumer Zeit auf alles verzichtete, was Spaß machte und auch nur einen Hauch von Geld kostete. Stattdessen lief sie in Sack und Asche herum und nahm jeden bekloppten Auftritt an, wenn er nur Kohle brachte. Hätte sie sich etwa sonst für eine ganze Sommersaison in einem Kurorchester verdungen? Auch wenn sie dabei Erfahrungen sammeln konnte, es war doch unwiederbringliche, wertvolle Zeit, die ihr für ihr eigentliches Studium verloren ging. Und auf so manche Erfahrung konnte man echt verzichten. Ach, manchmal war es schier zum Verzagen. Aber leben musste sie schließlich auch noch. Bis sich eine wie sie endlich die ersehnte Meistergeige leisten konnte, hatte sie sich auf ihrer Studentenvioline die Finger wund und krumm gefiedelt, die Ohren taub und das Herz wund und weh. Lang verschollen geglaubter original italienischer Cremona-Lack statt einheimischem Spirituslack, und war er auch dreimal von Hand aufgetragen, Muschelahorn statt Spanplatte, wie sie immer sagte, darauf lief all ihr Begehren hinaus. Und deshalb hatte sie nun schon wieder ein höchst albernes Engagement angenommen und würde an ihrem freien Samstagnachmittag bei dieser Millionärshochzeit bumsfiedeln, wie sie es nannte. Pam pam-pa-da, pam pam-pa-da, sie würde ihnen sämtliche Hochzeitsmärsche vorwärts und rückwärts geigen – und zwischendrin die Augen offen halten, ob sich nicht eine günstige Gelegenheit zum Inspizieren der einen oder anderen Geldbörse fände.

Glücklicherweise war sie gewitzt genug gewesen, in der Kleiderfrage die Flucht nach vorn anzutreten. Sie konnte sich nun einmal keine teure Garderobe und keinen Schmuck für ihre Auftritte leisten, Cremona-Lack und Muschelahorn waren wichtiger als Perlen und Seide. Und die ewigen Kosten für die Reinigung, wenn man bei den Auftritten die Kleider verschwitzte, galt es auch in Grenzen zu halten. Sie hatte deshalb angeboten, bauchfrei im Bikinioberteil anzutreten und auf diese Tour noch hundert Euro mehr an Gage herausgehandelt. Auf ihren geliebten Jeans hatte sie allerdings, wie immer, bestanden; irgendwo musste sie schließlich das Geld verstauen, so es ihr gelang, ein bisschen von dem Überschuss abzugreifen, der anderen entbehrlich war. Sie klaute nie die ganzen Portemonnaies, sondern stets nur ihr angemessen erscheinende, geradezu bescheidene Beträge, meist nur einzelne Scheine. Auf diese Weise würde es zwar länger dauern, bis sie die für sie maßgefertigte Meistergeige in Händen hielte, aber sie riskierte dafür auch nicht ein vorzeitiges Ende ihrer eigentlichen Karriere. Bislang hatte vermutlich noch kaum einer ihrer Sponsoren bemerkt, dass ihm überhaupt etwas fehlte. Und sie hatte des Nachts einen ruhigeren Schlaf und konnte in aller Unschuld von dem warmen, weichen und doch so starken und satten Klang ihrer großen Liebe träumen.

Daran, dass sie bei dieser Millionärshochzeit eventuell einem betuchten Musikliebhaber und Mann fürs Leben begegnen könnte, verschwendete Danuta keinen einzigen Nebengedanken. Ihre Leidenschaft galt der Guarneri del Gesú von 1742. Der einzige Mann, bei dem sie je in Versuchung gewesen war, eventuell ihre Unschuld zu verlieren, war ein steinalter Mittenwalder Geigenbaumeister gewesen, der das von ihm gebaute gute Stück aber leider nur für bares Geld hatte hergeben wollen.

„Wenn ich einmal reich wär …"

Leise pfiff sie den Song aus dem Musical „Fiddler on the Roof" vor sich hin, während sie das zusammengerollte Geldbündel in ein schmuddeliges graues Stofftaschentuch hüllte und wieder in ihrem Geigenkasten verstaute. Sodann zog sie ein Päckchen Violinsaiten daraus hervor. Jetzt werden neue Saiten aufgezogen, dachte sie vergnügt, als sie als Erstes die E-Saite, Stahl blank mit Schlinge, hervorzog.

10.

„Vater, ich habe noch weiter gesündigt ..."

Clemens Horstkötter schloss resigniert die Augen und bedauerte, dass er nicht auch die Ohren ganz zuklappen konnte. Ob sich wohl schon einmal ein Kollege bei der Abnahme einer Beichte zu Tode gelangweilt hatte? Oder wäre er heute der Erste, der dieser besonderen – und, wie ihm schien, besonders grausamen – Mordmethode zum Opfer fiele? Was waren das nur für lässliche Sünden, die den seiner Stimme nach zu urteilen offenbar noch recht jungen Mann im Beichtstuhl neben ihm plagten! Seit einer Viertelstunde schnarrte er seine Selbstanklage herunter, in einem wehleidigen Ton, der Horstkötter als die größte von allen Sünden vorkam. Dieser Bursche bereute doch tatsächlich, die Fronleichnamsprozession für einen weltlichen Zweck egoistisch missbraucht zu haben. Wie rührend das war, im Vergleich zu seinen eigenen Sünden und Missetaten! Er sei nur spontan mitgegangen, gestand der Mann, um im Schutz der Prozession dem Zufall etwas nachzuhelfen und vielleicht seine Angebetete noch einmal zu treffen. Aber was hieß hier treffen, aus der Ferne zu erspähen war das angemessenere Wort. Er sei dann aber einer anderen Frau begegnet, die ihn jetzt viel mehr interessiere. Ob er es als göttlichen Fingerzeig begreifen dürfe, dass er diese herrliche Person bei der Prozession kennengelernt habe? Sie sei ihm doch eindeutig vorbestimmt, oder nicht? Eine – vermutlich polnische – Katholikin passe vom Verwesen her – halt, hatte der Fremde wirklich *Ver*wesen gesagt? – passe doch im Grunde viel besser zu ihm als eine – wenn auch westfälische – Protestantin, die noch dazu kurz vor der Hochzeit mit einem anderen stehe. Undsoweiter, blablabla, diese Schnarrstimme quälte sich doch tatsächlich damit, einer Frau untreu geworden zu sein, für die der Bursche nur ein paar Wochen lang aus weiter Ferne geschwärmt und mit der er anscheinend noch kein Sterbenswörtchen gewechselt hatte. Horstkötter wünschte, so platonisch wäre auch seine Beziehung mit Sabine –

Moment mal. Sterbenswörtchen. Wie kam er nun wieder auf diesen Ausdruck? Alles schien sich heute nur um den Tod zu drehen. Ständig kehrten seine Gedanken zu der attraktiven Schnapsleiche zurück, die er am Vorabend zum Lutherischen in die Kirche geschafft hatte. Horstkötter hatte erst erkannt, dass die scheinbar ihren Rausch ausschlafende Frau gar keine Schnapsleiche, sondern dass sie wirklich tot war, als er sie aus der Karre in die Kirchenbank zu hieven versucht hatte. Er stand immer noch unter Schock. Der Geruch war noch in seiner Nase, seine Hände fühlten sie noch. Glitschige, ihn verhöhnende Weiblichkeit, im Tod noch aufdringlicher als auch sonst schon im Leben. Bedrohlich. Und doch immer noch lockend. Ihn lockend. Verführerisch. Und weit und breit kein Bischof, kein Priester seines Vertrauens, dem seinerseits er das Ungeheuerliche, das ihm widerfahren war, hätte beichten oder berichten können.

„Ego te absolvo", unterbrach er den Redeschwall des jungen Mannes. „Aber halten Sie sich fortan von den Frauen fern, mein Sohn. Sie sind die Ursache – nun, vielleicht nicht allen Übels, aber doch der meisten Probleme."

„Meine Mutter hat aber …"

„Ihre Frau Mutter hat Ihnen sicher denselben Ratschlag gegeben."

„Sie hat mich ermutigt, mit dem Fräulein …"

„Das ist höchst ungewöhnlich. In der Regel dulden Mütter keine andere Frau neben sich, sondern wollen die einzigen im Leben der Söhne bleiben. Wenn sie nur irgend können, schlagen sie die Konkurrenz in die Flucht. Ist Ihre Frau Mutter hier mit Ihnen auf der Insel, mein Sohn?"

„Sie ist tot. Aber für mich wird sie ewig leben."

Horstkötter stutzte. Ob ihm der junge Mann noch etwas mitteilen wollte? Es war da etwas in seiner Stimme, das ihm unheimlich war, ein Eifer, ein Sich-nicht-abschütteln-Lassen, die Andeutung, dass das Eigentliche noch käme. Konnte es sein, dass die Tote und die Mutter dieses jungen Mannes ein und die selbe Person waren?

„Was sagten Sie, wie lange ist sie schon tot?"

„Viereinhalb Jahre."

Horstkötter lehnte sich beruhigt zurück. So lang hatte sich die schöne Schnapsleiche nun doch noch nicht auf der Insel herumgetrieben.

„Das ist schön", sagte er. „Ich meine, dass sie für Sie noch nicht tot ist. Aber bedenken Sie, auch die Mutter ist nur eine Frau gewesen. Die mit ihren Ermutigungen sicherlich ihre eigenen Zwecke verfolgte. Gehen Sie und beten Sie für sie einen Rosenkranz. Und wenn Sie einmal dabei sind, auch zehn Vaterunser können nicht schaden. Aber in Zukunft will ich von Frauen nichts hören, und schon gar nicht an Fronleichnam oder anderen kirchlichen Feiertagen. Hören Sie, halten Sie sich fern."

Ob er sich nur von den Frauen oder auch noch von seinem Beichtstuhl fernhalten sollte, ließ der Pfarrer dahingestellt. Er wollte den jungen Mann schleunigst loswerden. Wollte die Erinnerung schleunigst vernichten. Und trotzdem hielt er, bevor er das Kreuzeszeichen schlug, kurz inne, um an seiner Rechten zu schnuppern. Zum Glück konnte sein Besucher im Dunkeln nicht sehen, wie Horstkötter angewidert das Gesicht verzog, als er an seiner Hand roch; blieb nur zu hoffen, dass er den ihm anhaftenden Geruch der Verwesung – der Versuchung – ebenfalls nicht wahrnehmen konnte. Ja, der Versuchung, ein seltsames Phänomen. Denn so abstoßend die Dame gewesen war, so sehr hatte sie ihn doch auch gerührt. Das war es, wofür man lebte. Und nicht diese Einsamkeit, zu der ihn sein Beruf nun schon so lange, zu lange, verdammte.

Auch nachdem der andere gegangen war und längst die Kirche verlassen hatte, blieb Horstkötter noch ein Weilchen im Beichtstuhl sitzen. Einen Moment lang hatte er geglaubt, ja sogar gehofft, der Fremde werde ihm im nächsten Moment etwas von einer toten Mutter in einem Handwägelchen beichten. Aber er hatte sich geirrt. Dennoch, vielleicht war hier trotz allem eine kleine Spur. Irgendjemand hatte ihm eine Leiche vor die Haustür gelegt. Jemand hatte ihm vertraut, hatte auf ihn gebaut.

Ach, warum hatte er so schändlich versagen müssen!

Aber vielleicht meldete sich dieser Mensch ja noch einmal bei ihm? Klingelte an seiner Tür, sprach vor in seinem Beichtstuhl? Und was sollte er ihm dann sagen, wenn der andere ihn fragte, wie er seinen Auftrag gelöst, was er mit der Dame gemacht hatte?

Bei näherem Nachdenken verspürte Horstkötter schließlich doch wieder Erleichterung darüber, dass die Schnarrstimme ihn nicht auf den Fund vor seiner Haustür angesprochen hatte. Dennoch, es galt, sich zu wappnen. Und er konnte nur inständig hoffen, dass das hilfesuchende Schäfchen, wer auch immer es war, der den Karren vor seiner Tür abgestellt hatte, sich zu guter Letzt nicht auch noch als Frau entpuppte. Womöglich, so fürchtete er, fiele er auch auf die nächste wieder herein.

11.

Wie herrlich das war! Plötzlich fühlte sie sich nicht mehr als Frau. Ja nicht einmal mehr wie ein menschliches Wesen. Sie war schwerelos, befreit von allen Lasten, die sie niedergedrückt hatten. Befreit von sich selbst. War im Einklang mit ewigen Mächten, wie sie nun eintauchte in die grünlichgraue, lederne Haut des Meeres. Im einen Moment glitt sie spielerisch auf den Wellen dahin, im nächsten wurde sie untergedückert und musste sich wappnen gegen die Schläge ins Genick, die das Meer ihr verpasste. Und was für Handkantenschläge das waren! Sie musste laut juchzen und schreien, aber das störte keinen und konnte auch ihr egal sein, es war niemand da, der sie hörte. Sie war die Einzige weit und breit, die sich traute, die Hochzeit ihrer Schwester zu schwänzen. Ivonne lachte laut heraus und brüllte der Brandung ihre geballte Lebenswonne entgegen. Und die Wut, die sie in sich trug, auch.

Beim Lunch im Hotel – es hatte gewissermaßen die Vorspeise des Hochzeitsessens gegeben, Reibeküchlein mit geräuchertem Lachs und ein Schaumsüppchen von Erbsschoten; das eigentliche Hochzeitsessen sollte nach der kirchlichen Trauung am frühen Abend stattfinden – war sie mit ihrer Schwester aneinander geraten. Claire hatte ihr eine dermaßen zickige Szene gemacht, dass Ivonne beschlossen hatte, das Trauungszeremoniell zu boykottieren. Die Schwester hatte sich unsäglich über ihre Glatze aufgeregt, die sich Ivonne ihrer Meinung nach nur zugelegt hatte, um Claire zu kompromittieren. Langsam kamen sie dem Kern ihrer schwesterlichen Beziehung näher, dachte Ivonne, woraufhin sie prompt Wasser schluckte. Denn wie sie inzwischen begriffen hatte, litt Claire darunter, die Hässlichere von ihnen beiden zu sein. Wenn sich die Attraktivere nun aber selbst künstlich hässlich machte, wurden die Rollen auf unerträgliche Weise für Claire vertauscht.

„Selbst in deiner Hässlichkeit versuchst du noch, mir die Schau zu stehlen“, auf dieses Fazit liefen ihre Anwürfe hinaus.

Ivonne spuckte aus. Sie konnte sich nicht erinnern, wann sie so etwas Verrücktes schon einmal gehört hatte. Das war doch total verdreht. Hatte sie etwa der Schwester je die französische Schreibweise ihres Namens geneidet? Okay, wenn sie ehrlich war: ja. Aber sie hatte es ihr nicht vorgeworfen, dass Mama der älteren Tochter einen besseren Namen gegönnt hatte. Claire hingegen gönnte ihr gar nichts. Nicht die Verehrer und nicht die innere Unabhängigkeit, nicht das lockige Haar und noch nicht einmal eine Glatze.

Eine große Welle schwappte über sie hinweg und entriss ihr den Boden unter ihren Füßen. Mit aller Macht rollte jetzt die Brandung heran, Welle um Welle, und es gab nichts Schöneres auf der Welt, als sich ihnen ganz hinzugeben. Längst war sie eins mit dem Meer. Längst musste sie nicht mehr hadern, weder mit der Mutter noch mit der Schwester noch damit, dass ihre Eltern ihr diesen verunstalteten Vornamen gegeben hatten, mit dieser unmöglichen Schreibweise, Ivonne mit I statt mit Ypsilon. Immer hatte Mama ein Spiel mit den Namen veranstaltet. Hatte sich etwas darauf zugute gehalten, dass A-R-M-I-N – so man noch ein O hinzufügte – ganz aus M-A-R-I-O-N formbar war. Und Ivonne reimte sich auf Marion, ach war das herzig; und nur Claire hatte es gut und stand für sich selber und durfte sich auf die französisch-elegantere Weise schreiben.

Aber egal, wie man den Namen schrieb, Cläre und Claire reimte sich auf Affäre, und vielleicht hatte sie doch etwas mitgekriegt, dachte Ivonne, als sie wieder auftauchte und Luft holte und gleichzeitig schon wieder Wasser schluckte. Irgendwoher hatte diese krankhafte Eifersucht eben doch Nahrung erhalten. Ob Corbet nichts Besseres zu tun gehabt hatte als vor der Eheschließung schnell noch alles zu beichten?

Schlappschwanz, dachte Ivonne. Sollte Claire zusehen, wie sie mit ihm selig wurde. Sie wünschte ihr aufrichtig Glück. Aber was sie selbst betraf, so verspürte sie nicht mehr die geringste Lust auf irgendetwas, das sich Familienglück nannte. Familienbande, das Wort sagte doch einfach alles. Nach dem Baden würde sie sich, anstatt zur Hochzeitsgesellschaft zu stoßen, ins Kino absetzen. Dieses einzigartige Verzehrkino, das es auf der Insel gab, hatte sie schon als Kind heiß und innig geliebt. Man musste es ausnutzen, wenn man schon einmal hier war, so etwas gab es sonst nirgendwo. Über kleine Tischlämpchen konnte man die Bedienung direkt an den Platz rufen, und in Erinnerung an alte Zeiten würde sie sich ein Damengedeck gönnen, eine Karaffe Orangensaft mit einem Fläschchen Sekt. Das hatte ihre Mutter immer genommen. Aber vorher würde sie sich mit einer *Toten Tante* aufwärmen, heißer Schokolade mit Sahne und Rum. Der Film war Nebensache, egal, was es gab, sie würde jede Sekunde genießen. Und wenn zum tausendsten Mal der Dokumentarfilm über Sturmfluten an der Nordsee gezeigt werden sollte.

Nur zur Strandparty heute Abend würde sie sich kurz blicken lassen, aber auch das nur, um ihnen allen Adieu zu sagen. Sie würde Papa bitten, ihr das ihr zustehende Erbe schon jetzt auszuzahlen, und dann würde sie ihrer eigenen Wege gehen und einen großen Bogen machen um alles, was Feldbettenproduktion hieß. Es war ja vorauszusehen, dass Claire ihr Erbteil in Corbets Klinikprojekt stecken würde. Vermutlich ging sie davon aus, dass Ivonne dann so dumm wäre und an ihrer Stelle die Wittekindtsche Firma übernehmen würde. Aber da hatte sie die Rechnung ohne die Schwester gemacht. Claire würde sich ganz schön umgucken, wenn sie erfuhr, dass Ivonne ihr zuvorgekommen war und sich noch schneller abgesetzt hatte als sie. Und Papa? Ach, er hatte Claire sowieso immer bevorzugt. Sollte er sich doch in Zukunft an sein Lieblingskind halten. Fortan hätte er eben nur noch eine einzige Tochter; mit ihr war nicht mehr zu rechnen.

Was sie mit ihrem Geld – und dem Rest ihres Lebens – anfangen würde, wusste sie noch nicht. Erst einmal wollte sie eine Reise machen. Und dann würde sich schon etwas finden. Alles war möglich, alles erlaubt. Man brauchte schließlich keinen Mann als Vorwand, man brauchte keine Heirat, um sein Leben in die eigene Hand zu nehmen. Hier und heute gelobte sie sich dem Ozean an. Poseidon persönlich. Höchstens mit dem Wind würde sie ihn betrügen. Sie war frei.

12.

„So, Theo, hier hast du schön deine Ruhe. Ich bin bald wieder da, die Trauung wird ja nicht lange dauern. Und dann lassen wir uns den Hochzeitsschmaus schmecken, nicht wahr, The – oh, grüß dich, Marion."

Elfi Gebhard würdigte ihre Schwiegertochter keines Blickes. Sie musste eine kurze Verschnaufpause einlegen, nachdem sie ihren Mann in seinem Rollstuhl quer über den Rasen hinüber zu einem kleinen Pavillon geschoben hatte, der im hinteren Teil des Hotelgartens stand. Auf dem Tisch darin war bereits alles für Theos Teestündchen gedeckt. Zwar hatte sie ihre Schwiegertochter zu dieser Stunde nicht hier erwartet. Aber mit diesem Problem konnte sie sich jetzt nicht befassen, und deshalb machte sie, wie immer, das Beste aus der vorgegebenen Situation.

„Siehst du, Theo, die Marion leistet dir ein bisschen Gesellschaft. Na, dann macht's euch gemütlich, ihr zwei."

Auch wenn sie den direkten Anblick ihrer Schwiegertochter vermied, so konnte sie doch aus den Augenwinkeln wahrnehmen, dass auch umgekehrt Marion sie ignorierte. Umso eindringlicher starrte Armins Frau zu Theo hinüber, der in seinem Rollstuhl unartikulierte Laute von sich gab. Aber das hörte Elfi schon nicht mehr. Im Laufschritt eilte sie zurück durch den Speisesaal des Hotels und hastete auf direktem Weg in die Kirche.

Grüß dich, Marion! Seine Frau hatte wirklich Nerven. Stellte ihn hier ab, schob ihn aufs Abstellgleis, ließ ihn hier vermodern, Stuhl an Stuhl, Seite an Seite mit dieser gespenstischen Vogelscheuche, die nicht Marion Gebhard war, nicht Marion Gebhard sein konnte. Auch wenn sie ganz adrett herausgeputzt war. Schwarzes Kleid, etwas verschlissen zwar, aber durchaus ambitioniert. Grünes Seidentuch. Ordentlich Rouge auf den Wangen. Und dann ein Wischmopp auf dem Kopf, der aussah wie eine Fastnachtsperücke. Wo hatte sie denn nur diese Kunsthaarfrisur aufgetrieben? Sah nach Laientheater aus.

Schmierenkomödie. Nein, seine Schwiegertochter war anders. Jung. Drall. Appetitlich. Ein bisschen unanständig, das außerdem. Hatte ihn verführt, damals, kaum dass sie mit Armin verlobt war. So lang nun schon her. Wie in einem anderen Leben.

Es war wirklich ein anderes Leben.

Er hätte nur zu gern gewusst, ob Armin ihn je verdächtigt hatte. Der Vater, der dem Sohn die Braut ausgespannt hat. Um ein Haar, wenn auch nur für eine einzige Stunde. Sonst doch nicht seine Art. Nie für möglich gehalten. Das junge Ding war schuld an seinem Fehltritt gewesen. Das hätte er auch Elfi gesagt, wenn sie es je hätte wissen wollen. Aber nie nach seinen Beweggründen gefragt. Nur maulig gewesen. Mit Verachtung gestraft. Immer verhärmter geworden.

Dabei war es bei dem einen Mal damals geblieben. Aber manchmal war ein einziges Mal schon irreparabel zu viel. Claire Gebhard war seine Tochter. Nicht Armins Kind. „Dem Vater wie aus dem Gesicht geschnitten." Ja, weil sie Geschwister sind. Nämlich er, Theo, der Vater von allen beiden, Armin der Halbbruder des Mädchens, in Wirklichkeit. Zu komisch, dass der Junge seine Vaterschaft nur bei Ivonne angezweifelt hatte. Weil die ihm nicht ähnlich sah. Hingegen die ähnliche Tochter nicht sein leibliches Kind. Ironie des Schicksals, ein Held, wer darüber lachte.

Aber egal, Blut immer dicker als Wasser. Und Claire schließlich mit beiden verwandt, mit ihm und mit seinem Armin. „In Wahrheit seid ihr Bruder und Schwester ... Mein Fleisch und Blut." Kein Grund, ihnen das je zu verraten. Das jetzt noch auszuplaudern, nach all der Zeit. Nicht verstanden, von welchem Teufel Marion plötzlich geritten. „Die Wahrheit sagen, endlich, einmal, wenigstens jetzt vor der Hochzeit." Aber das brachte doch nichts. Schaffte nur unnötigen Wirbel. Da hatte Elfi ganz recht. Elfi immer pragmatisch gewesen. Marion hatte sie nicht gemocht. Aber dass Armin zu Geld kam, war natürlich auch ihr recht gewesen.

Das Mutterherz. Wie das tickte und funktionierte, verstand ein Mann niemals nicht. Umgekehrt durfte er von ihr auch kein Verständnis erwarten. War wohl zu viel verlangt. Hatte es ja selbst nicht verstanden. Plötzlich in Marions Armen. Plötzlich in Marions Schoß. Plötzlich, für einen Moment, eine Stunde, Mund an Mund und Wange an Wange. Und wild und verwegen gefühlt. Sonst immer brave Buchhalterseele. Ach, Marion, Teufelsweib, du. Was für ein hitziges Wesen du hattest. Was für ein hitziges Wesen du warst. Eine Gute warst du. Grundgütig. Und so spendabel mit dir. Ich fass es nicht. Dass ich dich einmal erkennen durfte. Ich fasste dich nicht. Und jetzt? Jetzt muss ich es doch als Schicksal begreifen, dass wir ausgerechnet in dieser Stunde zusammen sind. Während drüben unser Clärchen ihr Jawort stammelt, unser gemeinsames Kind. Man sagt, wenn eine Hochzeit gefeiert wird, während noch eine Leiche im Dorf liegt, muss bald jemand sterben. Und je nach Geschlecht der Leiche erwischt es zuerst den Bräutigam oder die Braut. Aber vielleicht zählst du in diesem Sinn nicht als Leiche? Bist schon heilig geworden? Scheinst mir selbst im Tod noch gewachsen zu sein. Hast dich prima gehalten, kannst glatt als Heilige durchgehen. Steht übrigens nirgends geschrieben, dass Heilige gut aussehen. Nur das Hässliche läutern, das können und müssen sie.

Die hässliche Schwiegermutter. War doch was dran an den alten Geschichten. Typisch, immer die Mannesmutter. Gab sogar ein eigenes Wort bei den Ostindogermanen für sie. Unumschränkte Herrin gegenüber der neu eingetretenen Jungen. Die arme, verlorene Frau. Irgendwo vor Jahren ein südslawisches Sprichwort gelesen. „Glücklich das Vögelchen, denn es hat keine Schwiegermutter." Na ja, Feierabendphilosophie. Immer ein Hobby gewesen. Wie für Armin ja auch. Keine glückliche Ehe. So ähnlich darin Vater und Sohn. Glücklich nur Marion, die sich um Anstand und Konventionen einfach den Teufel geschert hat. Eine Lachmöwe war sie. Schöne Fremde. Und eine Stunde lang Theodor Gebhards Buhlin. Sein Spitzname, als er jung, war, Gepard. Vielleicht gar nicht so dröge gewesen. All die Jahre von dieser einen Stunde gezehrt, bis zum bitteren Ende. Und jetzt die Strafe dafür. Zwei Schlaganfälle, an den Rollstuhl gefesselt. Ausgeliefert auf Gedeih und Verderb. Wird wohl eher Verderben werden.

Denn nun sitzt du da neben mir. Tot. Und ich bin verdammt und halte die Leichenwache. Bis zur Beerdigung, heißt es, ist die Seele noch da. Siehst freundlich aus, Mary, trotz allem, lachst dich bestimmt direkt in den Himmel hinein. Oder willst du noch jemanden holen?

Geht immer noch Zauberkraft von dir aus. Sag mir, wirkt sie zum Bösen, oder kann sie zum Guten wirken?

Vielleicht bist du wiedergekommen, um deine Tochter zu schützen. Um ihr noch paar gute Ratschläge mit auf den Weg zu geben, fürs Leben und für die kommende Nacht. Das hätte dir ähnlich gesehen, bist immer eine gute Mutter gewesen. Auch wenn Elfi das anders sah. Ach, Elfi, hat sich mit dir niemals abfinden können. Und mit dem, was zwischen uns war. Und nun sitzen wir hier beim Tête-à-tête, nur wir zwei beiden. Mit Theo im Teepavillon. Ich bin sicher, das hättest du komisch gefunden, hätte dir das einer zu Lebzeiten vorhergesagt. Lass uns lachen, was anderes bleibt uns ja doch nicht mehr übrig, komm, lach mit mir, Marion, du Mutter meiner unwissenden, unschuldigen Tochter. Lach darüber, dass du den Bräutigam nun nicht mehr verführen kannst, nicht mit deiner Zitrone und nicht mit dem Rosmarinsträußchen in deiner Hand. Der arme Corbet, wenn ich darüber nachdenke, hat er jetzt den größten Schaden. Lachen wir, lachen wir …

13.

Vielleicht war es normal, dass man bei Hochzeiten nicht wusste, ob man lachen oder weinen sollte. Wenngleich das Weinen meist der Brautmutter vorbehalten war, und das Lachen der Braut. Claire aber war mehr nach Weinen als nach Lachen zumute gewesen, als sie Corbet das Jawort gab, und auch jetzt musste sie mit den Tränen kämpfen, als sie sich auf der Sitzbank des festlich geschmückten antiken Landauers an ihn schmiegte und so tat, als ob sie die symbolische Kutschfahrt genoss. Sie konnte nur hoffen, dass keiner ihrer Hochzeitsgäste und auch keiner der am Straßenrand winkenden, freundlich Anteil nehmenden Passanten allzu genau hinsah und ihre wahren Gemütsbewegungen erkannte. Konnte es sein, dass es ihrem Mann – nun war er es wirklich – ähnlich erging? Im Unterschied zu ihr versuchte Corbet allerdings nicht, den inneren Aufruhr mit einem maskenhaften Lächeln zu überspielen, sondern hielt den Blick starr auf den Rücken der jungen Frau fixiert, die in einer phantasievoll zusammengestellten Friesentracht auf dem Kutschbock saß und die Pferde, zwei stolze, schwarzbraune Friesen, lenkte. Erst als sie beim Loogbauern zum Strand hinunterschwenkten, konnte Claire sich ein wenig entspannen und die Gesichtsmuskeln lockern. Für ein Viertel- oder auch ein halbes Stündchen würden sie ohne Zuschauer sein, nur Corbet und sie, und vielleicht würde das Lächeln danach nicht mehr so schmerzen.

Die Erinnerung an ein Gewitter fiel ihr ein, ja, tatsächlich erinnerte sie sich inzwischen mehr an die Erinnerung als an das Gewitter selber. Ein-, zweimal im Jahr, wenn sie in der Domäne Loog zu einem rustikalen Essen einkehrten, hatten ihr Vater und sie diese Erinnerung wachgerufen. Das eigentliche Gewitter war allerdings gar nicht das Entscheidende dabei gewesen, zum Glück war es niedergegangen, während sie noch im Restaurant gesessen und ihre panierten Schollenfilets verzehrt hatten. Sie war noch ein junges Mädchen gewesen, zehn, elf Jahre alt, und hatte sich schrecklich gefürchtet. Papa hatte versucht, sie abzulenken, sie und Ivonne vermutlich, denn Ivonne war doch sicher auch dabei gewesen, wenngleich sich Claire nicht wirklich an ihre Anwesenheit erinnern konnte. Für sie war es ein Erlebnis, das sie mit ihrem Vater allein teilte. Um sie abzulenken, hatte er ihr die Sage vom steinernen Brautzug erzählt; kein Wunder, dass sie hier und jetzt daran denken musste. Auch wenn die Sage, wie Claire erst Jahre später erfuhr, auf der Insel Sylt ihren Ursprung hatte, so hatte ihr Vater doch so getan, als hätte sich die Geschichte auf Juist zugetragen. Und als wären die handelnden Personen quasi alte Bekannte von Oma Elfi und Opa Theo gewesen. Da war die Tochter eines stattlichen Bauern gewesen, Wibke hatte sie geheißen, wie die junge Frau auf dem Kutschbock vor ihnen, die ihre beiden stattlichen Friesen so sicher lenkte. Sie war in einen armen Fischer verliebt gewesen und heimlich mit ihm verlobt. Weil man aber nach einem schweren Sturm fürchten musste, er sei auf See geblieben, gab sie nach langem Widerstand schließlich doch dem Drängen eines unsympathischen, aber reichen Mannes nach. Jahrelang hatte dieser hartnäckige Freier um sie geworben. Um die Hochzeit zu verzögern, verbrachte sie Monate, wenn nicht Jahre damit, ihr Brautkleid aufwändig zu besticken. Es war aus schwarzem und rotem Tuch gewebt und stand ihr gut zu ihrem schmalen Gesicht mit den blonden Flechten. Unzählige goldene Münzen hatte sie darauf gestickt, die ebenso vom Reichtum ihres Vaters kündeten wie von dem verzweifelten Versuch, den ungeliebten Bräutigam so lange als irgend möglich noch weiter hinzuhalten.

Es kam, wie es kommen musste. Zwischen Tinnum und Keitum – in der Geschichte ihres Vaters war es zwischen Domäne Loog und Domäne Bill gewesen – stand plötzlich ein Fremder am Wegesrand. „Reißt der Braut die Krone vom Kopf, sie ist eine Ungetreue!"

Ein gewaltiger Donnerschlag – so einer wie der, der gerade eben herniederging, als Papa die Geschichte erzählte – hatte die Worte bekräftigt. Auf der Stelle waren Braut und Bräutigam und sämtliche Hochzeitsgäste zu Stein geworden, und bis auf den heutigen Tag war der steinerne Brautzug immer noch an jener Stelle zu sehen. Und wurde bei Gewitter für einen Moment wieder lebendig. Und in einem am Weg liegenden Stein konnte eine reine Jungfrau in solchen Stunden einen auseinander gesprungenen silbernen Ring erkennen. Wenn sie jetzt auf der Stelle losgingen, könnte Claire den steinernen Brautzug sehen und den Ring mit dem Stein zum Beweis seiner Worte finden. Natürlich wusste Papa, als er das sagte, sehr wohl, dass seinem Töchterchen nicht danach zumute wäre, sich in ein solches Gewitter zu stürzen. Ihr erschien das Unwetter damals wie der Weltuntergang.

Aber hinterher, auf ihrem Rückweg ins Dorf, hatte ein prachtvoller Regenbogen über der Insel gestanden, war im Norden mit dem einen Ende ins Meer getaucht und im Süden mit dem anderen Ende im Wattenmeer verschwunden. Unter anderen Umständen hätte Claire ihrem Corbet jetzt sicher von diesem Regenbogen erzählt, und auch von dem steinernen Brautzug und der Faszination, die diese Sage auf sie als Kind ausgeübt hatte. Lange Jahre hatte sie sich sogar vorgestellt, auch auf ihr eigenes Hochzeitskleid, wenn sie groß war, unzählige goldene Münzen zu sticken. Es war noch gar nicht so lange her, dass sie von dieser Idee Abstand genommen hatte. Aber nachdem ihr eine Farbberaterin empfohlen hatte, als zarter Frühlingstyp fortan auf Schwarz und kräftige Rottöne zu verzichten und sich stattdessen an Pastellfarben zu halten, hatte sie sich für ein Brautkleid in lindgrüner Rohseide und als Schmuck für eine Korallenkette mit dazu passenden Ohrringen entschieden, die sie von ihrer Großmutter mütterlicherseits geerbt hatte. Sie würde Corbet ein andermal von der verheißungsvollen Wölbung des Regenbogens vorschwärmen. Vielleicht schon heute Abend, beim Champagnerbad, das sie als Auftakt für eine romantische Nacht für sie beide gebucht hatte.

Als hätte er das Stichwort gehört, löste sich Corbet von ihr und beugte sich zu dem Korb herab, der zu seinen Füßen abgestellt war. Sodann zog er zwei Gläser und eine Flasche Champagner daraus hervor. Gedankenübertragung zwischen Verliebten, Vielliebchen, Vielliebchen, dachte Claire, und dass sie sich jetzt etwas wünschen durfte. Endlich gelang ihr ein aufrichtiges, gerührtes Lächeln. Corbet drückte ihr die beiden Gläser in die Hand und machte sich ans Öffnen der Flasche. Während er den Draht abnestelte, der den Korken hielt, zielte er mit dem Flaschenhals knapp an Wibke, der Kutscherin, vorbei in Richtung des rechten Pferdehinterns.

„Nicht! Halt die Flasche weg von den Pferden!“, wollte Claire, als sie die drohende Gefahr erkannte, noch rufen, aber es war zu spät. Mit einem satten Knall, der einem Pistolenschuss ähnelte, war der Korken aus der Flasche gesprungen und hatte den rechts vor die Kutsche gespannten Friesen auf die Kruppe getroffen. Und mit einem nervösen Wiehern ging das erschreckte Pferd durch.

Sie hatte keine Zeit mehr gehabt, sich festzuhalten. Schon war das eine Sektglas in Claires Hand zerbrochen, und da sie, ebenso erschreckt wie das Pferd, die Scherben krampfhaft festhielt, schnitten sie ihr tief in Handteller und Fingerkuppen. Das andere Glas war in hohem Bogen aus der Kutsche geflogen, ein Schicksal, das es mit der Champagnerflasche teilte. Glücklicherweise wurde niemand von dem schweren Wurfgeschoss getroffen, das hätte eine schlimme Kopfverletzung gegeben, aber daran konnte Claire im Moment nicht weiter denken. Corbet und sie wurden hin und her und umeinander und aufeinander geschleudert, dass ihnen Hören und Sehen verging und sie nicht wussten, ob sie noch lebten oder schon starben. Vielleicht hatten die Hochzeitsglöckchen zugleich ihr letztes Stündlein geschlagen, schoss es Claire durch den Kopf, während sie verzweifelt versuchte, sich irgendwo festzuhalten und nicht selbst aus der Kutsche geschleudert zu werden. In wildem Galopp preschten die beiden Friesen direkt auf die Nordsee zu. Einige Strandspaziergänger stoben in Panik auseinander, einem Vater gelang es mit einem kühnen Spurt, seine im Sand buddelnden Kinder im letzten Moment zu schnappen. Für den Rest seines Lebens würde er ihnen erzählen, wie er sie – und sich – an diesem schönen und zunächst so harmlos anmutenden Junitag gerade noch in Sicherheit gebracht hatte.

So machtlos, machtlos, machtlos! Wenn ich hier heil herauskomme – will nur noch Gutes tun – Corbet immer lieb haben – egal, ob er mit Ivonne geflirtet hat – oder sogar Mama auf dem Gewissen – alles verzeihen – völlig egal. Es ging alles so schnell, dass Claire kaum denken konnte. Von wegen, das ganze Leben lief noch einmal ab wie im Film …

Aber vielleicht lief nur *ihr* Leben nicht ab wie ein Film, weil es hier und heute doch noch nicht enden sollte? Weil sie gar nicht starb? Weil die Kutsche nur umkippte und die tüchtige Wibke auf dem Kutschbock im perfekten Zusammenspiel mit der Nordsee die Pferde endlich zum Stehen gebracht hatte. Und weil sie, Claire, zwar ins Wasser flog und nass wurde, auch wohl einen Schwall Wasser verschluckte, aber gerettet war. Und Corbet, wo war Corbet? Zwei, drei Meter von ihr entfernt paddelte er auf dem Wasser, und wenn dies ein Film gewesen wäre, hätte er die Champagnerflasche noch immer in der Hand gehalten und sie jetzt hoch in die Luft gereckt und dazu einen witzigen Kommentar von sich gegeben. Etwa, „Sorry, *darling*, der Louis Roederer hat heute einen leicht salzigen Abgang“ oder etwas dergleichen. Aber da dies kein Film war, guckte er sie nur stumm und vorwurfsvoll an, als wäre diese Kutschfahrt mit fast tödlichem Ausgang und diese ebenfalls fast tödliche Hochzeitsfeier und alles, was mit ihrer Familie zusammenhing, allein ihre Schuld. Und damit hatte er wohl recht, es war in der Tat ihre Schuld.

Aber dann guckten sie sich an und mussten gleichzeitig lachen. Sie standen im hüfttiefen Wasser, klitschnass, Algen und Seetang hingen in Kleidern und Haaren. Claires linke Hand blutete und brannte vom Salzwasser, das die Wunden vorab immerhin schon einmal desinfizierte, Corbet befühlte seine Stirn, wo sich zusehends eine dicke Beule bildete; auch würde er ein schönes Veilchen kriegen. Aber sie waren gerettet, sie hatten es überlebt. In diesem Moment, während ein aus allen Poren triefender Corbet lachend auf sie zu watete und sie so verliebt in ihn war und wusste, dass er sie gleich in seine Arme schließen und inniglich küssen wurde, nahm Claire den Ausgang der Kutschfahrt als ein gutes Vorzeichen für ihre Ehe. Gefahr, ja. Todesgefahr, auch. Aber dann doch noch ein glückliches Ende.

14.

Endlich saß er, in trockenen Klamotten, die zudem sehr viel bequemer waren als der spießige Hochzeitsfrack, neben Claire an der Hochzeitstafel und aß sich satt. Großer Stress erzeugte in ihm immer ein überwältigendes Hungergefühl, und diese Kutschfahrt war, nach der kirchlichen Trauung zumal, zweifellos großer Stress gewesen. Jetzt aber war alles gut. Er kam sich vor wie in der Schluss-Szene eines Films, über der in verschnörkelten Buchstaben der Schriftzug „Happy End“ prangte. Mit Genuss hatte er sich durch verschiedene Salate der Jahreszeit in Kräuterdressing mit ausgelöstem Europäischen Hummer, Baguette und Cognacbutter, ein Nordsee-Steinbuttfilet in Rieslingsauce an jungen Spitzkohlherzen, ein Rhabarbersorbet und ein Medaillon vom ostfriesischen Weidekalb in Morchelrahmsauce mit Langenförder Stangenspargel und neuen Kartoffeln gearbeitet. Eine Vanillecreme brulée mit Erdbeercarpaccio und eine große Portion hausgemachtes Liebstöckeleis mit gepfefferten Erdbeeren und Balsamicoglace waren gefolgt. Und jetzt hatte er ein Stück von der Hochzeitstorte vor sich auf dem Teller, die ein einziger Traum aus einem überirdisch weißen und weichen und auf der Zunge zergehenden Sahnecremebaiserschaum war. So etwas Köstliches hatte Corbet in seinem ganzen Leben noch nicht gegessen, und er zögerte nicht zuzugreifen, als ihm das Schicksal in Gestalt einer freundlichen Kellnerin ein zweites Stück anbot und gekonnt auf den Teller legte.

Kurz nur musste er seine Schwelgerei unterbrechen, da plötzlich eine leicht bekleidete junge Frau mit einer Geige im Arm vor ihnen stand, die so appetitlich aussah, als sei sie die Inkarnation dieser Torte, oder eine aus ihr entsprungene Elfe, und ihnen ein Ständchen darbrachte, das ebenso anmutig vorgetragen wie mit musikalischem Verstand dargebracht wurde. Ein Augen- und Ohrenschmaus, dachte Corbet; so müsste das Paradies sein. Mit Claire in den Armen in Ewigkeit, Amen von dieser Hochzeitstorte schlecken und dieser Geigerin beim

Spielen zusehen, pardon, zuhören natürlich. Deshalb machte er sich zunächst nichts daraus, sondern nahm es gutmütig hin, als die Bedienung ihm ein drittes Stück auf den Teller schob und es umfiel und als ihm diese Eva daraufhin quer über den Tisch „Haha! Schiefe Schwiegermutter" zubrüllte. Einigen Gesichtern bei Tisch war die Verlegenheit abzulesen, bei einigen Gästen herrschte betretenes Schweigen, hie und da wurde völlig unbekümmert gelacht. Unbeirrt von der Reaktion, die sie hervorgerufen hatte, setzte Eva ihr Gesprächsthema fort. Sie hatte es ihren Freundinnen nicht erzählt, aber sie hatte eine kleine, scheinbar improvisierte Rede vorbereitet, für deren Darbietung sich nun die beste Gelegenheit bot. Schnell hatte sie ein handliches Redemanuskript aus dem Ärmel ihres Jäckchens gezaubert und faltete es auseinander.

„Wusstet ihr, dass man früher in Norddeutschland auch eine böse Schwiegermutter bekam, wenn man in einer größeren Gesellschaft zufällig die Tischecke erwischte, am Tischbein sitzen musste wie die liebe Franziska dort drüben? Und beim Nachfüllen der Kaffeetassen hieß es ebenfalls, aufgepasst! Erst den Rest austrinken, bevor nachgeschenkt wird, willst du keine böse Schwiegermutter bekommen!"

Etwas Unruhe breitete sich im Speisesaal aus, der eine oder andere schien sich zum ersten Mal ernstlich zu fragen, wo die Schwiegermutter bei dieser Feier denn überhaupt war. Denjenigen aber, die sie durchs Fenster draußen im Teepavillon sitzen sahen, war es nicht wohler zumute.

„Nun wirst du dich vielleicht trösten, lieber Corbet, und dir sagen, 'Macht doch nichts, völlig egal, ob ich eine schiefe Schwiegermutter bekomme. Die heirate ich ja schließlich nicht ...' Aber ich sage dir, es ist viel schlimmer: Die gibt es gratis dazu!"

Einige, die vorher nicht gelacht hatten, lachten jetzt doch; sogar Claire lächelte verhalten.

„'Was ist flüssiger als Wasser, Corbet?' So eine grundlegende Frage können sich nur die Ostfriesen stellen. Wusstet ihr übrigens, dass die Ostfriesen England als das achte ostfriesische Eiland bezeichnen? Wenn man es genau nimmt, ist also auch unser Corbet ein waschechter Ostfriese. Und die Antwort auf die Frage, was flüssiger als Wasser sei, gibt's auch gratis: nämlich – die Schwiegermutter! Die ist – überflüssig … Es ist übrigens statistisch erwiesen, und man hat es anhand von alten Kirchenbüchern sogar schon im Ostfriesland vom 18. Jahrhundert nachgewiesen, dass der frühe Kindstod umso häufiger auftritt, je mehr die Schwiegermutter in der Nähe der jungen Eltern wohnt und bei der Kinderbetreuung mithilft. Allerdings wirkt sich nur die Nähe der Mutter des Mannes derart negativ auf die Säuglingssterblichkeit aus. Über die Gründe kann man nur spekulieren; mag sein, dass viele Frauen das Kind ihrer Schwiegertochter nicht automatisch auch für das ihres Sohnes halten. Die Mütter der Frauen spielen hingegen eine positivere Rolle bei der Kinderaufzucht. Ich hoffe also sehr, dass ihr euch mit Marion – "

Hier guckte sich Eva suchend um, offenbar war sie eine der wenigen im Saal, die Claires Mutter noch nicht im Garten erspäht hatte –

„– dass ihr euch bald wieder versöhnt, sollte es Missverständnisse geben oder ihr eine kleine Meinungsverschiedenheit haben. Denn, lieber Corbet, wenn du eine Schwiegermutter hast, betrachte sie als süße Last! Wo kämen all die Mädchen her, gäb's keine Schwiegermütter mehr?"

Eva legte eine geschickte Pause ein, wies mit freundlicher Geste erst auf einige der älteren Tanten im Saal, sodann auf die jüngeren Frauen, vergaß auch nicht, Franziska und Maike ein Auge zuzukneifen, und erhob schließlich ihr Glas, um einen Toast auf Corbet und Claire darzubringen. Dabei schloss sie auch Corbets Vater Frank fröhlich in den Trinkspruch mit ein.

„Jedenfalls kannst du froh sein, liebe Claire – please excuse me for saying so, Frank – dass *deine* Schwiegermutter nicht mehr unter uns weilt."

Ein Stirnrunzeln Corbets deutete ihr an, dass sie sich auf gefährliches Glatteis wagte.

„Und du kannst auch froh sein, dass du nicht im China der Sung-Dynastie geboren wurdest."

Selbstgefällig schaute sie sich in der Runde um und stellte befriedigt fest, dass jetzt alle an ihren Lippen hingen.

„In der Sung-Dynastie, die von 960 bis 1126 währte, gab es nämlich das interessante historische Phänomen, dass Kinder – meist die Schwiegertöchter – ihre unerschütterliche Elternliebe demonstrieren mussten, indem sie sich ein Körperteil abhackten und es den siechen Eltern – meist ihren Schwiegermüttern – zu essen gaben. Dem Autor Key Ray Chong zufolge hat sich dieser unglaubliche Brauch durch die ganze Ming-Dynastie bis ins frühe 20. Jahrhundert erhalten. Das alles ist in seiner Studie *Cannibalism in China* nachzulesen, in der er ellenlange Tabellen mit den Quellen seiner Information, den jeweiligen Spendern und Empfängern beziehungsweise Spenderinnen und Empfängerinnen, den betreffenden Körperteilen sowie den Gerichten, die daraus zubereitet wurden, auflistet. Suppen und Grützen waren üblich, gelegentlich gab es aber auch etwas Besseres, wie etwa einen leckeren Schmorbraten aus einer linken Brust oder auch einem rechten Schenkel. Oder – ein frühes historisches Beispiel fürs Fettabsaugen und sinnvolle Resteverwertung – Schmalz aus der linken Hüfte."

Corbet guckte Eva mit aufgerissenen Augen an. Längst hatte er aufgegeben, Evas Tischrede für seinen Vater zu übersetzen.

„Guck mich nicht so ungläubig an, lieber Corbet. Wir können natürlich nicht alles verifizieren. Auch wissen wir nicht, ob die Schwiegertochter, die ihrer Schwiegermutter ihren linken Augapfel servierte, dies tat, um die Tiefe ihrer Hingabe zu unterstreichen. Oder ob sie der Alten nur einen Schrecken einjagen wollte."

In diesem Moment hatte Corbet das Gefühl, als ob der Boden unter ihm ins Wanken gerate. Er kauerte wieder in der Kutsche, wurde hin und her gerüttelt und drohte herunterzufallen, während die Pferde unaufhaltbar aufs Wasser zurasten. Es gab nur eine Rettung für ihn, er musste selber abspringen, bevor er ertrank. Nicht handeln war Untergang.

„Eine gemäßigte Form dieses Kannibalismus hat sich bis in die heutige Zeit erhalten. Im Krankenhaus von Shenzhen nahe

Hongkong werden abgetriebene Foeten verkauft, als Heilmittel bei Asthma und Hautproblemen."

Ein Stuhl fiel um, Corbet presste sich seine Serviette vors Gesicht und eilte auf schnellstem Wege nach draußen.

„Entschuldigung, Leute, meine Damen und Herren, ich bin gleich fertig. Dass sich ausgerechnet unser Bräutigam als derart zartbesaitet erweist. Tzztzzt. Ihr werdet lachen – gerade in seinem Mutterland Großbritannien gibt es Websites, die richtig zur Sache gehen und recht ausgefallene Rezepte anbieten. Witzigerweise heißt eine Adresse 'Für Mütter ab 35', und darauf findet ihr jede Menge Rezepte für Plazenta-Cocktails, Plazenta-Lasagne und Plazenta-Pizza, mit oder ohne Knoblauch. Also, der Phantasie des jungen Wissenschaftlers sind keine Grenzen gesetzt, wenn er sich mit seiner Schwiegermutter besonders gut stellen möchte ..."

Die letzten Worte hörte Corbet nicht mehr, und auch nicht das teils leise, teils im Gegenteil betont laute Gelächter, den einen oder anderen Ausdruck des Ekels, das Gläserklingen, den Applaus und die nassforschen Bravorufe. Und er bekam auch nicht mit, wie Eva über Franziskas Geschenk, die Juister Brötchensäge, einen besonders makabren Witz machte. Er war über die Hotelterrasse in den Garten gehastet, und da er nicht in die schön gepflegten Lavendel- und Rosenbüsche kotzen mochte, peilte er das Fischbecken an, in dem ein Schwarm wertvoller japanischer Zierfische auf die allabendliche Fütterung wartete. In Erwartung ihrer bald fälligen Mahlzeit zogen sie ihre Kreise bereits dicht unter der Oberfläche des Wassers, weiße, orangefarbene und schwarz gesprenkelte Koi. Mit letzter Kraft – er hatte wirklich zu unmäßig von der Hochzeitstorte gegessen – stützte sich Corbet auf den Beckenrand, beugte sich vornüber und begann die Fische zu füttern. Aus dem Augenwinkel nahm er wahr, dass seine Schwiegermutter immer noch, wie schon die ganze letzte Stunde, vor einem leeren Gedeck im Teepavillon saß. Er drehte seinen Blick in die andere Richtung, und im Bemühen, auch nicht auf das über dem Becken angebrachte Schild zu starren, das ihm mitteilte, dass das Füttern der Koi bei Lebensgefahr – für die Fische – verboten war, schloss er schließlich die Augen.

Die leisen Schritte, die sich ihm über den Rasen näherten, hörte er nicht. Er reagierte erst, als sich ihm ein Arm von hinten um den Hals legte und eine Hand zielstrebig seinen Haarschopf ergriff.

„Ganz ruhig bleiben“, flüsterte eine tiefe Stimme. „Es ist gleich vorbei.“

Corbet hatte keine Kraft mehr zum Widerstand. „Help“, keuchte er, während es ihm noch einmal hochkam. „Hilfe, ich brauche Hilfe.“

15.

Ihr Spiel war durchaus erfolgreich gewesen, vom musikalischen Standpunkt her gesehen sowieso, und auch die vielen wohlwollenden Blicke, die sie geerntet hatte, waren ihr nicht verborgen geblieben. Der größte Erfolg aber war der Griff in die Tasche eines Friesennerzes gewesen, der in aller Unschuld auf einem Bügel an der Garderobe draußen vor dem Speisesaal gehangen und auf ihre Inspektion gewartet hatte. Der Besitzer desselben lief offenbar mit zu viel Vertrauen in seine Umwelt durchs Leben; vielleicht wiegte er sich auch in dem Glauben, bei einem solchen Kleidungsstück würde niemand irgendwelche Wertsachen in den Taschen vermuten. Er hatte deshalb neben einem Atemspray und gebrauchten Papiertaschentüchern nicht nur sein Handy, das sie verschmäht hatte, sondern auch seine Brieftasche darin stecken gelassen. In einem unbeobachteten Augenblick hatte sie mit einem entschlossenen Griff zwei Geldscheine daraus hervorgezogen. Einhundertundzwanzig Euro Trinkgeld, keine schlechte Beute.

Nur schade, dass die Feier so abrupt geendet hatte. Bald nachdem der Bräutigam plötzlich das Weite gesucht hatte, weil ihm eine – zugegeben etwas launige – Tischrede auf Gemüt und Magen geschlagen war, hatte der Vater der Braut die Tafel auch offiziell aufgehoben und die Parole ausgegeben, man treffe sich in einer Stunde bei den eigens für sie reservierten Strandkörben am Hauptbadestrand zur großen Party. Für das leibliche Wohl sei weiterhin gesorgt, Musik und Tanz warteten auf die Gäste, und auch das Brautpaar dürfe sich noch auf eine spezielle Überraschung gefasst machen, ja freuen. Er empfehle, sich bequem anzuziehen und warme Jacken und Decken nicht zu vergessen. So hatte sich für sie leider keine weitere Gelegenheit ergeben, um die eine oder andere Handtasche gewinnbringend zu durchstöbern.

Die Gesellschaft hatte sich alsbald zerstreut, der eine oder andere hatte sein Glas noch einmal gefüllt, bevor er sich damit auf sein Zimmer zurückzog, und auch sie hatte sich verabschieden wollen, war aber vom Vater der Braut noch in Beschlag genommen und in ein Gespräch verwickelt worden. Eine zähe Alte, offenbar seine Mutter, war um sie herumscharwenzelt und hatte mit Argusaugen das Gespräch ihres Sohnes, immerhin ein Mann im besten Alter, mit der so unanständig gekleideten Musikerin betrachtet. Danuta war es schließlich selbst unangenehm geworden, auch wenn man hier an einem Badeort war, wo jedermann tagtäglich am Strand Ähnliches – und mehr – zu Gesicht bekam. Als Herr Gebhard auch sie zur Strandparty einlud, hatte sie das Gespräch endlich mit dem Hinweis beendet, sich vorher dringend etwas Wärmeres anziehen zu müssen.

Ihre Siebensachen hatte sie im Billardzimmer abgelegt, das zwischen der Hotelhalle und dem Speisesaal lag und ihr vor ihrem Auftritt als Garderobe gedient hatte. Sie öffnete die Tür mit dem Bullauge darin und schlüpfte in den Raum. Irgendetwas war anders als vorher, sie hätte nicht sagen können, was, aber die Atmosphäre des Zimmers hatte sich seltsam verändert. Es lag etwas in der Luft, etwas Unhörbares, Unsagbares, etwas Immaterielles. Schlechte *Vibes*, dachte Danuta, als sie die Tür hinter sich schloss. Merkwürdig, vorhin war ihr nichts dergleichen aufgefallen. Sie warf einen prüfenden Blick zum Billardtisch hinüber, auf dem ihr Geigenkasten lag, vorbei an der Trennwand, die direkt vor der Eingangstür im rechten Winkel in den Raum hineinragte und dem Eintretenden den Blick auf die dahinterliegende linke Seite des Zimmers verwehrte.

Beruhigt stellte sie fest, dass der Kasten noch an derselben Stelle lag, an der sie ihn abgelegt hatte. Nicht auszudenken, es würde zur Abwechslung einmal ihr etwas geklaut und das gute Stück käme samt Inhalt abhanden. Mit leichtem Frösteln klappte sie den Deckel auf und verstaute die stibitzten Scheine. Dann huschte sie auf die Empore an der rechten Seite des Raumes, auf der sich zwei Computerspieltische für die älteren Kinder befanden. Die Stufe, die auf die Empore führte, übersprang sie. Erst jetzt merkte sie, wie kalt ihr im Gespräch mit Herrn Gebhard geworden war. Sie bibberte regelrecht und musste sich wirklich dringend etwas anziehen. Ihre Kleidung hatte sie auf einem runden Tischchen abgelegt, das zwischen den beiden Computertischen stand. Was für ein Umstand aber, dass sie vorhin zur Feier des Tages eine weiße Spitzenbluse unter ihren dunkelblauen Blazer gezogen hatte. Sicher schiene das bunt gemusterte Bikinioberteil durch die dünne Stoffbluse durch. Beim nächsten Mal würde sie bei ähnlicher Gelegenheit einen Pullover mitnehmen, den sie jetzt einfach über den Bikini hätte streifen können. Stattdessen musste sie mit klammen Fingern am Verschluss ihres Bikinioberteils nesteln und sodann – halbnackt – unter Bluse, Blazer und Seidentuch nach ihrem Büstenhalter kramen. Und natürlich musste in diesem Moment die Tür aufgehen und irgendein Depp hereinschauen. Und anstatt eine Entschuldigung zu murmeln und die Tür – von außen – wieder zu schließen, schlurfte der Depp hinter ihr ins Zimmer herein.

Unwirsch drehte sich Danuta um. Die alte Frau Gebhard stand hinter ihr am Billardtisch und kramte in ihrem Geigenkasten. Soeben zog sie Danutas geheimes Geldbündel daraus hervor und hielt es ihr mit triumphierender Geste entgegen.

Danuta stieß einen gellenden Schrei aus. Er tat ihr selbst in den Ohren weh, sie hatte nicht gewusst, dass ihre Stimme so schrill klingen konnte. Es war aber weder Frau Gebhard noch die Tatsache, dass die Alte sie anscheinend bei ihrem kleinen Taschendiebstahl beobachtet hatte, was sie zum Schreien gebracht hatte. Es war der Anblick von etwas unaussprechlich Scheußlichem, das sich hinter Frau Gebhard befand, hinter der Trennwand, die ihr, als sie eintrat, die Sicht auf den linken Teil des Raumes versperrt hatte. Aus dem gleichen Grund hatte auch Frau Gebhard bislang noch nicht gesehen, was hinter ihr war. Aber Danuta sah es jetzt, und es machte, dass ihr das Blut in den Adern gefror.

Hinter der Trennwand saß, der Tür abgewandt, ein Mensch – eine Frau – im verschlissenen Sonntagsstaat in einem dort abgestellten Korbstuhl. Die Frau blickte stur an der alten Frau Gebhard vorbei, hinüber zu einer in der gegenüberliegenden Ecke befindlichen Vitrine, in der eine Sammlung mit Oldtimer-Modellen ausgestellt war. Das aber war es nicht, was Danuta entsetzt hatte aufschreien lassen. Es war die Frau selbst. Sie war tot.

Und jetzt drehte sich auch die alte Frau Gebhard, Danutas Blickrichtung folgend, um und sah die monströse Erscheinung. Aber sie wandte sich sogleich wieder ab, mit einer verächtlichen Handbewegung, die Danuta einen weiteren Schrecken einjagte.

„Da! Da!“

Danuta stand wie gelähmt. Sie reagierte noch nicht einmal, als die alte Frau plötzlich eine ihrer Ersatzsaiten, straff gespannt, zwischen den Händen hielt und langsam auf sie zukam.

„Ich habe dich genau gesehen“, sagte sie. „Du willst dich an meinen Armin ranmachen. Aber daraus wird nichts, sage ich dir.“

„Da – da hinter Ihnen!“, stammelte Danuta.

„Pah! Marion! Die kann dir jetzt auch nicht mehr helfen.“

„Ssssie – sie – sss“, zitterte Danuta.

Unterdes war die Alte näher gekommen und hatte die Stufe betreten, die zur Empore hochführte. Die Geigensaite hielt sie fest gespannt und streckte sie Danuta entgegen.

„Jetzt ist Schluss mit lustig“, zischte sie.

Es war der Schock, der Danuta im Griff hielt. Zudem war sie dermaßen verwundert, dass sie wie angewurzelt stehen blieb. Weder konnte sie denken, noch sich bewegen. Vielleicht tat auch das schlechte Gewissen ob ihrer vielen kleinen Gaunereien ein Übriges, so dass sie sich schuldig fühlte, als ob sie tatsächlich Strafe verdient hätte. Sie kam nicht einmal auf die Idee, sich zu wehren, geschweige denn, zum Gegenangriff überzugehen. Anstatt die Alte vor die Brust zu stoßen und die Treppenstufe hinunterzuschubsen, dass sie im hohen Bogen gegen den Billardtisch flog – und dann zu fliehen – hielt sie sich nur die Hände schützend vor ihre Brust. Und dann ließ sie es widerstandslos geschehen, dass die Alte ihr von unten die Geigensaite gegen den Hals drückte und sie mit zäher Gewalt gegen die Wand drängte. Es war sicher die D-Saite aus Darm, mit Stahl umsponnen, das war alles, was Danuta dachte, dann wurde ihr schwarz vor Augen.

16.

Corbet wusste, dass er tief in Anton Rosinkes Schuld stand. Der Barkeeper mit der frechen Berliner Schnauze und dem treudeutschen Blick, über den er sich am Vorabend gemeinsam mit seinem Vater lustig gemacht hatte – war das wirklich erst gestern Abend gewesen? – hatte ihm das Leben gerettet. Liebevoll hatte er ihm über den Rücken gestrichen und den Kopf gehalten, als Corbet ein letztes Mal hatte spucken und würgen müssen. Dabei hatte er ihm aufmunternd zugeredet und tröstende Worte für ihn gefunden.

„Gleich ist es vorbei."

So war es nicht verwunderlich, dass Corbet sich kurz an seiner Schulter ausgeruht und ihn sodann um Hilfe gebeten hatte. Unter Männern fragte man nicht nach dem Warum und Wozu. Dort drüben moderte seine tote Schwiegermutter im Teepavillon und musste beiseite geschafft werden. Wenigstens für den Augenblick. Und sicher wäre es auch im Sinne des Hauses gehandelt, wenn man hier und jetzt einen Skandal vermied.

Gemeinsam hatten sie die Lage sondiert und Marion Gebhard alsdann in einem günstigen Moment mitsamt dem Korbstuhl, auf dem sie thronte, in das Billardzimmer nahe der Eingangshalle verfrachtet. Da zur Zeit nur kleinere Kinder im Hause weilten, die noch nicht an den Computern spielen durften, würde aller Voraussicht nach niemand das Zimmer benutzen; eine raumteilende Wand gegenüber der Eingangstür bot zusätzlichen Schutz vor Entdeckung. Um Anton als Mitwisser und Mittäter gefügig zu halten, hatte Corbet ihm das Blaue vom Himmel versprochen. Zu späterer Stunde würde man weitersehen.

Zwar hatte Corbet wahrgenommen, dass der Geigenkasten der Stehgeigerin auf dem Billardtisch lag. Da die junge Frau aber momentan, wie der Barkeeper ihm versicherte, tief in ein Gespräch mit seinem Schwiegervater verstrickt war, blieb Zeit genug, um sich schnell frisch zu machen. Corbet war also auf die Toilette im Keller des Hauses geeilt, hatte sich die Hände gewaschen und den Mund ausgespült. Den Schwächeanfall von eben sah man ihm nicht mehr an. Nun wollte er schnell den Geigenkoffer aus dem Billardzimmer –

„What the hell!“

Was ging da vor sich? Mit einem Satz hatte Corbet Claires Großmutter Elfi erreicht und sie von Danuta zurückgezogen. Die Musikerin lag auf dem Boden, nun wirklich halbnackt, und rang heftig nach Atem. An ihrem Hals zeigte ein schmaler roter Schnitt, wie tief sich die Schlinge, die Elfi Gebhard um sie geworfen hatte, bereits in die Haut geritzt hatte. Aber auch Elfi selbst hatte sich an der Geigensaite geschnitten; aus ihren Handflächen tropfte Blut.

Corbet rüttelte sie an den Schultern.

„What the hell are you doing there, Elfi!“

Langsam richtete die alte Dame sich auf und starrte zu ihm herüber. Dann brach sie in wirres Gelächter aus.

„Corbet, der edle Ritter!“

Etwas Lauerndes, Boshaftes war in ihrem Blick, als sie höhnisch hinzufügte: „Oder soll ich der arme Schlucker sagen?“

Da sie auf der Empore stand, war sie immer noch auf gleicher Augenhöhe mit ihm. Er packte sie und zog sie zu sich herunter. Die arme Danuta war unterdes aus der Reichweite ihrer Peinigerin gekrochen und hatte sich in die hinterste Ecke des Zimmers hinter das Computertischchen geflüchtet. Dort kauerte sie, ihren Blazer schützend an sich gepresst.

„Du denkst wohl, du bist der Größte!“, geiferte Armin Gebhards Mutter inzwischen weiter. „Denkst, Claire und du, ihr seid reich! Aber du weißt ja nicht, was ich weiß. Und wenn es erst Armin weiß, wird Claire –“

Sie schnippte mit Daumen und Mittelfinger –

„– doch nicht einen Cent erben.“

Corbet starrte sie an. Wovon redete sie?

„Nicht wahr, du weißt es noch gar nicht? Hätte ich Marion ihren Willen gelassen, hätte sie es überall ausposaunt. Oh, ich hatte meine Gründe, es zu verhindern. Aber jetzt spreche ich.“

Am liebsten hätte Corbet die Alte weit von sich gestoßen.

Sie war ja vollkommen irre. Aber noch hielt sie ihn in ihrem Bann mit ihrem funkelnden, wilden Blick. Wie hypnotisiert presste er sie an sich und hielt sie in seinen Armen, als wollte er sie nie wieder gehen lassen. Wie aus weiter Ferne drang ihr Gekeife an sein Ohr.

„Claire ist gar nicht Armins Kind. Da staunst du, Corbet! Sie ist Theos Tochter. Armin ist – nur ihr Bruder. Dein Schwager ist er. Wenn er das erst begreift – und die natürliche Erbfolge einsetzt – erbt Claire gerade mal das, was Theo und ich übrig lassen."

Sie schnippte wieder.

„Nicht das Schwarze unterm Fingernagel bleibt euch!"

„Theo? Marion?", keuchte er. „Deshalb musste sie sterben?"

„Klaren Tisch machen!", mokierte sie sich. „Wenn ich das schon hörte! Ich hab versucht, es ihr auszureden. Aber letzte Woche habe ich es begriffen, sie sehnte sich nach Claires Absolution. Und Armins vielleicht auch. Da hab ich Theos Herzpillen im Mörser zermahlen, *Digimerck*, so entzückende kleine Dragees. Auf den Streuselkuchen gestreut hab ich sie, die winzigen Streusel. Bitterer Rhabarbergeschmack. Sie hat nichts mehr gemerkt, als ich sie ins Wasser geschubst habe."

Danuta stöhnte laut auf, und unwillkürlich rückten Corbet und Elfi näher zusammen.

„Du hast sie ins Wasser – Elfi, was hast du getan?"

„In Theos Rollstuhl", schluchzte Elfi. „Nach Emden gefahren – zum Borkum-Kai – weit und breit keine Zeugen – aus dem Rollstuhl gekippt und ins Wasser gestoßen …"

Sie wurde von einem hysterischen Anfall geschüttelt, von dem selbst Corbet, der eng umschlungen mit ihr stand, nicht hätte sagen können, ob es sich um ein hysterisches Lachen oder ein hysterisches Weinen handelte.

„Ich glaube dir nicht", schrie Corbet. „Ihr Körper ist doch viel zu schwer für dich, Alte!"

„Immer Theo rein und raus aus dem Rollstuhl gehoben – jahrelang – von wegen Ruhestand – beinhartes Muskeltraining!", begehrte Elfi auf.

Hatte sie sich einen Moment gehen lassen und an Corbets

Brust Schutz und Trost gesucht, so merkte sie jetzt wieder, dass sie ihren Feind vor sich hatte.

„Ich bin stärker als ihr alle zusammen", trumpfte sie auf. „Wärst du nicht gekommen, wär die da längst mausetot!" Sie deutete mit den Augen zu Danuta hinüber. „War doch ein Kinderspiel letzten Montag in Emden. Nicht wahr, Marion? Und den Rest hat die Ems erledigt. Dass die Strömung sie bis nach Juist trägt, war nicht geplant."

Dicht an dicht standen sie, wie ein Liebespärchen, und die Alte blickte mit einem Augenaufschlag zu Corbet auf, der ihm durch Mark und Bein ging. So hatte ihm noch keine Frau in die Augen geschaut.

„Begreifst du was, Corbet?", höhnte sie weiter. „Ich bin Theos Frau. Deine Stief-Schwiegermutter. Mich wirst du so schnell nicht mehr los. Was werd ich mich amüsieren, wenn Armin euch erst enterbt. Versteh gar nicht mehr, warum ich Marions Beichte verhindern wollte. Aber für die Wahrheit ist es ja nie zu spät ..."

Corbet wusste nicht, wie ihm geschah. Hätte jemand dem Geschehen Einhalt geboten und ihn gefragt, wie es soweit hatte kommen können, er hätte nicht zu antworten vermocht. Aber außer Danuta war niemand da, um einzugreifen und das Unheil zu verhindern. Und die junge Frau war zu schwach und zu geschockt, um ihn zu stoppen. Um ihn zu fragen, was um alles in der Welt hier vor sich ging, was das Gerede der alten Frau bedeuten sollte. Und wie er – und sie – je in diese Situation hatten geraten können.

So war er Elfis Tiraden bedingungslos ausgeliefert, auf Gedeih oder Verderb, und er wusste, dass es auf Verderben hinauslief.

Aber desgleichen war auch sie ihm ausgeliefert. Jede noch so kleine Erinnerung an das, was diesem Schlamassel vorausgegangen war, war ihm abhanden gekommen. Alle Vernunft hatte ihn verlassen. Alles was er wusste, war, dass dies ein Ende haben musste – und ein Ende bald haben würde. Alles, was er spürte, war ein dumpfes Hier und Jetzt, alles, was er fühlte, war ein Kribbeln in seinen Fingern. Und dieser unbändige Hass. Oh, wie er sie hasste. Wie er sie hasste! Diesen dünnen, rissigen Mund, der wie das Vorloch zur Hölle aussah. Das große, gelbe Gebiss. Sein Blick glitt tiefer, auf den welken, weißen Hals, der dem angehenden Arzt für Fertilitätsmedizin ein unbarmherziges Memento Mori aufzeigte. Siehe hier, wohin all deine Bemühungen letztendlich führen. Er drückte zu. Erst zart, aber dann immer stärker. Dabei überkam ihn ein deutliches Déjà-vu. Ihm war, als ob er diese Situation schon einmal erlebt hatte, aber das war natürlich Unsinn, wo sollte das wohl gewesen sein?

Sie war zäher, als er gedacht hatte, widerspenstig, verdammt vital, deshalb drückte er stärker zu. Immer noch leistete sie Widerstand, stemmte sich ihm entgegen. Und verspottete ihn mit ihrem wilden Eifern und Geifern.

„Ha, du Dummkopf, denkst, du musst nur ein bisschen drücken. Denkst, damit ist es getan …“

Sie rang nach Luft, japste und jauchzte, als hätte sie es die ganze Zeit über darauf abgesehen, dass Corbet stärker zudrückte, und während sie ihn dermaßen anfeuerte, blickte sie ihm die ganze Zeit über mit ihren hellgrauen Augen direkt ins Gesicht. Zu ihm auf schaute sie jetzt, da er sie von der Empore heruntergeschwenkt hatte und sie über den Billardtisch gebeugt hielt. Seine Hände schmerzten, während er noch fester zudrückte und die Fingernägel tief hineinbohrte in ihr schlaffes, graugeädertes Fleisch.

„Marion“, stöhnte er.

„Ich bin Elfi“, brabbelte sie.

Ihre Worte wurden unverständlich. Ein kleines, hässliches Zischen, ein ungeformtes Rinnsal, das ihren blauvioletten Lippen entwich und etwas wie „Warte, du Schwiegerwichser“ bedeuten mochte.

Dann hatte Elfi Gebhard ihre Seele, wie der Lateiner sagt, ausgehaucht. Voller Panik spürte Corbet Stewart, wie die kleine, drahtige Frau unter ihm schlaff wurde, sich ihm völlig ergab. Er hielt nur mehr die Hülle ihres Halses zwischen seinen Händen. Was sollte er tun, wie konnte er das Geschehene rückgängig machen? Während er fieberhaft darüber nachdachte, sackte er gleichzeitig mit Claires Großmutter – nein, der Frau ihres Vaters, verdammt! – an der Kante des Billardtisches entlang auf den Boden. Obwohl er nicht religiös erzogen worden war, ertappte er sich bei einem Gebet. Denn was anderes war dieser inständige Wunsch, dass es, bitte schön, lieber Gott, endlich dunkel um ihn herum werden möge? Und zwar schnell, auf der Stelle? Aber natürlich wurde so ein armseliges Gebet nicht beim erstbesten Mal gleich erhört; nichts dergleichen geschah. Im Gegenteil, der junge Mann befand sich auf Augenhöhe mit dem farblosen Gesicht seiner Stief-Schwiegermutter und schaute direkt auf ihren gehässigen Mund. Schrecklich, wie verächtlich sie ihm immer noch in die Augen schaute. Sie hatte ihr Gezeter bis zum letzten Moment nicht bereut.

Allmählich wurde ihm bewusst, dass ein gleichförmiges Gemurmel den Raum erfüllte. Es war Danuta, die das Vaterunser auf polnisch sprach. Plötzlich aber mischte sich ein anderer Laut in ihr leises Beten. Er kam direkt aus der Ecke, in der Marion Gebhard hockte, und er klang schauerlich. Natürlich wusste Corbet als Arzt, dass die Toten gelegentlich seufzten. Aus allen Ecken und Enden entwich ihnen immer noch Luft. Aber dieser Laut, so hoffte er instinktiv, war eine Sinnestäuschung gewesen. Es konnte einfach nicht sein, was er eben gehört zu haben vermeinte. Niemals hatte diese Marion dort drüben, so fremd in ihrem spießigen Sonntagsstaat, soeben laut aufgelacht.

17.

„Nicht wahr, Mary, du hättest es genossen?“, flüsterte Armin Gebhard.

Seine Strandparty war in vollem Gang, und alles lief bestens nach Plan. Nur er selbst konnte sich nicht entspannen, so sehr er sich auch nach außen hin den Anschein zu geben bemühte. Am liebsten hätte er sie alle im Stich gelassen und wäre auf der Stelle ins *Achterdiek* zurückgelaufen, denn natürlich war es ihm nicht verborgen geblieben, dass seine Mary sich dort am Nachmittag im Garten herumgetrieben hatte. Den halben Tag hatte sie im Sessel im Teepavillon zugebracht, eine heitere Urlauberin von einem anderen Stern, die alle Zeit der Welt hatte.

Und dann war sie plötzlich fort gewesen. Armin Gebhard glaubte nicht an Gespenster. Irgendetwas war im Gange, aber er wusste nicht, was. Es war ein schrecklicher Zustand. Nur aus Liebe zu Claire hielt er durch. Er war der Vater der Braut. Er würde sich zusammenreißen und treu für sein Töchterchen sorgen. Auf ihre Hochzeit sollte kein Schatten fallen. Auch wenn morgen die Welt unterging.

Die Volkstanzgruppe hatte drei ostfriesische Hochzeitstänze aufgeführt, nicht ahnend, dass ihr munterer Reigen sich auch als Totentanz ansehen ließ; ein tanzender, lachender Buchhändler hatte ihm zugewinkt. Soeben sang der Shantychor „Rolling Home“. Verstohlen wischte Armin Gebhard sich eine Träne aus dem Auge. Und noch eine. Der Wind, dachte er. Und der Sand. Und die Rührung, natürlich. Auch wenn Marion quicklebendig an seiner Seite gestanden hätte, hätte er ein paar Tränen verdrücken müssen. Zu „Rolling Home“ gehörte immer eine Träne dazu. Er erinnerte sich daran, wie er ihr einst hatte versprechen müssen, dass dieses Lied an ihrem Grab gespielt würde. Und dass er bei ihrem Leichenschmaus, bitte schön, keinen Streuselkuchen auftischen würde, dieses trockene Zeug, das einem immer im Hals stecken blieb und das sie deshalb stets als Würgekuchen bezeichnet hatte. Es reichte ihr, dass sie ihn sonntagnachmittags bei seiner Mutter vorgesetzt bekam. Er hatte es ihr damals versprochen, obwohl er das ganze Gespräch für einen Scherz gehalten hatte und fest davon ausgegangen war, dass sie ihn überleben würde, lebenslustig und vital, wie sie war. Aber jetzt war es an ihm, das gegebene Versprechen zu halten.

Und dabei hatte er sich doch noch ein so schönes Geschenk für sie überlegt. Als sie, an Weihnachten war es gewesen, über die bevorstehende Hochzeit gesprochen hatten, hatte sie den Vorschlag gemacht, das Fest in der Karibik zu feiern. Claire hatte davon nichts wissen wollen, er aber hatte sich Marys Idee gemerkt. Und hatte etwas ganz Verrücktes für sie vorbereitet. Es hatte einiger Telefonate – und einer größeren Geldspende – bedurft, bis er die Genehmigung eingeholt hatte; so etwas hatte es auf den Inseln noch niemals gegeben. Seitdem die Insulaner aufgehört hatten, ihren Lebensunterhalt durch Strandpiraterie zu verdienen, war normalerweise ja nicht einmal mehr ein harmloses Feuerwerk hier am Strand erlaubt. Jetzt aber würde der Chor zur Einstimmung gleich „Rolling down to old Maui" singen, und dann würden alle Anwesenden ihr blaues Wunder erleben. Gen Osten, da, wo jetzt noch die Lichter der Nachbarinsel Norderney in der Abenddämmerung blinkten, würde sich in Kürze eine Südseeinsel aus dem Wasser erheben. Ein echtes Robinson Crusoe-Eiland, mit Sandstrand unter blauem Himmel und Palmen. Zu diesem Zweck hatte er zwei Schiffe der Frisia-Reederei gechartert, die in diesem Moment zwischen Juist und Norderney ankerten und deren Aufgabe es war, dichten Wasserdampf zu erzeugen, um somit eine Art Leinwand zu bilden. Von einem Container aus, der in den Kalfamer-Dünen geparkt war, würde sodann auf die Wasserdampf-Leinwand eine Lasershow projiziert. Hätten die Herren von der Frisia-Reederei gewusst, welcher Art diese Lichtinstallation wäre, hätten sie dem von Armin Gebhard engagierten Hamburger Lichtkünstler freilich kaum ihre Zustimmung erteilt. Wer von ihnen gedacht hatte, Norderney würde farbenfroh in bengalische Flammen getaucht oder wie die schaumgeborene Göttin aller Inseln dekorativ aus den Fluten emporsteigen, sollte sich gründlich irren.

Ah, es ging los. Von einem Augenblick zum nächsten war die Nachbarinsel völlig verschwunden. Wie vom Erdboden, nein, vom Meeresspiegel verschluckt. Wo sonst Norderney wie ein hypermodernes Raumschiff über den Wassern schwebte, sah man vom Juister Strand aus erst einmal – gar nichts mehr. Nicht allen Hochzeitsgästen war die Veränderung sogleich aufgefallen, mit der Zeit aber hörte man immer mehr verwunderte Stimmen. Und als sich die Blicke gerade daran gewöhnt hatten und die ersten jungen Leute anfingen zu spotten, man käme wahrscheinlich auch ohne Norderney prima aus, tauchte ein anderes Eiland aus den Fluten, eine entzückende, kleine Südseeinsel, auf der drei Palmen standen. „Ah", schrien alle und „Oh", und Maike raunte Eva ins Ohr, dies sei der beste Moment der gesamten Feier. Sie tat dies nicht ohne einen kleinen, boshaften Hintergedanken, hatte sie die launige Rede ihrer Freundin bislang doch mit keiner Silbe gewürdigt.

„Ach, Mary, mein liebes Mädchen", dachte Armin, „wenn du dies doch noch sehen könntest."

Von den weiteren Bildern, die mit Hilfe von Laserstrahlen auf den dunklen Horizont geworfen wurden, nahm er selbst freilich gar nichts mehr wahr. Unaufhaltsam strömten ihm die Tränen über die Wangen. Da jedoch das junge Brautpaar und dessen Gäste ganz im Bann der Lichtinstallation waren, fiel es niemandem auf.

18.

Rüdiger hatte sein Glück zunächst nicht fassen können, als er bei seinem Abendspaziergang die Hochzeitsparty am Strand bemerkte und die begabte Stehgeigerin unter den Gästen sah. Es war ganz einfach gewesen, sich unter die Feiernden zu mischen, das ihm gereichte Glas Bier anzunehmen, auch ein paar kostenlose Lachshäppchen zu ergattern, und den Sonnenuntergang bereits in der Nähe seines neuen Schwarms zu bewundern. Unauffällig pirschte er sich an die schöne Musikerin aus dem Kurorchester heran. Claire Gebhard war jetzt eine verheiratete Frau, Mrs. Corbet Stewart, für seine Rettungskünste auf ewig verloren. Man musste es akzeptieren, wenn man den Kürzeren zog und nichts mehr ausrichten konnte, dachte Rüdiger. Das hatte er bei seinen früheren Lieben immerhin schon gelernt. Der gute Sportsfreund gratuliert dem Gewinner. Und in diesem Fall wurde sein hehrer Verzicht erheblich erleichtert. Diese junge Polin – sie hieß Danuta, so viel hatte er schon in Erfahrung gebracht – sah noch viel anmutiger aus als Claire.

Fast hatte er sich schon an sie herangepirscht, fast schon ein Herz gefasst, sie anzusprechen, sich als Musikliebhaber zu erkennen zu geben, da wurde er unfreiwillig Zeuge einer äußerst unbegreiflichen Szene. Danuta hatte sich dezent hinter einen Strandkorb begeben, und Rüdiger war ihr gefolgt, in der Hoffnung, dass sich gleich eine günstige Gelegenheit ergeben werde, um ein Gespräch anzufangen. Da er annahm, sie wolle nur kurz ihre Kleidung richten, einen Moment ungestört sein, war er ein paar Schritte zurückgeblieben. Man war schließlich Gentleman. Und deshalb musste er mit ansehen, wie sie sich in einer provokativen Pose – ein Straßenmädchen hätte es nicht besser gekonnt – an die Rückseite des Strandkorbs lehnte, eine Zigarette anzündete und abwartend ein paar Züge rauchte. Und dann war Corbet Stewart zu ihr getreten und hatte minutenlang in beschwörendem Ton auf sie eingeredet. Und sie zweifelsohne angefleht, niemandem auch nur ein Sterbenswörtchen von dem, was am Nachmittag geschehen war, zu verraten.

War das die Möglichkeit? Hatte dieser flotte Bräutigam tatsächlich zwischen Traualtar und Hochzeitsschmaus wieder einmal eine seiner berühmten schnellen Nummern geschoben?

„Ich will Kohle sehen“, hatte Danuta zu Rüdigers großem Entsetzen gesagt. „Zehntausend Euro.“

Widerstrebend hatte Corbet schließlich ein paar Geldscheine aus seiner Hosentasche gezogen und ihr in die Hand gedrückt.

„Der Automat gab nicht mehr her, den Rest kriegst du morgen. Aber damit erst gar keine Missverständnisse aufkommen, dann ist Schluss.“

„Wofür hältst du mich, ich bin Musikerin. Kannst mich gern mal wieder engagieren, bei der Kindstaufe zum Beispiel – jederzeit. Beim nächsten Mal klingt es dann noch viel besser. Ich üb ein bisschen in der Zwischenzeit.“

Als er sie lachen hörte, hatte Rüdiger sich getrollt. Was sollte er von dieser Entwicklung halten? Dass Danuta kurzfristig mit dem Gedanken geliebäugelt hatte, eine noch größere Summe aus Corbet herauszupressen, konnte er ja nicht ahnen. Sie hatte sich gefragt, wie viele Millionen die schöne Claire wohl von ihren Eltern erben würde, und für einen Augenblick überlegt, ob bei dem Deal nicht sogar eine echte Guarneri für sie herausspringen könnte. Dann aber hatte sie sich zur Raison gerufen. Sie war schließlich nicht lebensmüde. Die Ambition, sich demnächst zu den beiden anderen Leichen zu gesellen, hegte sie wahrlich nicht.

Für Rüdiger war allerdings das, was er gesehen und gehört hatte, schon der größtmögliche Gau. Er war fix und fertig. Fertig mit den Nerven. Und fertig mit den Frauen. Wäre er nicht schon auf einer Insel gewesen, er hätte gesagt, dass er reif für die Insel sei. Blind vor Enttäuschung stolperte er durch den Sand und fand sich an Anton Rosinkes Strandkorbausschank wieder. Zum Trost genehmigte er sich ein weiteres Glas Bier und versuchte vergeblich, mit dem Hotelangestellten ein Gespräch anzuknüpfen.

„Schluss mit den Frauen!“, sagte Rüdiger.
„Mhhh.“
„Sind es alle nicht wert.“
„Wenn Sie es sagen.“
„Der Pfarrer hat’s auch geraten.“
„Na, dann.“
„Wer liebt, bringt immer ein Opfer.“
„Sowieso“, pflichtete Anton ihm bei.
„Sie haben, wie ich sehe, auch ein paar Blessuren davongetragen.“
„Nu sagen Se aber keen Ton mehr“, herrschte Anton ihn an. „Ick will nischt mehr hören. Nicht mal An-ton!“

Wieder saßen sie am Stammtisch in der *Kaschemme*, wieder herrschte draußen der schönste Sonnenschein und drinnen dicke Nebelschwaden. Nur waren sie heute morgen zu fünft, und in Fredis Kühlkammer lagen zwei Leichen.

Zu den vier Insulanern hatte sich noch Anton Rosinke gesellt, der nach einer schlaflos verbrachten Nacht am frühen Morgen die Polizei alarmiert hatte. Auch wenn er nachts schon verzweifelt bereit gewesen war, aus Liebe zu Corbet zu schweigen – oder sogar selber im Kittchen zu landen –, so hatte im frühen Morgengrauen doch die Vernunft gesiegt. Gut, er hatte dem geliebten Mann geholfen, die Leiche seiner Schwiegermutter vom Teepavillon ins Billardzimmer zu tragen. Das war gewissermaßen fast noch im Sinne seines Arbeitgebers gehandelt. Als er aber zu später Stunde ins Hotel zurückgekehrt war und im Billardzimmer nachgeschaut hatte, war Marion Gebhard nicht mehr allein gewesen. Schwiegertochter und Schwiegermutter hatten sich, wie im traulichen Zwiegespräch, gegenübergesessen. Ironischerweise sah die Schwiegermutter jetzt beinahe jünger aus.

Anton hatte nicht einmal mehr im Hotel Alarm geschlagen. Er war schnurstracks auf die Polizeistation zu Manfred Arning gelaufen. Um kurze Zeit später zu seinem großen Erstaunen von diesem gelobt zu werden. Er habe alles richtig gemacht, sagte Arning, noch im Schlafanzug, und klopfte dem jungen Mann auf die Schulter.

„Warum die nette Elke Koßmann mit all dem belasten, das macht die beiden Damen Gebhard auch nicht wieder gesund. Würde nur den Hotelbetrieb stören."

Und dann hatte Anton den Handwagen geholt.

Und nun saß er hier und war plötzlich einer von ihnen. Einer von diesen kernigen Kerlen, die er sonst immer nur aus der Ferne sah. Allein ihre Nähe stärkte ihn, gab ihm Selbstvertrauen. Er würde ihnen nichts von Corbet und sich erzählen. In seiner Version der Geschichte war er beim Aufräumen nach der Strandparty, weit nach Mitternacht, zufällig über die Damen gestolpert. Arning hatte ihm seine Darstellung ohne Wenn und Aber geglaubt. Auch die Ausrede für die Schrammen im Gesicht hatte der Polizist ihm abgenommen; beinahe wahrheitsgemäß hatte Anton ihm etwas von einem stürmischen Schäferstündchen erzählt.

„Tja“, sagte Arning. „Unsere Methode, so raffiniert sie war, hat nicht funktioniert. Statt einer Leiche haben wir jetzt zwei auf der Insel, und in der Aufklärung des ersten Mordfalles sind wir keinen Schritt weitergekommen.“

„Wenn das die Leute erfahren“, sagte Frerichsen, „wird es nur dem alten Aberglauben Auftrieb geben. ‘Behält die Leiche ein rotes Gesicht, rote Backen oder Lippen, so folgt ihr bald jemand aus der Familie nach.’“

„Aber wenigstens war es eine schöne Feier“, sagte Habbo. „Wie man so sagt, eine schöne Leich’.“

„Und eine schöne Tanzleiche“, meinte Frerichsen. „Früher haben sie sich ja bei den Totenwachen regelmäßig die Zeit mit allerlei Tänzen und Gesellschaftsspielen vertrieben. Einer spielte die Leiche, alle tanzten paarweise um sie herum, und wenn die Musik aufhörte, musste die Person in der Mitte umfallen und sich tot stellen. Natürlich konnte sie von einem Angehörigen des gegenteiligen Geschlechts wieder zum Leben erweckt werden. Durch Küssen, versteht sich.“

„Ich nehme an, dass die Kirche diesem Unfug ein Ende gesetzt hat“, sagte Arning.

„So ist es“, bestätigte Frerichsen. „Wo kämen wir hin, wenn wir heute wie im Mittelalter immer noch *Carmina diabolica* sängen.“

„War diese Lichtinstallation nicht fantastisch? Wollte Gott, Norderney bliebe auf ewig verschwunden.“

„Wollte Gott, und die Leichen dazu!“

„Wusstet ihr übrigens“, sagte Arning, „dass eine Leiche im modernen Recht als Persönlichkeit gilt? Und als solche ist sie ehrenvoll zu behandeln. Und nicht als Sache. Das bedeutet im Falle eines Eisenbahntransports Beförderung in Personenzügen und nicht im Güterwaggon, und das heißt auch, dass sie einen Beförderungsschein und keinen Frachtbrief bekommt."

„Ja, und, was nützt uns das hier? Unser Ziel liegt, wie es beim Autopiloten so schön heißt, an einer nur beschränkt befahrbaren Straße. Von wegen Transport mit der Eisenbahn."

„Tja, da bleibt nur das Schiff."

Sie guckten sich an.

Konnte es sein, dass vier ausgewachsene, bodenständige Männer und ein zugereister dünner Spund im selben Moment genau denselben Gedanken hatten? Und konnte ein solcher Gedanke falsch sein, wenn sie ihn alle zur gleichen Zeit hegten?

Zwei Leichen. Mussten verschwinden. So wie letzte Nacht Norderney. Bliebe Norderney verschwunden, wären auch die Leichen verschwunden. Tauchte Norderney wieder auf, dann auch die Leichen. Aber auf Norderney.

„Da gibt's diese Strömung im Dovetief", sagte Arning, „da müssten sie garantiert auf Norderney anlanden. Bin gespannt, wie der Kollege dort diese kriminalistische Herausforderung meistert. Nehmen wir dein Boot oder meins, Habbo?"

„Den Retter, der ist schneller", schlug der Bestatter vor.

„Meinen Segen habt ihr", sagte Frerichsen feierlich. „Der Herr sei mit euch."

„Und der heilige Friesengeist auch", sagte der Wirt.

Er stand auf, holte eine Flasche aus dem Regal und packte sie in eine Tüte. Für den Leichenumtrunk.

„Ein Fluss behält eine Leiche nicht länger als neun Tage, sagten übrigens schon die Alten. Weil Wasser nun einmal keinen toten Leichnam duldet."

„Toter Leichnam, Habbo, das ist doppelt gemoppelt. Ein Leichnam ist immer tot."

„Eh-äh", machte Habbo. „Manche sind weniger tot, lieber Pfarrer, das sollten doch gerade Sie wissen."

„Streitet euch nicht, Männer. Auf nach Norderney!"

Sie prosteten sich zu.

„Auf nach Norderney", rief auch Anton Rosinke. „Worauf warten wir noch?"

„Auf den Sonnenuntergang", grinste Manfred Arning. „Und auf die Flut."

* Die Motti stammen von S. S. van Dine, „Twenty rules for writing detective stories“, American Magazine, Sept. 1928; Sibylle Knauss, „Die Marquise de Sade. Roman einer Ehe“, Hoffmann und Campe Verlag, Hamburg 2006; sowie Mary Roach, „Stiff. The Curious Lives of Human Cadavers”, W. W. Norton & Company, New York; Norton paperback 2004. Einige Informationen in Evas Hochzeitsrede sind daraus dem Kapitel „Eat Me. Medicinal cannibalism and the case of the human dumplings“ entnommen. Wertvolle Anregungen verdanke ich auch dem Handwörterbuch des deutschen Aberglaubens, hrsg. v. Hanns Bächtold-Stäubli unter Mitw. von Eduard Hoffmann-Krayer, Walter de Gruyter Verlag, Berlin und New York.

Zu dieser Geschichte wurde ich inspiriert durch einen Aufenthalt auf der Insel Juist. Dafür, dass sie das Krimiautorenstipendium „Tatort Töwerland“ ins Leben riefen, sei der Kollegin Sandra Lüpkes, dem Buchhändler Thomas Koch von der Inselbuchhandlung und der Kurverwaltung der Inselgemeinde, namentlich Herrn Thomas Vodde, sehr herzlich gedankt. Ein besonderer Dankesgruß geht an Elke und Heinz-Peter Koßmann vom Romantikhotel *Achterdiek*, die mir in ihrem schönen Hause so freundlich Kost & Logis gewährten. Dass ich ihnen zum Dank zwei Leichen ins Billardzimmer gelegt habe, nehmen Sie mir bitte nicht übel …

Die Idee, den Juister Strand bühnenbildnerisch zu optimieren, um die Sicht auf Norderney zu verhindern, stammt von Ralf Gebert aus Hamburg. Ich hoffe, dass der Lichtkünstler Michael Batz sie irgendwann einmal verwirklicht und bin gespannt, was die Norderneyer dann ihrerseits daraus machen. – Herzlichen Dank an die mitwirkenden Insulaner für ihre humorvolle Bereitschaft, die Handlung mit ihren Gastauftritten zu bereichern. Natürlich sind sämtliche Figuren im Text trotzdem fiktiv. Und auch sämtliche Seitensprünge sind frei erfunden.

Hamburg, im Januar 2007, Regula Venske

Regula Venske

geboren 1955, Dr. phil., lebt als freie Schriftstellerin in Hamburg. Sie ist Mitglied im Autorenverband deutschsprachiger Kriminalschriftsteller *Syndikat* und im PEN.
„Mit ihren wissenschaftlichen Arbeiten, ihren Kriminalromanen und ihren sprachexperimentellen Texten hat sie sich einen eigenen Platz in der deutschsprachigen Literatur gesichert", so die Jury-Begründung zum Schriftstellerstipendium des Lessing-Preises der Stadt Hamburg; Ginka Steinwachs nannte sie in ihrer Laudatio den „weiblichen Kafka der Kriminalliteratur".
Zuletzt erschienen der Roman „Marthes Vision" (Eichborn 2006) und im Leda-Verlag der Strandkorbkrimi „Und unsereiner zieht den Bollerwagen oder: Schnee am Strandabschnitt E" (2007). Außerdem ist sie mit Kurzgeschichten in mehreren Leda-Anthologien vertreten.

Peter Gerdes (Hrsg):
Mordkompott
Kriminelles zwischen
Klütje und Kluntje
ISBN 3-934927-01-7
240 Seiten; 12,70 Euro

Billie Rubin (Hrsg):
Bayer. Mordkompott
Kriminelles zwischen
Kraut und Knödeln
ISBN 3-934927-33-5
240 Seiten; 12,70 Euro

H. & P. Gerdes (Hrsg):
Flossen höher
Kriminelles zwischen
Fisch und Pfanne
ISBN 3-934927-34-3
240 Seiten; 12,70 Euro

Peter Gerdes (Hrsg):
Mordlichter
Anthologie zu den 2.
Ostfries. Krimitagen
ISBN 3-934927-12-2
240 Seiten; 12,70 Euro

Peter Gerdes (Hrsg.)
Fiese Friesen
Kriminelles zwischen
Deich und Moor
ISBN 3-934927-58-0
256 Seiten; 12,70 Euro

Peter Gerdes (Hrsg):
Inselkrimis
Kriminelles zwischen
Strand und Düne
ISBN 3-934927-59-9
240 Seiten; 12,70 Euro

Regine Kölpin
Krähenflüstern

OstFrieslandkrimi
978-3-934927-95-7
8,90 Euro

Tatjana Kruse
Wie klaut man eine Insel?
Inselkrimi
978-3-934927-96-4
8,90 Euro

Christiane Franke
Blutrote Tränen
Ostfrieslandkrimi

978-3-934927-94-0
8,90 Euro

Dieter Bromund:
Die wandernden Sände
Inselkrimi - Langeoog
ISBN 3-934927-80-7
240 Seiten; 8,90 Euro

Dieter Bromund
Metzgers Testament
Ostfrieslandkrimi
ISBN 3-934927-57-2
256 Seiten
10,90 Euro

Dieter Bromund
Stirb nicht in Schottland
Inselkrimi
978-3-934927-98-8
8,90 Euro

Andreas Scheepker
Tote brauchen keine Bücher
Ostfrieslandkrimi
ISBN 3-934927-47-5
176 Seiten; 9,90 Euro

Andreas Scheepker
Morgen kommt der Weihnachtsmann
Ostfrieslandkrimi
978-3-934927-84-1
272 Seiten; 9,90 Euro

Bernd Sieberichs
Förde-Findling
Flensburg-Krimi
9783934927919
8,90 Euro

Ulrich Hefner
Der Tod kommt in Schwarz-Lila
Inselkrimi
ISBN 3-934927-43-2
336 Seiten; 9,90 Euro

Ulrich Hefner
Die Wiege des Windes
Inselkrimi
Taschenbuch
978-3-934927-69-8
336 Seiten; 9,90 Euro

Ulrich Hefner
Trevisan und der Tote am Kai
Krimis
978-3-934927-97-1
8,90 Euro

Bernd Flessner
Knochenbrecher
Ostfrieslandkrimi
978-3-934927-88-9
208 Seiten
8,90 Euro

Bernd Flessner
Die Gordum-Verschwörung
Ostfrieslandkrimi – TB
978-3-934927-87-2
208 Seiten; 8,90 Euro

Bernd Flessner
Greetsieler Glockenspiel
Ostfrieslandkrimi – TB
978-3-934927-93-3
208 Seiten; 8,90 Euro

Peter Gerdes
Der Tod läuft mit
Ostfrieslandkrimi
Taschenbuch
978-3-934927-86-5
192 Seiten; 8,90 Euro

Peter Gerdes
Ebbe und Blut
Ostfrieslandkrimi
Taschenbuch
ISBN 3-934927-56-4
224 Seiten, 9,90 Euro

Peter Gerdes
Solo für Sopran
Inselkrimi
ISBN 3-934927-63-7
208 Seiten
9,90 Euro